Et Par

Intelligente

Øyne

Pia Sirohi

Jeg vil takke min datter og mine venner som inspirerte meg til å skrive denne boken.

Først utgitt i desember 2024

© 2024 Pia Sirohi

Forlag: BoD · Books on Demand,
Postboks 354 Sentrum, 0101 Oslo, bod@bod.no

Trykk: Libri Plureos GmbH, Friedensallee 273,

22763 Hamburg, Tyskland

ISBN: 978-82-845-1225-9

Omslagsdesign og fotografi av Pia Sirohi

Engelsk tittel: A Pair of Intelligent Eyes

Boken er et fiktivt verk, og det er ingen likhet med noen virkelig person, levende eller død. Hvis det finnes likheter, er det ren tilfeldighet. Boken inneholder noen teorier og oppfinnelser innen medisinsk forskning, og disse er forfatterens ideer og fantasi – en science fiksjon stil.

Innhold

En

"Du kommer aldri til å klare deg gjennom en doktorgrad," sa hennes tidligere professor og veileder. Ordene kom fra den mest respekterte professoren i mikrobiologi fra Universitet i Agder, hvor hun studerte til sin mastergrad. I de neste to årene streifet disse ordene rundt i hodet hennes før hun lukket øynene for natten.

Flora Berg, en andreårs doktorgradsstudent, banet vei gjennom mylderet av besøkende studenter på Avdeling for immunologi, Institutt for klinisk medisin. Kledd i svarte bukser, en grå genser, håret er lavt oppsatt og ansiktet naturlig rødt uten sminke, ankom hun tjue minutter for tidlig til møterommet. Som vanlig. Foran inngangen hang et stort maleri av en smilende, gråhåret professor. Blant de mange maleriene av gamle menn i gangen, skilte dette maleriet seg alltid ut for henne, nettopp fordi han i maleriet smilte. Flora tok veilederens ord alvorlig da hun søkte doktorgrad. Av alle studentene hans, var hun en av dem han av ukjente grunner mislikte. Kanskje fordi hun var stille, sjenert, stammet når hun ble spurt, og unngikk øyekontakt. Og hun var den eneste som nesten brente ned laboratoriet. To ganger.

7

Vel, det skjedde i 2021, under koronavirus-pandemien.

Den akademiske verden var svært attraktiv, men samtidig vanskelig å utholde. Selv om Flora ikke var like konkurranseinnstilt og hardtarbeidende som sine jevnaldrende, var hun ganske iherdig i sin nysgjerrighet. Men nå var hun virkelig disiplinert og jobbet hardt. Og ikke minst var hun en selvkritisk perfeksjonist. Hun forstod på andre at det å ta en doktorgrad var en klok beslutning. Man har mer kontroll over egen forskning. Floras største fortrinn var en sjelden god egenskap til å ta kalkulert risiko.

Og det var bare flaks at hun fikk doktorgradsstillingen ved Universitetet i Oslo. Flora hadde to ambisjoner. Den første var å finne kjærligheten, og den andre var å finne en kur for dem som lider av leddgikt, en autoimmun sykdom. I motsetning til andre som søkte hadde hun bare tre år på seg til å fullføre doktorgraden. Hun følte seg ikke komfortabel med undervisningen som var en obligatorisk del av studieløpet til Ph.d. Dermed hadde hun begrenset tid til å oppfylle sine grenseløse ambisjoner. Å bli professor var ikke hennes eneste ambisjon i livet.

Da hun åpnet døren til møterommet satt Himani allerede fordypet i datamaskinen sin. Himani var fortsatt iført hvite operasjonsklær etter morgenens studentkurs i blodprøvetaking. Fra vinduet kunne man se den gule sykehusbygningen. Trafikksuset fra Ring 3 langt borte hørtes svakt gjennom de åpne vinduene. Mens hun bøyde seg over ryggsekken og gravde etter pc-laderen, så Flora en skygge dukke opp på gulvet ved siden av henne.

"God morgen, Flora. Håper helgen din har vært god. Jeg lurer på hvorfor du kom inn i rommet så snikende at jeg nesten ikke la merke til deg?" sa Himani med sin muntre stemme. Øyenbrynene hennes berørte taket, mens hendene var selvsikkert plassert på hoftene.

"Hei, du var helt borte i tankene dine. Som vanlig," kommenterte Flora. Hun fniste litt før hun fortsatte, "Vel, helgen var den samme som alle andre helger de siste hundre årene. Arbeid, spising og litt søvn." Hun senket blikket mot PC-en, som var i ferd med å gå i dvale.

"Kanskje du burde flytte laboratoriet og kontoret til soverommet ditt hvis du savner jobben så mye når det er helg. Husk at du er bare tjueseks og ikke hundre år. Nyt livet," ertet Himani.

"Jeg er ikke skapt for å jobbe tjuefire timer i døgnet." svarte Flora mens hun laget anførselstegn i luften med fingrene.

"Alt du trenger er et teleporteringssystem, som i Star Trek-serien fra gamle dager."

"Jeg skal hente kaffe, og du vil vel kanskje også ha kopp?"

Flora ventet ikke på at Himani skulle bli med på kaffeturen, men som forventet fulgte Himani etter henne til maskinen for å fortelle om helgens historier.

"Jeg besøkte foreldrene mine i helgen, og de spurte meg om deg. Jeg fortalte dem at du fortsatt er singel. Og at det eneste forpliktende forholdet du har, er mellom deg og jobben din. Hva sier forresten sjefen din om det siste utkastet?" spurte Himani.

Mens hun funderte på et svar, la hun merke til at Himani hadde på seg noen svært dyre, hvite joggesko. Himani hadde brukt dem bare en gang tidligere, da hun lot tredjeårsstudenter øve på blodprøvetaking. Hun beveget seg som en ballettdanser. Som eneste datter overøste moren henne med gaver hver gang hun besøkte dem. Flora brydde seg derimot aldri om hva hun hadde på seg eller hvordan hun så ut. De første plaggene som var synlig i klesskapet ble dagens antrekk. Det brune håret hennes var alltid løst satt opp. I motsetning til Himani brukte Flora sjelden sminke. Og de var like høye. Hun brydde seg ikke om hva andre tenkte om utseendet hennes. "Kanskje det er derfor?" tenkte hun.

"Vel, hva sa sjefen din?" Himani presset på.

"Hun synes jeg skal fokusere på prosjekt A, til hun finner noe som er enda mer interessant for meg. Hun forstår ikke at prosjekt A er drømmen min, og at jeg ble ansatt for å jobbe med det," svarte Flora og la trykk på ordet interessant.

"Igjen? Hun liker aldri noen av forslagene dine og kaster deg rundt på ulike oppgaver".

Himani tok feil her. Sonia viste aldri åpent at hun likte ideene hennes, men hun tok dem til etterretning. Og det hadde Flora lagt merke til flere ganger.

"Jeg er redd hun planlegger enda et nytt sideprosjekt. Og du vet hvem som kommer til å få ekstraarbeidet," sa Flora og pustet ut.

Veileder Sonia fikk alle i prosjektgruppen til å danse etter hennes pipe fra morgen til kveld. Teamarbeidet som var helt nødvendig i enhver gruppe, ble lagt på is. Resultatet var at Flora noen ganger jobbet seksten timer daglig for ikke å skuffe veilederen sin. Og som forskerstudent var det ubetalte timer.

Himani gikk sakte for å holde tritt med Flora som balanserte kaffekoppen sin med presisjon. I motsetning til Himani fylte Flora koppen til randen.

En annen kollega hadde slått seg ned i hjørnet ved det store bordet i det mellomstore møterommet.

11

"Hei. Konspirerer dere to fnisende kvinner mot meg?" sa kollegaen med et glis.

"Vel, ja. Vi snakket om hvordan vi skulle rapportere deg til HR. Forresten: Hvordan var helgen, Even?" spurte Flora med et glimt i øyet. Hun slo seg ned i en av stolene i nærheten og satte fra seg koppen og den bærbare datamaskinen på skrivebordet.

Even Brakstad var postdoktorstipendiat ved instituttet. En forsker med humor og en utmerket kropp. Lykkelig gift og med evnen til å nyte begge verdener.

"Fulgte med seksåringen min på hans første fotballkamp. Bare vent til du er i mine sko og må tåle den høye lyden av barn i sportslig utfoldelse. Hvis jeg bare kunne trukket meg tilbake til fjells i helgene," sa Even mens han pustet ut. De likte å erte hverandre som venner.

"Hvilke sko, Even?" spurte Flora.

"De som en stolt far har på seg hjemme," svarte Even med et smil.

Før Flora rakk å svare, stoppet samtalen deres opp. Even strammet seg opp på brøkdelen av et sekund.

"Himani, er du klar for møtet i dag?" spurte Even mens han startet sin daglige rutine, som var å starte den bærbare datamaskinen og lete etter brillene sine i lommene eller på baksiden av den, briller som han glemte oppå hodet sitt denne gangen. De kunne høre lyden av skoene som banket mot betonggulvet i korridoren, fortsatt langt borte, men hørbar for dem.

"På en måte. Hvis du snakker om ett klokkemøte, og ikke dette," svarte Himani.

Snart kom alle de andre fra gruppen deres. Dette møtet gikk greit, siden det bare handlet om status for prosjektet, som ble holdt hver mandag. Idédugnad og planlegging ble tatt hånd om i andre typer møter.

Flora hadde et elsk-og-hat-forhold til møter. De var som frokost og lunsj. Nødvendige og samtidig tidkrevende. Noen ganger tok de opp hele hennes dyrebare dager. Da gjespet hun med jevne mellomrom, med hendene for munnen. Hun forsøkte å smile for å skjule irritasjonen og kjedsomheten. Informasjon skulle nå ut til alle kriker og kroker av planeten. Ingen skal bli etterlatt, selv om akkurat den personen ikke har noe å gjøre på møtene. Hvorfor kan de ikke i denne teknologiens tidsalder rett og slett bare overøse dem med informasjon fra alle mulige kanaler? Så kunne hun velge hva hun hadde bruk for, og hva som kunne droppes.

Ved tretiden på ettermiddagen samme dag sto Sonia Gjøkvik, professor i immunologi, mikrobiologi og biokjemi, ved pultene deres. Hun var praktiserende lege og spesialist i hennes felt.

Kontoret de delte, hadde fire pulter, skillevegger og knapt med plass.

Sonia så ned på kollegene sine, arbeiderne, med håret bundet opp som en krone. Det eneste som manglet, var en bieantenne på toppen, som stakk ut fra hårknuten. De gråblå øynene stirret på alle i rommet, mens nakken beveget seg fra den ene ende til en annen i hundre og åtti graders vinkel. I femtiårene kunne hun fortsatt skryte av et rynkefritt ansikt og gikk grasiøst gjennom korridorene. Når hun ikke skrev søknader, ga råd til sine forskerkolleger eller underviste i auditoriene. Hun hadde ikke tid til laboratoriet om dagen. De fleste av hennes studenter på laben var helt avhengige av hjelp fra biveilederen eller andre kolleger.

"Møtet som jeg nevnte i morges, er berammet til i morgen. Men jeg vil gjerne dele de gode nyhetene med dere alle. Jeg har endelig fått et ja fra forskningsavdelingen til det nye prosjektet vårt. Begge prosjektene våre peker mot samme resultat. Men dette er et mer teknisk prosjekt. Vi skal endelig ta i bruk nanoteknologi i gruppen vår, med hjelp fra en forskergruppe spesialisert på nanoteknologi. Er det ikke fantastisk? Mer om dette i morgen. Dette er unikt i Norge, og vi er pionerne innen slik forskning. Ikke internasjonalt, men nasjonalt er vi de første. Vi har ingen tid å miste nå," sa Dr. Sonia med sin sarkastiske stemme, som om alt de gjorde var å kaste bort hennes dyrebare tid.

"Du ser ikke ut til å være så glad for nyhetene, Flora. Opp med humøret! For en ære det ville være for teamet vårt!" fortsatte Sonia. Med hendene på brystet, som om hun var den utvalgte til å lede gruppen.

"Dette gleder jeg meg til, Sonia," svarte Flora med et smil.

Sonia ignorerte kommentaren hennes og fortsatte: "Jeg har et annet møte på listen nå. Hvis du har noen spørsmål, så spar dem til i morgen."

Med disse ordene vendte freden tilbake. Flora kunne se Sonias rygg forsvinne langs korridoren.

"Vi visste at det ville komme," sa Himani. "La oss gjette, hvem får den mest omfattende delen av oppdraget nå?"

"Det er ikke noe å gjette på her. Vi får alt det rutinemessige arbeidet. Hvis de eldre på toppen kunne erstatte oss med roboter, ville de gjort det," svarte Flora. Even smilte til dem uten å komme med ytterligere kommentarer. Han var en praktisk anlagt mann som sjeldent klaget.

"Flora," kom det skingrende fra døren før stemmens opphav dukket opp. Dr. Vega Rasmussen, en av forskerne i teamet deres, sto foran dem. Med hendene i lommen. Hun fremsto som en kopi av

Sonias adferd. En flygende ape fra boken Trollmannen fra Oz.

"Dere kan glede dere over at jeg blir den nye lederen for det kommende prosjektet. Jeg gleder meg sånn," sa den nye gruppelederen. Vega likte å gjøre Flora sjalu, det var lett å lese det i ansiktet hennes.

"Gratulerer, Vega," lød det unisont fra gruppen. Ingen ekte smil speilet begeistringen hennes.

"Takk, mine kjære kolleger. Jeg vet at dere alle støtter meg. Jeg håper at vi kan vise de andre avdelingene hva vi er gode til," sa Vega. "Jeg foreslo til og med navnet til Even til stillingen. Men komiteen var fast bestemt på at det skulle bli meg," sa Vega med tynn stemme. Flora var sikker på at hele bygningen hadde hørt dette nå. "Tar det ingen ende," tenkte hun.

Vega var noe høyere enn Even. Hun var høyere enn de fleste av dem og gikk alltid i moteriktige klær og halvhøye. Det blonde håret var kort og fikk henne til å se yngre ut enn hennes trettini år. Ansiktet var nøkternt sminket. Noen kan beskrive henne som svært pratsom og noen ganger slem, men andre ganger også sjarmerende.

Mens de andre småpratet om denne endringen i avdelingen, ble Flora stille. *Hvordan skal jeg kunne fullføre alle planene mine nå?* Selv om det var høyst unødvendig, brukte hun noen av de tildelte

16

ressursene til sine private eksperimenter. Den forbudte ruten var den mest spennende.

Følelsene i magen fikk gamle minner til å dukke opp. En venninne uttrykte bekymring for det hun kalte en besettelse. "Jeg tror ikke det er bra for deg å tilbringe mer tid i lesesalen etter timene enn sammen med oss," foreslo venninnen.

Flora husker at hun begynte å gråte, ute av stand til å svare. Hun følte seg forrådt, til tross for at hun visste hvor mye venninnen brydde seg om henne.

"Jeg skulle ønske jeg hadde kunnet forklare det for vennene mine den gangen. Kanskje vi kunne holdt kontakten," tenkte Flora.

Flora hadde en mor som led av alvorlig revmatoid artritt. Tanten til Floras mor døde av samme sykdom da Flora var liten. Hun likte henne veldig godt.

Det Flora ikke fortalte venninnen, var alt hun hadde ofret for familien sin. Flora var bare tre år eldre enn søsteren Fauna. Det var hun som tok ansvaret hjemme og for søsteren. Da moren ikke kunne bevege seg på grunn av leddgikt, var det Flora som ble hjemme for å passe på moren. Tenåringssøsteren var en opprørsk tenåring, og faren var full av alibier. Det var ikke tid til venner når hun kom hjem fra skolen og senere fra høyskolen. Det samme gjaldt i helgene. Flora var opptatt med å lage alle måltider,

17

handle inn mat, vaske klær, rydde huset og betale regningene.

Guttene som prøvde å komme nærmere henne, var ikke villige til å vente på at hun skulle bli fri fra forpliktelsene sine. Sykepleierne kom bare én dag i uken for å hjelpe moren med å dusje. Da hun etter hvert ble en travel forsker, innså faren hvor mye arbeid Flora hadde påtatt seg hjemme. Han ga opp å reise utenlands i forbindelse med jobben, og kom tidlig hjem. Fauna ble mer moden og begynte å hjelpe moren. Men da var skaden allerede skjedd. Flora, som var et kreativt og muntert barn, var nå glad for å være alene. Hun lengtet ikke etter en nær venn. Men hun var åpen for vennskap hvis det skulle falle i fanget på henne. Hennes største mål nå var å lykkes i livet som forsker. Hun var mentalt forberedt på en lang vanskelig fase i livet, alene. Jenta som ønsket å hjelpe mennesker som led av smerte, hadde lært seg å tåle sin egen smerte i hjertet.

To

To uker senere, i Nasjonalt immunologiforum på Park Hotel i utkanten av Oslo, ble deltakerne fra ulike institusjoner ønsket velkommen. Hotellet lå på toppen av et skogkledd fjell. Bare tilgjengelig med fjelltrikk. Trebygningen så ut som en liten hytte på avstand, men var vakkert utsmykket som et stort palass på nærmere hold. Da hun sto i den overfylte lobbyen, kjente hun et trykk i brystet. Flora var vitne til en stor mengde velkledde gjester som ruslet i alle retninger, som om de var på ferie. De ligner turister som oppholdt seg på samme tid. Hotellet var fullbooket til det ene viktige arrangementet, Nasjonalt forum for immunologi og forskning.

Store folkemengder gjorde henne urolig. Da Flora gikk forbi sittegruppen, så hun noen gjester slite med å finne ledige plasser for å spise frokosten sin. Ja, det var tomme stoler her og der, men ingen helt ledige bord, slik nordmenn foretrekker. Mange ensomme sjeler nøt frokosten sammen med mobiltelefonene sine, slik at én person okkuperte hele bordet med fire sitteplasser. Det kunne ha vært uhøflig av andre å forstyrre deres kvalitetstid. Men Flora hadde ikke noe valg. Ved ett av bordene satt en

19

mann alene. Han fortsatte å sjekke mobilen mens han spiste, og ignorerte Flora fullstendig.

Flora var på Forum for å høre foredraget til sin veileder, som var hovedtaler. Etter å ha spist frokosten i fred og ro gikk hun rett til konferanserommet og satte seg bakerst i salen. Der kunne hun fortsette å skrive notater uten å bli forstyrret av sin mer eller mindre kjære gruppe. Hun var sent ute med publiseringen av sin første artikkel til doktorgradsavhandlingen. Hun skulle gjerne ha gjemt seg på hotellrommet, men instituttet hadde betalt for oppholdet hennes, og hun skulle være aktiv og knytte kontakter. En positiv ting var at hotellrommet hennes hadde utsikt over Oslofjorden. Og hun hadde allerede sendt bildene til moren, søsteren og Himani. Hvis hun bare kunne flytte dette rommet til sin leide leilighet i byen, ville livet ha vært komplett.

Formålet med forumet var å dele kunnskap om ny utvikling og gi nye forskere mulighet til å bygge nettverk. Hun håpet at når hun var ferdig med doktorgraden, og hadde mer tid, ville hun delta på alle tilgjengelige arrangementer innenfor sitt felt.

"Å!" Hun hoppet opp i setet da testlyden fra høyttalerne nådde henne. Plutselig var hun våken. Hjertet hennes banket i noen sekunder. Klokken 10.00 om formiddagen startet velkomstsesjonen.

Som en backbencher satt hun med hodet ned i skjermen, og hun fortsatte å jobbe med oppgaven sin. Velkomstsesjonen gikk som smurt på scenen. Hun løftet hodet for å høre på fra tid til annen, og fanget ansiktene med øynene. På første rad satt hennes veileder Sonia. Sonia var medlem av ulike komiteer og deltok i arrangementer året rundt. Det var en annen grunn til at hun hadde liten tid til studentene og prosjektene sine. Hun var flink til å fordele og delegere oppgavene sine til andre på instituttet. Andre fra hennes gruppe måtte oppholde seg et sted, for rommet var fullt, og det kunne være mer enn tre hundre deltakere til stede. Denne gangen hadde hun ikke fått noen oppgave til forumet. Men forrige gang presenterte hun sin første powerpoint presentasjon om prosjektet og eksperimentene sine i et tettpakket rom. Flora husket hvor nervøs hun var, og det kom til syne i stammingen hennes. Kanskje var det derfor hun ikke ble bedt om å presentere noe denne gangen.

Blant gjestene var det folk fra små oppstartsbedrifter, leger, forskningsinstitutter og til og med noen representanter fra Helsedepartementet. Etter planen skulle hun være til stede på idédugnader og workshops etter at veilederen hennes hadde holdt sitt foredrag. I dag var det en slik øk etter klokken ett. Man visste aldri hvilken ny idé som kunne dukke opp, og som kunne føre til en oppdagelse. Sonia skulle presentere teamenes prosjekter for publikum. Det var første gang det skulle forskes på autoimmune sykdommer ved deres institutt. Hittil har hovedfokuset bare vært på kreft og en mengde andre sykdommer. Rundt klokken tolv var det lunsjpause. Hun spiste raskt fra buffeen alene og skulle til å gå ut og kjenne den friske septemberluften i ansiktet da hun hørte navnet sitt.

"Der er du, Flora. Jeg har lett etter deg siden i morges. Har du spist, eller har du bare gjemt deg?" spurte Himani. Hun skremte nesten Flora, som fortsatt holdt den bærbare datamaskinen i hendene.

"Jeg spiste alene, for jeg kunne ikke finne deg da jeg gikk dit. Hvor har du vært?" spurte Flora.

"Jeg fulgte etter gruppen vår, og da jeg skjønte at du unngikk dem, forklarte jeg dem at du hadde hodepine. Og at du sperret deg inne på rommet ditt i noen timer. Ren gjetning. Ikke si at du unngikk oss. Eller er det noe annet?" spurte Himani.

"Har mange tanker i hodet. Jeg trenger bare tid til å sortere dem. Alenetid, hvis du ikke har noe imot det, Himani. Jeg er snart tilbake på jorden."

Himani skar en grimase og blåste alt karbondioksid ut av neseborene på én gang. Etterfulgt av et smil. "Ok, ta den tiden du trenger.

Men vær så snill å spise middag med oss. Vi sees da." Med disse ordene ble Flora igjen alene. Hun gikk ut og satte seg på benken utenfor, der rosebuskene viste tegn på høsten. Det var ingen andre ute nå, og det begynte å bli så kaldt at jakken hennes ikke var varm nok. Hun nøt den milde solen, som lekte gjemsel bak de grå skyene. En mann kom opp bakken mot hotellet, med en kabinkoffert på hjul. Håret hans var ildrødt, og blikket hans rettet mot henne. Hun var ikke sikker på om han kom mot henne eller mot hotellets hovedinngang. Han var høy, og han var ekte. Hun kunne se at han holdt en kaffekopp i den ene hånden. Plutselig forsvant ansiktet hans ut av synsfeltet hennes, fordi han skled på den glatte flekken på den ellers tørre stien. Temperaturen var under null. Folk er sjelden forsiktige når de er vant til sommerforhold.

Stillheten ble brutt av latteren hennes og fallet hans. Han åpnet ikke engang munnen for å avsløre sin smerte eller for å forbanne veien. Øynene hans vandret først til hennes, som om han søkte en forklaring på latteren hennes. Hans øyekontakt fortalte henne i stillhet om smerten og ydmykelsen. Hun gikk frem for å hjelpe ham opp, og rakte frem hånden. Men han ignorerte henne og reiste seg på egen hånd. Flora ble plutselig tørr i munnen, og øynene hennes senket seg. Smilet hennes forsvant, etterfulgt av et langt ansikt og rødme i kinnene. Den tomme papirkoppen rullet nedover skråningen. Han plukket opp bagasjen sin, mens han unngikk blikket hennes. Den hvite skjorten hans var skitnet til av kaffen. Både skjorten og buksene hans ble farget i brun. Var han ikke bekymret for å bli kald? Hun hadde en unnskyldning på leppene, men han forsvant helt bak hotellinngangen i all hast. Hennes forsinkede unnskyldning glapp ut av munnen og fordampet i den tynne, kalde luften. Hun glemte nesten alt om veilederen sin og foredraget hun skulle holde om en halvtime. Måten han så på henne med de sammenknepne øynene sine da han ignorerte hjelpen hennes, minnet Flora om et barn som ble utsatt for et pek. Hvis hun bare kunne reise tilbake i tiden og gjøre reaksjonen sin på fallet hans ugjort. Hjertet hennes banket raskere, som om hun hadde begått en forbrytelse. Men han var en fremmed eller bare en deltaker på konferansen. Hvem brydde seg om hva han tenkte og hvordan han oppførte seg? Det var snart på tide å gå inn.

Hun fulgte skiltene inn til konferansesalen og tok plass bakerst i salen på samme sted som sist. Nå var det Sonia som talte.

Hun la vekt på hundre ulike typer autoimmune sykdommer og, ikke minst hvor lite som ble gjort for å finne en kur mot dem. Man prioriterer i dag å

24

dempe symptomene, men ikke å finne kuren i den nye verdensordenen. For med få unntak var de fleste symptomene ikke dødelige. Prosjektet som Universitetet i Oslo og hennes team hadde tatt på seg, var å finne en kur mot leddgikt. Det andre prosjektet var å finne ut hvordan de kunne bruke genterapi og nanoteknologi for å kurere skjoldbruskkjertelbetennelse. Disse to sykdommene var kvinnedominerte. Men stadig flere mennesker, inkludert menn, fikk diagnosen. Hvis de lyktes med forskningen ville de gå videre med kliniske studier, selv om sjansene for suksess var usikre. Med endrede miljøfaktorer, bearbeidede matvarer og genetiske mutasjoner rammet disse sykdommene til og med barn. Med utviklingen av medisinsk teknologi og behandling økte sykdommene i samme tempo. Det virket so om menneskeheten levde på medisinutviklernes nåde. Dermed var de avhengige av forskere. I tilfelle av krig og blokader, uten medisiner tilgjengelig, kunne vi vende oss tilbake til den gamle, mørke middelalderen. Der døde folk som fluer, og immunforsvaret vårt var ute av stand til å håndtere sykdommer. Vi har forvandlet kroppene våre til levende stueplanter, fra ville planter som vi var før. Enten ville vi overleve, eller så ville vi dø.

Sonias presentasjon minnet Flora om moren hennes. Hvordan hun hadde hatt så store smerter at hun hadde vært sengeliggende det meste av tiden. Hun kunne ikke bevege seg fordi leddene var blokkert av infeksiøs vekst. Slike pasienter krevde stor innsats fra både familiemedlemmer og sykepleiere for å forflytte seg og utføre selv de enkleste daglige gjøremål. Frykten for en tidlig død hang over hodet på denne pasientgruppen hele tiden. Det var også en av grunnene til at hun bestemte seg for å velge forskning innen mikrobiologi som karrierevei. I likhet med Sonia var hun frustrert over at all forskning rundt om i verden dreide seg om smertebehandling. Symptomene gjorde pasientene handikappet. Siden disse sykdommene ikke var dødelige for de fleste, var det ingen som investerte milliarder for å finne en langvarig kur. Den viktigste grunnen var også at den medisinske industrien tjente penger på å dempe symptomene. Hvem skal holde dem rike hvis menneskeheten kan kureres for sykdommene?

Hun kom ut av tankene da navnet på neste taler ble annonsert. Han var ikke på listen fra før. Så det måtte være endringer som var gjort i dag. Det var Sonia som inviterte ham opp på scenen for å presentere sin del. Han var den samme fyren som hun hadde møtt utenfor. Han haltet mens han gikk. Han hadde skiftet til en ny skjorte. Mens han var i gang med presentasjonen, introduserte Sonia ham som den nye prosjektkoordinatoren. Han skulle jobbe med algoritmer og nanopartikler. Han forsket altså på genetikk og nanoteknologi. Dette var imponerende. Det var hundrevis av mennesker som deltok på konferansen og hørte ham snakke om prosjektet. Drømmeprosjektene hennes. Han het Mars. Basert på hårfargen hans må foreldrene ha gitt ham det riktige navnet.

I stedet for å følge med så Flora seg rundt for å se hvor mange menn som hadde skallet hode. Da hun innså sin barnslige oppførsel, så hun fremover mot taleren, foran den gigantiske skjermen. Mens hun lyttet til ham, konkluderte hun med at det slett ikke var så ille å være i Prosjekt B. Han viste ingen tegn til nervøsitet. Hun kunne ikke forestille seg å ta hans plass på podiet akkurat da. Blikket hennes vandret fra side til side og var vitne til at hodene foran henne fulgte interessert med på ham. Han smilte fra tid til annen. Sonia sto ved enden av scenen. Hun hadde nevnt det tidligere, før presentasjonen skulle begynne, men nå husket hun at han skulle steppe inn i siste øyeblikk. Sonia var dårlig til å kommunisere noen ganger. De fikk aldri vite navnene på de to nye medarbeiderne i prosjektet, og den flygende apen hennes, Vega, elsket å holde hemmeligheter for dem. Så mye for teamarbeid. Hvis teamet fungerte bra, var det utelukkende fordi alle medlemmene i teamet var engasjert i prosjektet. Selvtilliten boblet igjen i årene hennes, og oppmerksomheten hennes ble avledet tilbake til det han sa.

Under middagen fant hun Himani. Da de gikk for å sette seg sammen med teamet sitt, var det ingen ledige plasser til dem. Bordet for seks var fullt. Alle de kjente eller ukjente ansiktene var oppslukt av noe Sonia fortalte dem. Ingen ved bordet så at de nærmet seg. Så de fant en plass sammen med en fremmed, ett bord unna dem. Det var en lettelse for Flora. Hun kunne høre litt av hva de snakket om, siden hun satt nesten tett inntil dem, med ryggen mot Sonias rygg. I løpet av oppholdet på hotellet var det bare én gang at hele teamet var samlet, eller kanskje Flora ikke var der da.

Bordet de fant, var for fire. En ung dame satt der allerede. Hun var postdoktor fra et annet universitet. Mens de snakket om prosjektet sitt, fortalte hun den unge damen om sine erfaringer. Damen fortalte til og med Flora om en professor som hadde gjort et varig inntrykk på henne.

"Hvis du vil lære mer om nanopartikler og hvordan de brukes i medisinske anvendelser, bør du kontakte vår professor i mikrobiologi. Han er en mester i sitt felt, men han kan også veldig mye om ny teknologi og innovasjoner innen medisin. Han tar sjelden imot studenter som veiledere, da han er opptatt med sin egen forskning. Og han kan snakke om hormoner, gener, celler og alt mulig annet. Professor Morten Seaford har tilegnet seg så mye kunnskap ved å forske i ulike deler av verden. Ganske ung til å være professor, og ryktet sier at han aldri sover."

"Men hvordan skal jeg kontakte ham? Vil han svare meg hvis jeg sender ham en e-post?" spurte Flora. Hun ble veldig imponert over å høre om ham. En fantastisk mann.

"Vel, noen sier at han er veldig selektiv med å svare i det siste. Han svarte meg aldri på universitetets e-post i fjor heller. Men en gang hørte jeg ham snakke med en kollega i kafeteriaen vår. Han skrøt av hvordan han hadde hjulpet en student på nettet, som viste seg å være nevøen hans. Hans anonyme brukernavn på nettstedet "forskeronline" ble opprettet for å diskutere teoriene hans, fordi han likte å hjelpe andre tidligere. Jeg tror han gikk under navnet Professor Ford. En av vennene mine, på masternivå, stilte en gang et tilfeldig spørsmål på dette nettstedet, og han svarte med en gang. Neste dag, da han underviste oss, nevnte han nøyaktig den samme teorien for oss. Det var hans personlige synspunkt eller teori. Vi var ikke sikre på at det var ham, men ingen andre kunne ha brukt de samme ordene uten å være forfatteren av svaret. Samme kveld fjernet han teksten fra nettstedet, og dermed er sjansen for at noen andre kan ha vært forfatteren svært liten. Jeg husker nemlig fortsatt brukernavnet hans," sa den unge damen, mens hun viste sitt flotteste smil. Flora så for seg at hun måtte være forelsket i ham. Derfor husket hun ham tydelig. "Jeg skal prøve i håp om at han svarer meg. Hva forsker han på nå? Og er han fortsatt aktiv der?" spurte Flora.

"Jeg har ingen anelse. Jeg har ikke vært aktiv der de siste fire månedene. Men hvis du er nysgjerrig, kan du finne bildet av ham på universitetets nettsted. Uansett, noen andre vil svare på spørsmålene dine på nettstedet etter hvert." Med dette skiftet de tema til hvilket prosjekt Flora og teamet hennes jobbet med. Den nye bordvenninnen var interessert i Universitetet i Oslo og Universitetssykehuset, der de jobbet og studerte. De ventet på at maten skulle bli servert, mens de smilte og snakket videre.

Da folk spiste i salen, var det få som snakket sammen. Det var da Flora hørte hva hennes gruppemedlemmer snakket om. Om henne, uten å nevne navnet hennes. Hun var sikker på at Himani også kunne gjette at det handlet om henne. Hun fikk bordvenninnen til å tie for å lytte. De snakket om ineffektive studenter og forskere.

"Jeg kjenner mange ph.d.-studenter som starter med pomp og prakt og viser at de er best av alle, men så gir de opp etter hvert. Det blir en stor belastning for oss veiledere. Det er ikke det at de ikke vil, men de er late. Jeg er god til å lese folk. Jeg prioriterer hvem som er dedikerte og intelligente, men denne gangen feilvurderte jeg. Hun passet ikke til den forskningen jeg hadde i tankene," sa Sonia, mens hun holdt maten i gaffelen. Foran henne sto et tomt vinglass.

"Jeg vet det. Men jeg forstår likevel ikke hvorfor du vil flytte henne til mitt prosjekt," svarte Vega. Hun var ferdig med sin andre rett.

"Jeg hadde ikke noe annet valg enn å flytte henne. Bare midlertidig. Jeg har funnet en bedre kandidat som vil ta hennes plass. Senere vil jeg flytte henne til en annen avdeling eller gruppe. Hva var det du spurte om tidligere, Mars?" spurte Sonia og vendte oppmerksomheten fra Vega til Mars.

"Ikke noe særlig. Jeg lurer bare på hvem denne personen er. Jeg er enig i at noen doktorgradsstudenter er mer opptatt av å få tittelen doktor enn å gjøre en god jobb. De drar ned motivasjonen til hele gruppen," sa den rødhårede mannen med krøller. Han hadde en rolig og sterk stemme.

"Du vil møte henne snart, om ikke her, så på universitetet. Beklager at du ble innblandet i bekymringene våre. Ellers er vi et godt team," beroliget Sonia. Før Mars rakk å svare, grep Vega inn.

"Jeg vet det. Jeg håper du lykkes med å fjerne henne fra gruppen min. Men jeg tviler på det, for forskningsadministrasjonen flytter bare studenter til andre grupper når studentene selv har en god grunn til å flytte. Hun ble valgt ut til ditt prosjekt, og de andre gruppene i nesten alle prosjekter er fulle. Det ser ut som om jeg må bli sittende fast med henne," sukket Vega og dekket ansiktet med hendene, som om hun var vitne til en tragisk hendelse. Mars så forbauset på henne.

"Ha tro på meg, Vega. Administrasjonen lytter til meg," svarte Sonia etter enda en bit.

"Sonia er det beste som har skjedd prosjektgruppene våre. Hun er ikke bare en dyktig lege på sitt felt, hun er også veldig vennlig og sosial. Mange forskere har en tendens til å være introverte. Men det ser ut til at du ikke er en av dem, Mars. Hadde det ikke vært for deg i gruppen min, ville jeg ha betegnet resten av gruppen som kjedelig. Jeg liker personligheten din," sa Vega. Til dette sa Mars takk.

I de neste ti minuttene fortsatte de å informere Mars og andre om sine negative opplevelser med den navnløse jenta. Noen vitser fra ukjente og kjente på bordet fikk dem til å le. Flora kunne høre Mars le. Gudskjelov var Even ikke til stede. Han ville ha bedt dem om å slutte med sånn tullprat.

Flora og Himani stirret på hverandre uten å si noe. De ønsket å holde sin tilstedeværelse ukjent for den rivaliserende gruppen, for å unngå å gjøre alle forlegne. Da middagen var over, begynte folk å snakke igjen. I den støyen kunne de ikke høre mer fra Sonias bord.

Selv bordvenninnen deres kunne fornemme at noe ikke stemte. Floras øyne var fulle til randen av tårer. Hjertet banket fort, og hodet var fullt av fantasier om å straffe Vega og Sonia på alle mulige måter. Hun måtte kjempe denne kampen. Hun var fast bestemt på å holde fast på det pågående prosjektet.

"Tror du ikke Himani, at vårt nye teammedlem er godtroende og naivt, akkurat som dem? Hvis jeg er kjedelig, så er de kjempekjedelig," sa Flora med røde kinn. Hun hadde tårer i øynene og holdt hendene for kinnene for å skjule sinnet og flauheten.

"De ved det bordet er ikke vennene deres, hvis dere snakker om dem," sa bordvenninnen vår.

"De snakker om meg og de andre nye, som jeg ikke har møtt ennå, ikke om Himani som Sonia liker. De to damene er begge merkelige. Den ene bryr seg ikke om hva folk tenker om henne. Og den andre bryr seg veldig mye," svarte Flora. Så begynte hun å gjespe. "Beklager, jeg er søvnig nå. Og beklager at jeg har kjedet dere med mine tirader. Jeg har ikke noe filter," sa Flora. Hun ville forlate spisesalen.

"Det er greit å gå nå, Flora. God natt, Flora. Og ikke tenk for mye. Jeg blir med deg opp til rommet," sa Himani. Bordvenninnen tok hintet og sa seg enig i at det var for sent for henne også. De unngikk å tiltrekke seg oppmerksomhet og gikk hver for seg.

Flora bestemte seg der og da for at hun ville unngå Mars. Bare nødvendige formelle samtaler vil finne sted med ham.

Klokken tikket et sted i nærheten av dem mens de forlot hallen.

.....

Neste dag var hun hjemme igjen, i hennes stille bolig. En kjellerleilighet eid av en hyggelig familie. Ovenpå bråkte ungene så mye at hun enkelte dager hadde lyst til å flytte ut. Men det var ikke lett å finne en leilighet i Oslo innenfor hennes budsjett. Drømmen hennes var å finne en leilighet i nærheten av universitetet, men viste seg å være umulig. Dermed tilbrakte hun mesteparten av tiden på universitetet. I stedet for å lage mat hjemme, spiste hun ofte i universitetets kantine. Hun hadde ikke tid til å lage mat, så hun kjøpte nok til å ta med seg resten av maten hjem. Hadde hun bodd sammen med en ekte versjon av fantasikjæresten sin, ville ting ha vært annerledes. Kanskje han hadde laget mat til henne og passet på henne. Haha. Fine drømmer.

Tankene hennes ble avbrutt av mobilen som ringte og vibrerte i vesken hennes. Fingrene hennes fisket den opp. Det var fra moren.

"Hei, Flora. Hvordan var konferansen?" spurte moren. Stemmen hennes var tung. Det betydde at hun hadde det vondt. Moren spiste lite når hun var alene, og noen ganger hoppet hun helt over måltidene. Faren var ikke til mye hjelp. For bare et år siden reiste han mye med jobben. Han jobbet for et multinasjonalt selskap som drev med innovasjon og prosjekter. Nå forsøkte han å hjelpe kona på kveldstid. Foreldrene hennes bodde i Kristiansand. Dermed kunne hun ikke hjelpe moren så ofte. Hun besøkte henne en gang i måneden. Søsteren Fauna bodde i samme by, til stor lettelse for dem. Legene har foreslått en operasjon for å skifte ut leddene i fingrene hennes. Knærne hennes ble skiftet ut i fjor. Men leddgikt kan i verste fall være dødelig. De kontinuerlige smertene og betennelsene var en belastning for hjertet hennes. I tillegg var behandlingen svært smertefull.

"Det var en interessant opplevelse og et hyggelig opphold på hotellet. Hvordan går det med deg?" Siden moren ikke var interessert i vitenskap, ville hun ikke gå i detaljer. Før hun fikk diagnosen, jobbet moren i en offentlig barnehage. Hun måtte gå av med førtidspensjon på grunn av sykdommen. Flora var den første i familien og storfamilien som begynte med biologi og forskning, noe som gjorde foreldrene stolte av hennes prestasjon.

"Samme som før. Har vært hos fysioterapeuten mange ganger denne måneden. Når kommer du, kjære?"

"Kanskje neste uke. Det skjer veldig mye nå, siden vi er i gang med det nye prosjektet. Men jeg skal rekke det denne gangen. Hvordan er appetitten din i disse dager? Har du spist i dag, mamma?" Flora satte telefonen på høyttaler, og da hun fikk hånden fri, grep hun en stekepanne. Hun hadde kjøpt en frossen wok blanding som hun ville ta med seg som lunsj på kontoret. Noen ganger fikk den himmelske lukten fra kantinen henne til å kjøpe varm mat der, så lenge hun hadde penger på bankkontoen. Og da var hun enten i godt eller veldig dårlig humør.

"Ja, jeg spiste løksuppe med hvitløksbrød i dag," sa moren langsomt, med et snev av irritasjon, som om hun var lei av det gjentatte spørsmålet.

Flora var ikke sikker på om moren snakket sant. Men hun bestemte seg for ikke å spørre mer. Hun visste at moren et eller annet sted innerst inne ønsket seg en tidlig død, og at hun noen ganger ønsket å leve for å se døtrene lykkes og stifte egne familier. Det ønsket hadde hun uttrykt flere ganger. Etter at moren fikk diagnosen, ble det sosiale livet hennes labert. I begynnelsen kom venner og slektninger på besøk. Men etter hvert ble moren mer og mer overlatt til seg selv. Så kom den onde sirkelen av depresjon og andre psykiske problemer som fikk henne til å isolere seg fra andre.

Tre

Da Flora kom tilbake til universitetet, var hun fast bestemt på å møte lederen for forskningsadministrasjonen der hun studerte. HR-avdelingen var på Sonias side, slik hun hadde lært i begynnelsen av doktorgradsstudiet. Hun ville besøke ham uten avtale for å unngå å bli bedt om å kontakte HR først. De siste tre dagene hadde hun tatt turer til andre etasje hver tredje time. Det viste seg at han sjelden tilbragte tid på kontoret. Den fjerde dagen fant hun ham alene på det gammeldags kontoret. Etter å ha banket på døren ble hun bedt inn.

Han var en mann i femtiårene. Med håret intakt og farget svart. Høyt ansikt med flerfargede værhår.

"Har du noen minutter, Finn? Jeg er Flora Berg fra Avdeling for immunologi, Institutt for klinisk medisin, og jeg er doktorgradsstudent," introduserte Flora seg selv. Det ble ikke noe håndtrykk, for han hadde ikke tenkt å forlate stolen sin.

"Hyggelig å treffe deg, Flora. Hva kan jeg hjelpe deg med?" spurte Finn og pekte på en stol på den andre siden av bordet.

"Jeg trenger råd og hjelp. Veilederen min ønsker å flytte meg til en annen avdeling eller gruppe, og det ønsker jeg ikke. For det første ble jeg valgt ut som ph.d.-student i et spesifikt prosjekt, og som var mitt mål og min motivasjon for å søke. Jeg har allerede fullført ett år, og å starte alt på nytt når det bare er to år igjen, er uberettiget og ..." Flora stoppet opp, for ordene kom ikke så lett til hjernen hennes. Hun var på nippet til å gråte.

"Urettferdig," var vel ordet. "Men hvorfor spurte du ikke sjefen din eller HR først? Det er de som bestemmer. Og hvem er sjefen din?" Han stirret alvorlig på Flora, som om hun hadde begått en forbrytelse ved å henvende seg til ham.

"Det er dr. Sonia Gjøkvik. Hun informerte meg ikke direkte. Jeg hørte henne snakke om det. Når hun først har bestemt seg for noe, kan ingenting stoppe henne. Jeg håper at hvis du kunne snakke med HR og overbevise dem om at det ikke er akseptabelt, ville det hjulpet meg mye," svarte Flora langsomt.

Finn lo, som om en gammel vits hadde gjort sitt inntog i hjernen hans. Så skrev han noe på et stykke papir.

"Jeg anbefaler at du snakker med sjefen din først. Jeg kan ikke garantere noe, men jeg skal ta saken din opp med HR. Fortell meg mer om forskningen din, og har du noen gode grunner til at jeg bør ta din side?"

Flora takket ham og fortalte ham om prosjektet sitt og ambisjonene sine. Så innrømmet hun at det gikk veldig bra med forskningen hennes, for Finn viste ingen entusiasme med kroppsspråket sitt. "Selv om resultatene ikke er synlige akkurat nå, er jeg på vei. Jeg fortsatt er i en eksperimentell fase, men kan informere deg om at jeg er halvveis på vei til suksess. Jeg har brent for dette autoimmune prosjektet helt siden jeg hørte om det under masterstudiet. Ethvert annet prosjekt ville vært demotiverende på dette stadiet," informerte Flora. Plutselig angret hun. Hun var ikke impulsiv av natur. Men akkurat nå hadde hun sagt noe uten å tenke seg om. Alle planene hennes for prosjektet hadde enn så lenge slått feil. De var veldig gode i teorien. Sonia aksepterte dem til Floras store forbauselse. Likevel ante hun ikke hvordan hun skulle få dem til å fungere i praksis.

Mens de snakket sammen, kom det en kvinne som Flora aldri hadde sett før. Det var vanlig at studentene ikke hadde noen direkte kontakt med administrasjonen eller alle andre avdelinger, divisjoner, institutter og fakulteter.

"Se, elven har selv kommet til en tørstende reisende," sa lederen. Så lo de begge to, og Flora stirret forvirret på dem. Den nye kvinnen introduserte seg som HR-medarbeider. Etterpå fortalte Flora henne om dilemmaet sitt. Finn ville at Flora skulle arrangere et møte med henne for å løse problemene hennes. Damen virket empatisk, noe som ga Flora et visst håp. Likevel var hun redd for Sonia fordi hun gikk bak ryggen hennes for å kjempe for saken sin. En uke gikk etter dette HR-møtet. Hun hadde ikke hørt noe fra Sonia om sin skjebne. Heldigvis skulle hun fortsette å jobbe som før i begge prosjektene, det ene som tilhørte Sonia, og det andre som Vega hadde ansvaret for. Til hun fikk videre beskjed. Etter at det nye prosjektet hadde startet, hadde Flora fordypet seg i bøkene sine mer enn noensinne. Alle bøkene hennes hadde mat- eller kaffemerker på seg. Hennes nye interesse var nanopartikler. Under det andre prosjektmøtet i forrige uke dummet hun seg ut da hun ikke kunne svare på det de andre spurte henne om. Hun søkte på Internett og sosiale medier for å finne svarene, mens gruppen hennes forklarte de komplekse spørsmålene utenat. Hun fant ikke gode svar på Internett. Andre spørsmål hun hadde om faget ble stående ubesvart av millioner av medlemmer i ulike fora internasjonalt. Ideene hennes fantes et eller annet sted i verden, men forskere og medisinsk industri publiserte aldri hemmelighetene sine på Internett. Noen på sosiale medier ba henne til og med om å prøve å google, med et snev av sarkasme. Dette var en verden der millioner kunne svare, likevel var det ingen som gjorde det.

Nok en uke fløy forbi. Den ene dagen jobbet hun i laboratoriet, den andre dagen skrev hun, holdt møter og planla på kontoret. Sammen med forskningsassistenten, Mark. En mandag i oktober skulle hun rengjøre kjemikalieflaskene og ordne dem i alfabetisk rekkefølge, kaste de gamle utløpte flaskene og bestille nye. Logistikk og rengjøring av utstyret var oppgaver for de nyere eller svakere personlighetene.

Med tungt hjerte sto hun opp og forberedte seg på denne nye dagen. Det var kaldt ute, men fortsatt ingen snø. Flora lukket døren etter seg og pustet tungt inn den kalde luften. Etter å ha ventet noen minutter på bussholdeplassen, begynte hun å bli utålmodig. Hun var et kvarter unna trikkeholdeplassen, der hun skulle ta trikken videre til universitetet. Hele tiden leste hun på telefonen. Akkurat som alle andre rundt henne. Plutselig ble tankene hennes avledet til forskeronline-forumet på internett. Hun hadde ikke spurt om noe der ennå. Det var den eneste norske siden, og hun hadde akkurat opprettet en konto der.

Vel inne på universitetet skyndte hun seg til laboratoriet. Det så ut som et stort kjøkken på den ene siden og som et stort kontor på den andre siden. Her kunne fire personer enkelt arbeide, og tolerere at hverandres veier krysset hverandre. Veggene, som hverken hadde vinduer eller dører, var dekket av vitenskapelige innrammede plakater fra forrige århundret. Ingen hadde noen gang hatt lyst til å bytte dem ut med nye. Det var ingen Mark der. Hun plasserte ryggsekken og vinterjakken på gulvet i det ene hjørnet og begynte å lete etter koppen sin. Koppen var gjemt i en av hyllene under arbeidsbenken. Kaffemaskinen sto rett utenfor laboratoriet. Denne laben var en lekeplass for eksperimenter med proteiner, DNA og vev. Når hun jobbet med mus, måtte hun jobbe i det store laboratoriet i kjelleren. Arbeidet hennes gikk ut på å utføre in vitro-eksperimenter med prøver av hvite blodlegemer og vev fra mus som led av autoimmune sykdommer. Deretter var det DNA-sekvensering og innsamling av data. I løpet av det siste året og frem til nå hadde hun bare mislyktes. Andres fiaskoer og suksesshistorier holdt motivasjonen hennes kokende i blodet.

Da hun åpnet kjøleskapet for å finne prøvene sine, husket hun at det var et møte med Vega og det nye teamet hennes etter lunsj. Vega tilbød seg alltid å hjelpe henne når andre var til stede. Vel, Vega var ikke av den hjelpsomme typen, hun var bare en nysgjerrig sjel. En annen av Vegas spesialiteter var den løse tungen hennes, som med sin syrlige natur lett kunne lage hull i en hvilken som helst overflate.

Tiden gikk fort i laboratoriet den morgenen. Mark viste seg å være en hjelpende hånd. Humoren hans gjorde den første delen av dagen verdt å leve. De pratet det meste av tiden og spiste matpakkene sine i laboratoriet. De var ferdige med å merke og rengjøre en tredjedel av flaskene, utstyret osv. Neste rotasjonstjeneste skulle være i neste uke. Hun hadde aldri sett Vega, Himani, Even og de andre postdoktorene gjøre rent på laboratoriene.

Da Flora kom inn i møterom nr. 210 i første etasje, satt de andre der allerede. Hun hadde vondt i beina, for hun hadde stått oppreist halve dagen, med bare én pause. Hun avledet tankene fra smertene ved å skanne rommet. Rommet var ikke særlig stort, men hadde en stor skjerm og et bord med åtte sitteplasser. Skjermen sto på, og Vega styrte den.

Vega ba Flora sette seg, med sin sedvanlige hundre watt skinnende brede smil om munnen. Så reiste hun seg. Heldigvis var hun i godt humør. Ellers ville hun ha kommentert at Flora kom sist.

"Flora, la meg presentere Dr. Mars Gulfjell og Leo Humlevaag for deg. De er spesialister på nano og genetikk og har gode kunnskaper om algoritmer. Noe ingen av oss har. Vi er heldige som har dem i prosjektet vårt. Andre kjenner du fra før," sa Vega, og holdt blikket fast på Flora. Hun snakket fort, og ingen kunne la være å registrere entusiasmen hennes.

"Hyggelig å endelig treffe dere," responderte Flora, mens hun reiste seg og håndhilste på de to nye medlemmene av teamet. Leo var den første, og han gjengjeldte smilet hennes. Mars gjengjeldte blikket hennes trassig. Det var noe annerledes med Mars i dag. Han hadde på seg en pologenser, og han stirret på henne. Det var ikke noe smil under det sirlig kjemmede, røde, lett krøllete håret. Det var heller ikke et pokeransikt, for han var fullt i stand til å smile. Flora skjønte at han måtte være sjokkert over å se henne. I det ene øyeblikket hvilte øynene hans på ansiktet hennes, i det neste fløy de raskt bort. Hun måtte være forberedt på å møte ham igjen en dag. Han tok hånden hennes fast da hun rakte ham den. Nervøsiteten hun følte ved den bevegelsen, fikk berøringen til å sende frysninger nedover ryggraden hennes. Hvorfor var hun nervøs? Kanskje andre hadde gjort ham overlegen i forhold til henne. Akkurat som når du er på et jobbintervju, der andre skal avgjøre fremtiden din.

"Det er en glede å treffe deg," sa Flora med sin rolige stemme, uten et ekte smil eller genuine skinnende øyne. Hendene hennes skalv lett. Hun følte at Mars la merke til det. Smilet hans var begrenset til leppene, noe de tomme øynene tydet på. Han minnet Flora om mennesker som aldri tilgir, selv ikke en liten fornærmelse. At han måtte være en superduper introvert person. Eller så var førsteinntrykket hans av henne dårlig. Uansett, han satte seg ned igjen og konsentrerte seg om de andre i rommet.

Det var også to andre postdoktorer i rommet, Tara og Martin. Flora likte dem. De jobbet på samme institutt, og hun kjente dem fra sitt første år. Hennes biveileder, Sander Sandberg, var ikke til stede. Han hadde fått denne rollen fordi det ikke var lett å finne en villig kandidat, og han hadde meldt seg som halvveis villig. Han var spesialist i endokrinologi, og det var en nyttig kompetanse når man skulle forstå og bistå når tema var hormoner fra skjoldbruskkjertelen, som var involvert i prosjektet deres. Så langt hadde Flora vært uheldig med veilederne sine. De var kunnskapsrike og kjente på sine felt, men lite tilgjengelige.

Semesterets første viktige møte startet med en introduksjon. Flora gjentok sin ambisjon som en del av innledningen, nemlig at hun var interessert i å finne måter å stoppe sykdommene på i de innledende stadiene og reversere dem. Og å finne hemmere og medisiner senere for å holde symptomene i sjakk. Genterapi var det største håpet for henne. Mens hun snakket, smilte de mildt. Flora husket hva moren alltid har sagt til henne når hun var liten, for bare "ukloke" og "nybegynnere" skryter av de umulige oppgavene og av de mest ambisiøse forskerne. Derfor valgte hun å holde sin ivrighet i sjakk.

Vega presenterte Prosjekt B og deres plan for gjennomføring og ønskede resultater etter dette. Hun var glad for å kunne meddele at hun og Mars skulle lede prosjektet sammen. Deretter presenterte Mars planen sin og hva han hadde gjort så langt. Han jobbet med å lage algoritmer og dataanalyser basert på data som var samlet inn fra pasienter fra to store sykehus i Oslo. I tillegg skulle han finne måter å lage nanopartikler på som kunne frakte de modifiserte genene tilbake til kroppen til de berørte musene. For å lykkes med dette skulle Flora og teamet utvikle modifiserte celler ved hjelp av CRISPR.

Etter at de var ferdige med presentasjonen, spurte Vega: "Noen spørsmål?"

"Hvis vi skal jobbe som et team, er det ikke da bedre at jeg deler kontoret med Tara og Martin når jeg jobber med prosjekt B?" spurte Flora.

"Vel, du jobber ikke med nano eller kunstig intelligens, så det er ikke behov for dette. Dette er langt over ditt interessefelt. Vi har allerede for få arbeidsstasjoner i denne bygningen. Mars og Leo har derfor fått tildelt en plass på Rikshospitalet. Tara og Martin kan nås i vår bygning. De har ikke plass til et ekstra bord hos seg. Når du er ferdig og må rapportere til dem, er det bare å gjøre en avtale med dem. Det beste er å rapportere til meg først. Jeg kommer til å lede prosjektet." Hun smilte listig, og la til:

"Vi kommer til å ha et ukentlig oppdateringsmøte på teams eller her, avhengig av situasjonen." Hun likte å være leder. "Og en ting til som gjorde meg nysgjerrig: Hvorfor er det Sonia som vil sende den første artikkelen din til publisering, og ikke deg som forfatter?" Alle så på Flora forundret og overrasket.

"Jeg har ingen anelse. Kanskje du kan spørre Sonia. Hun likte utkastet jeg sendte til henne i forrige uke." Flora hadde ingen anelse. Det kunne jo være at artikkelen hennes var verdt å nevne med henne som medforfatter, og at Sonia var ute etter å få navnet sitt på en velkjent internasjonal publikasjon. Det var tross alt Sonias første favorittprosjekt. Vegas ord var skarpe og ga henne kvalme. Uansett ville det være en milepæl i doktorgraden hennes.

"Jeg har alltid sendt inn alle artiklene mine selv. Jeg har aldri hørt om en veileder som har gitt spesialbehandling til studenten sin da jeg tok doktorgrad," gjorde Tara et poeng av det.

Det førte til flere argumenter. Hvordan de ble behandlet fra topp til bunn i akademia da de var doktorgradsstudenter.

"Det er jo en æressak for enhver veileder at studentene får doktorgraden sin til slutt. Prosjektene vil uansett fortsette til pengene tar slutt. Enhver suksess betyr berømmelse for både veiledere og studenter, og en fiasko betyr bare at løsningen ikke er mulig på nåværende tidspunkt," sa Mars. Flora stirret overrasket på ham. Jøss, dette var hans måte å sette en stopper for diskusjonen på. Flora trakk pusten raskt og brukte all sin energi på å kontrollere irritasjonen da Vega begynte å snakke igjen.

Denne gangen mente Vega at biologi ikke var så overlegent og vanskelig sammenlignet med nanoteknologi, eller hva det nå var disse mennene holdt på med. Hun møtte blikket til mennene som satt overfor henne. Leo og Martin var tause typer. Det var ingen smil i rommet lenger. Hva slags mennesker jobber egentlig med vitenskap? Nerder? Dette møtet var annerledes enn tidligere. Eller var det Vega som skapte negative vibber?

Flora og Tara forlot møterommet først. Da hun kom på at hun hadde glemt koppen sin, gikk hun straks tilbake. Vega, Mars og Leo satt fortsatt i rommet.

"Du begynner å bli glemsk for tiden, Flora. Er alt i orden hjemme?" spurte Vega med et listig smil.

"Alt er bra. Det er bare det at jeg føler at jeg mister en bit av hjernen hver gang jeg tenker," svarte Flora med et like overfladisk smil. Hun unngikk å se i retning av Mars. Da hun forlot rommet igjen, hørte hun latteren fra Vega og de andre. Det var ikke noe å le av, kanskje en eller annen innsidevits.

"Til helvete med dem," sa hun til seg selv og trampet på papirservietten som lå på gulvet. Så kastet hun den i søppeldunken som sto ved siden av vannkjøleren i korridoren.

Da hun startet på doktorgraden, var motivasjonen høy. Etter hvert som hun leste mer og mer, fant hun ut at hun kunne lite eller ingenting om menneskekroppen. Fjoråret var litt hjelpsomt, og hun hadde vært sent ute med sin første artikkel. På denne tiden hadde andre doktorgradsstudenter skrevet minst én artikkel. Hun ønsket å klandre alle i teamet. Ingenting ved samarbeidet lignet teamarbeid, og alle bremset alle andre. Det verste var at veilederne hennes, som også var ekte leger, og ikke bare Ph.d.-er, ikke ga henne nok av sin tid.

En ting var sikkert, de beholder henne i hvert fall i prosjekt B. Ingen fortalte henne om møtet mellom HR og Sonia. Sonia nevnte aldri om de skulle flytte henne til et nytt prosjekt i en tilfeldig avdeling eller ikke.

Resten av dagen gikk rolig for seg. Hun dro til laboratoriet igjen, og denne gangen forberedte hun lysbildene for observasjoner. Artikkelen hennes var i ferd med å ta form i teori, minus grafer, ettersom dataene var ufullstendige. Artikkelen var relatert til begge prosjektene og var basert på observasjoner fra prøver av eksisterende pasientdata. Hun hadde en følelse av at hun ville bli skjøvet over til det andre prosjektet, siden det var Sonias yndlingsprosjekt.

Denne første artikkelen ble ikke fullført innen fristen, og dermed var det ikke annet å gjøre enn å gråte over situasjonen. I går kveld leste hun på Internett at hun ikke var alene. Det var millioner av mennesker i samme båt som henne. Uproduktive og utsettere. Alle klaget over hva de gjorde eller ikke gjorde.

Kanskje hun kunne snakke med søsteren sin, Fauna. Floras søster var fortsatt i sitt siste år på universitet. Hun studerte til å bli lærer, og var litt annerledes enn Flora, sosialt sett. Ups! Plutselig ga magen lyd fra seg og varslet om behov for mat. Hun var ikke engang en god kokk som moren. Da hun var liten, var morens mat en trøst når det skjedde noe på skolen. Hun savnet barndommen sin. Tiden de tilbrakte sammen. Musikken de elsket. Filmene de så sammen. Alt forandrer seg med tiden.

Hun ringte Fauna, men fikk ikke noe svar. Kanskje søsteren var opptatt? Flora ville ringe tilbake senere. Hva med vennene hennes? Jo, hun hadde tre gode venner, og de hadde kontakt. To av dem bodde sammen med sine partnere, og en studerte fortsatt i Bergen. De burde møtes en dag i Oslo. Eller hun burde besøke dem.

Når man trenger noen desperat i livet, skjer bare det motsatte. Med denne tanken endte hun opp med å varme frossenpizza. Etter å ha ryddet opp var det kun litt sårt tiltenkt søvn hun prioriterte. Tankene hennes fløy tilbake til Mars. Han var tiltrekkende, men uaktuell for henne, slik han oppførte seg rundt henne. Han kunne være singel, eller ikke, men hvem brydde seg? Jo, han var singel, det forklarte hvorfor Vega beskyttet ham som en høne. Vega hadde blitt singel igjen etter sitt mislykkede forhold. Sonia bodde sammen med familien sin og hadde to barn. Mens Vega var ambisiøs og alltid med nye kjærester. Det var alltid plass til noen nye i livet hennes. Andre kolleger var i stabile forhold, antok hun. Himani var som henne. Alene. Hun kunne snakke med Himani også. Men da var hun kanskje like sliten som henne, i det dedikerte forskerteamet deres. Hun smilte av tankene sine. Det var vanskelig å sove når hun gublingen blåste opp til full storm i hodet. Hun sto opp igjen og lagde pasta til matpakken for neste dag.

Tilsatte tørkede tomater, ostebiter og oliven. Hun hadde bestemt seg for å lage mat hjemme oftere og redusere kostnadene ved å spise ute.

Hun tok med PC-en til den kjære sengen, krøp under dynen og krøllet seg sammen. Deretter åpnet hun PC-en, gikk inn på forskeronline.no og logget seg inn. Hun brukte lang tid på å velge profilnavn, og det var Venus94. Et tilfeldig tall som dukket opp i hjernen hennes. Det hadde vært litt aktivitet på forumet, til hennes store forbauselse. Men hun var ikke der for å prate med alle. Hun skulle finne professor Seaford eller professor Ford i den digitale verden. Hun hadde sjekket universitetsprofilen hans. Og han var virkelig en halvgud. Han var hennes gåte. Jøss ... Ikke rart at bordvenninnen deres snakket så varmt om ham. Han matchet til og med hennes forestilling om en drømmemann. Nei, nei, nei, det var ikke slik hun skulle ta kontakt med ham. Men fantes det noen annen måte nå? Hun var tross alt ikke en robot, men et menneske med behov.

Når hun var ferdig med doktorgraden her i Oslo, ville hun søke postdoktorstilling der han måtte jobbe på det tidspunktet. I dette øyeblikket klarte ikke Flora å bestemme seg for hva hun skulle spørre om på forumet. Selv om hun ville streve med å spore opp professoren, skulle hun forsøker. I henhold til forumets retningslinjer kunne man ikke kontakte medlemmene direkte. Det var heller ikke lov å avsløre personlig informasjon, som hvor hun jobbet eller e-postadressen. Dette var for å beskytte alle mot forfølgere, svindlere og markedsføringsbyråer.

Med litt mot og viljestyrke la Flora ut sitt første spørsmål på nettstedet:

"Dette er mitt første forsøk på å poste her. Jeg er doktorgradsstudent på andre året. Jobber med et prosjekt i immunologi og autoimmune sykdommer ved det eneste universitetet i Oslo hvor dette prosjektet er godkjent. Det er prestisje å være den utvalgte. Så langt har det gått bra. Men i det siste har jeg likevel utviklet en slags frustrasjon fordi ingenting fungerer som forventet. Alle blots – vestlige, sørlige og nordlige – har mistet retningen. Noen ganger våkner de ikke engang, og gelen som er igjen, er akkurat som hjernestatusen min. På toppen av det hele støtter ikke veilederne mine meg slik de skulle. De er opptatt med andre ting, og ser en annen vei. Jeg føler meg som et naut. Ikke nok med det, nå har jeg blitt satt på et annet prosjekt, og to nye eksterne deltakere er like langt unna som Japan er fra Norge.

Uansett, spørsmålet mitt er ...:

Er jeg alene med disse følelsene?"

Hvis Himani hadde lest dette, ville hun ha sagt at spørsmålet hennes luktet ensomhet og kjedsomhet.

Bak skjermen var hun trygg for forlegenhet og for å bli dømt. Hun hadde vært en stille og sjenert person helt siden barndommen. Det var først da hun begynte på masterstudiet at selvtilliten fikk et løft. Men likevel hadde hun perioder der hun gjemte seg i arbeidet sitt, i ensomhet og langt borte fra fordommer. Hun sa til seg selv at hun ikke skulle bli trist eller skuffet hvis ingen svarte på spørsmålet hennes.

Da hun trykket på send-knappen, smilte hun. En følelse av lettelse strømmet gjennom årene hennes. Oppdraget til Mars var fullført. En melding poppet opp på skjermen hennes om at henvendelsen hennes ville bli publisert etter at administratoren hadde vurdert den. Og det kunne ta en dag. Hun lukket den bærbare datamaskinen og sovnet endelig. I morgen kunne hun begynne tidlig, først på biblioteket.

Fire

Natten var fortsatt ung, og Flora våknet brått av en plingelyd fra mobiltelefonen. Til hennes overraskelse var det en e-postvarsling og ikke en reklame-SMS. Det krevde en enorm anstrengelse å åpne øynene, som om de var limt sammen. Forventningene pumpet adrenalinet inn i hjernen hennes. Og der sto hun med mobilen mellom fingrene og hånden høyt hevet i været. Disse varslene fungerte som en alarm iblant. Nysgjerrigheten tok overhånd, og hun åpnet e-posten. Det var fra administratoren av forskeronline.no. Hun ble bedt om å endre spørsmålet sitt til et mer forsknings- eller vitenskapsrelatert spørsmål, og om å ikke bruke nettstedet til psykologiske spørsmål og personlige problemer. Administratoren kunne ikke publisere meldingen hennes. For slike spørsmål burde hun bruke Quora eller lignende nettsteder til.

Flora var i ferd med å kaste telefonen et eller annet sted, men hun var ikke impulsiv nok til å begå en slik dumhet akkurat nå. Ikke så rart, nettstedet var elendig og hadde lite trafikk. Men denne beskjeden var ikke den egentlige grunnen til at hun ble så sint. Det var bare at forskningen hennes, arbeidsgleden og alt annet var helt miserabel for øyeblikket. Flora søkte til og med på Internett om hva hun skulle gjøre når ting ikke gikk sin vei. Den egentlige grunnen til at hun ville bruke Forskeronline, var at hun ville komme i kontakt med professor Ford. Siden hun første gang hørte om ham og så bildet, hadde hun tenkt på ham hver ledig stund. Han hadde likevel ikke kommet helt inn i drømmeverdenen ennå. Hadde hun spurt en hvilken som helst person om hvordan kontakte ham, ville de ha ledd av henne. Eller bedt henne om å gå direkte til universitetet, naturligvis. Men den veien skremte henne. Hun ville bare prøve seg frem først. Og hvor dumt ville det ikke virke på ham når hun sa på mobilen: "Jeg leter etter en venn som kan diskutere alt mulig under sola, prosjektene mine og ideene mine. Og jeg har valgt deg blant en milliard mennesker i denne verden. Fordi det jeg har hørt om deg, forteller meg at du er min drømmepartner." Hun ville blitt blokkert av ham umiddelbart. Sannsynligheten for å få svar fra ham på Internett var liten, men ikke umulig, ettersom nettstedet hadde et begrenset antall besøkende og medlemmer. Hun bestemte seg for å prøve lykken. Noen ganger kunne to negative hendelser gi et positivt resultat. Det som var betryggende, var at hun var skjult bak en identitet på nettet som ingen andre ville kjenne til.

Denne gangen sendte hun en ny melding fra telefonen sin og tagget @professorford sammen med den. Hun ville at professor Ford skulle reagere hvis han valgte å lese det. Og ønsket at alle universets guder skulle utløse et mirakel på jorden.

Venus94: "Er det noen på forumet som er spesialist på T-reg-celler, eller kanskje hormoner og immunologi? Jeg driver med forskning innen medisinutvikling. Jeg har noen spørsmål rundt dette, og jeg finner ikke noe relevant informasjon verken på nettet eller offline." Hun satset på dette spørsmålet. Et svar fra ham ville gjøre dagen hennes verdt å leve.

Klokken var fire om morgenen, og hun klarte ikke å sove lenger. Klokken fem var hun klar til å gå ut av soverommet sitt, i den kalde leiligheten. Det var kaldt og mørkt ute, som vanlig i slutten av september. Men veldig fredelig. I løpet av en halvtime var hun på biblioteket på Universitetssykehuset.

Biblioteket var ikke særlig stort, siden det var et medisinsk bibliotek og kun for studenter, leger, forskere og annet personale. Det lå ved sideinngangen til sykehuset og like ved bygningskomplekset hennes, Domus Medica. Det var mørkt da hun kom inn, bortsett fra nødlysene som antydet rommets form. Det var godt at det ikke var noen der. For å komme inn tappet hun universitetskortet sitt på den svarte kortboksen ved døren. Sensorene slo automatisk på lyset. Hun siktet seg inn på favorittplassen sin i biblioteket, og satte kursen mot det vanlige bordet i enden av bordrekken. Der kunne hun gjemme seg mellom veggen og bokhyllene, og for verden.

Til hennes store overraskelse fløy tiden av gårde, og datamaskinen hennes viste at klokken nesten var syv. Det var fortsatt mørkt ute. En time igjen før hun kunne bevege seg til kontoret sitt. Andre brukte hjemmekontoret når de ikke hadde noen laboratorieplan. Men hun hadde ikke den luksusen.

Flora hørte at noen kom inn i biblioteket. Hun kunne ikke se hvem det var, for en dataskjerm var i veien. For det andre var hun ikke interessert i inntrengeren. Fra siden kunne hun se at noen kikket på bøkene mellom bokhyllene. Noen minutter senere sto han ved den automatiske bokstasjonen og trakk kortet sitt. Da han var ferdig med å skanne bøkene, ble han skremt av "hei"-et hennes. Han mistet nesten bøkene i hendene.

"Å, hei, jeg så ikke at du var her. Du er tidlig ute," sa Leo. Smilet hans avslørte en grop i kinnet. Han samlet sammen bøkene i all hast, tok en stol og satte seg forsiktig ned med henne. Han holdt fire bøker i fanget. Håret var kjemmet pent bakover, og han var iført en mørkeblå jakke og jeans.

"Så, starter dere tidlig på jobb?" spurte Flora. Hun var så nysgjerrig at hun lukket datamaskinen med et dunk. Han var søt og smilte. Ikke som ved første møte, da han var stille og alvorlig som Mars.

"Jeg hadde et ærend, og kjæresten min måtte også gå tidlig."

"Bor du i nærheten?" Spørsmålet var preget av overraskelse. Det var nemlig svært kostbart å finne en leilighet i nærheten av universitetet.

"Ja, vi leier en leilighet i nærheten. Kjæresten min fikk jobb i Oslo, og da var jeg desperat etter å finne en jobb selv, noe som heldigvis gikk fort. Hva med deg, da? Trives du her som doktorgradsstudent?"

"Jeg var veldig spent i begynnelsen. Men nå er jeg som en hvilken som helst annen doktorgradsstudent," svarte hun med et smil.

Etter en kort pause stilte Leo henne flere spørsmål enn han hadde planlagt. Samtidig fulgte han med på klokken på veggen. Flora følte at han ønsket å snakke, men samtidig ville gå. Han hadde det nok travelt.

"Så du er ikke fra Oslo. Hva med Mars? Har du møtt ham her, eller kjente dere hverandre fra før?" Så mye for hennes tidligere beslutning om å unngå Mars, spesielt Mars.

"Du skjønner, jeg er fra Bergen, og Mars er en Oslo-gutt. Foreldrene hans ville at han skulle være i nærheten. Så han flyttet for bare noen måneder siden. Dette er drømmeprosjektet hans, og jeg var bare glad for å kunne være her å jobbe. Jeg er ny i medisinske prosjekter."

Leo var halvt sittende og halvt stående. Kroppsholdningen hans røpet at hun burde avslutte spørsmålstillingen.

"Vi ses på neste møte. Det var hyggelig å snakke med deg."

"Takk det samme her." Han gikk i all hast, uten å se seg tilbake.

Da Flora var ferdig en halvtime senere, gikk hun forbi låneautomaten. Hun oppdaget at Leo hadde glemt inngangskortet sitt. Det var mange lånere som mistet kortene sine her. Derfor hadde hun for vane å sjekke automaten hver gang hun lånte noe før hun gikk. Hun tok kortet ut av automaten. Hennes første tanke var å legge det igjen i bibliotekskranken med Post-it-klistremerker. Men det var et bilde av Mars på kortet. Altså lånte Mars den til Leo. Hadde det ikke vært for at han ble så opptatt av å prate med henne, ville han ha husket kortet. Dette pirret nysgjerrigheten hennes. Hun kunne ikke lese tittelen på bøkene tidligere som Leo lånte for Mars, men et raskt pip på bøkene fortalte henne at de var medisinsk relaterte. Hun lo stille for seg selv av sin unødvendige interesse for Mars. Hun tok kortet med seg og gikk til hovedbygningen på Rikshospitalet. Men bygningen var stor, og hun hadde ingen anelse om hvor hun kunne finne mannen. Så hun gikk tilbake til kontoret sitt. Flora fant telefonnummeret til Mars på universitetets hjemmeside da hun befant seg alene på kontoret sitt. Med Himani til stede ville hun ha pratet i vei om noe annet og gremt å gjøre det.

"Jeg fant kortet ditt på biblioteket i dag. Du trenger det kanskje for å komme inn på kontoret ditt. Hvor kan jeg levere deg det?" skrev hun i SMS til Mars.

Hun hadde tenkt å utelate navnet sitt i den første meldingen. Det var mystisk og morsomt på den måten. Kanskje ville hun signere oppfølgingsmeldingen med navnet sitt. Bare bra hvis Mars ikke gjettet hvem som skrev til ham. På den annen side forventet hun en svar-melding fra Mars uansett.

Det tok ti minutter før telefonen hennes vibrerte, og hun så at det var en melding fra et ukjent telefonnummer. Sannsynligvis fra ham.

Mars: Takk. Ikke bekymre deg. Bare legg den igjen i resepsjonen på sykehuset. Jeg henter den der. Du burde ha lagt den igjen hos bibliotekaren, så kunne jeg ha hentet den der.

Flora svarte ham umiddelbart. Dette var ikke det svaret hun hadde forventet. Han kunne ha vist henne mer takknemlighet og spurt hva hun het. Men nei, det gjorde han ikke.

Flora: Det var ingen bibliotekar der, og jeg følte meg ukomfortabel med å legge igjen kortet ditt i skranken. Jeg kan ikke levere kortet ditt i resepsjonen før klokken 16.00 i dag. Dagen er full av møter. Vil det være greit for deg?

Jøss. Hun merket at hun likte å erte ham. Etter en halvtime dukket det opp en ny melding på telefonen hennes.

Mars: Ikke noe problem. Jeg jobber hjemmefra i dag.

Da forsvant den morsomme delen av episoden. Hun ville skrive igjen og fortelle ham at hun hadde ombestemt seg. Men det nyttet ikke. Hun hadde for mye på timeplanen akkurat nå. For en drittsekk han var. Han ante ikke hvem som hadde sendt ham beskjeden, og han brydde seg ikke en gang om å spørre. Så hun leverte kortet til sykehusets resepsjon før hun møtte Sonia. Da var den saken løst.

.....

63

Hun hadde et møte med Sonia rundt middagstid for å diskutere tittelen på avhandlingen og den første artikkelen.

Sonia hadde kontor i andre etasje. Flora trakk pusten dypt før hun banket på døren. Hun banket først lett, så enda en gang. Til slutt hørte hun et svar, og gikk inn. Hjertet hennes banket fort av ukjente årsaker. Kontoret hennes hadde vinduer på to sider, og rommet var større enn stuen og soverommet hennes til sammen. Den ene siden var full av bokhyller, bøkene sto tett i tett. Hun gikk bort til skrivebordet laget av mahogni og satte seg ned. Sonia smilte til henne. Det var et positivt tegn. Likevel skremte Sonia henne av og til. Det var personligheten hennes og øynene hennes. Måten hun så på byttet sitt med de store øynene. Hun husket intervjuet til doktorgraden. Hadde det ikke vært for de gode referansene og karakterene fra mastergraden, hadde hun aldri fått denne stipendiatstillingen. For det andre var det kun tre som hadde søkt på stillingen. Derfor var sjansene hennes store. Masteroppgaven hennes om auto immunitet var dessuten perfekt relatert til dette prosjektet.

"Så, Flora, hvor langt har du kommet med din første artikkel?"

"Jeg jobber fortsatt med den. Jeg trenger hjelp med datastruktur og grafer. Jeg var ferdig da jeg fant ut at observasjonsdata fra de samme pasientene ga forskjellige resultater da ulike parametere og variabler ble brukt. Og blodprøvedataene er ufullstendige for noen pasienter. Derfor ser det ikke veldig lovende ut på dette stadiet."

"Velkommen til forskningens verden. Derfor mener jeg at prosjekt B er mer presist enn prosjekt A. Etter at denne artikkelen er publisert, skal du gå helt over til prosjekt B. Jeg har noen forslag til avhandlingen din nå. Men det som ikke er bra, er at jeg det siste halvåret stadig har minnet deg på at du må skynde deg med artikkelen. Men det har gått i stå hos deg," sa Sonia med rolig stemme. Med disse ordene rant alt blodet ut av Flora, og hun var i ferd med å sprekke som en vulkan. Men kontrollen over følelsene hennes kom godt med. Sonia hadde ikke engang svart på hennes millioner av e-poster, meldinger på Teams og alle andre kanaler som var tilgjengelige for dem. Plutselig fikk hun skylden for forsinkelsen.

"Artikkelen min er forsinket, men jeg har ventet på tilbakemelding hele tiden," sa Flora etter ett minutts stillhet. Hun håpet på et mirakel for å unngå flere forsinkelser. Hun ventet bekymret på Sonias reaksjon. Det var Floras røde kinn og kokende ører som fikk et falskt smil til å tone frem på Sonias lepper. Sonia stirret på henne som en hyene som overvåket festmåltidet sitt, og nøt synet. "Ja, angående det. Jeg ba dr. Sandberg om å bistå deg, og hvis han ikke var tilgjengelig, skulle du ha kommet til meg. Du må forstå at det også er ditt ansvar å få ting til å skje i akademia. Jeg gir deg ti dager til å fullføre. Den gode nyheten er at det verdenskjente vitenskapelige tidsskriftet Nature endelig har sagt ja til å publisere denne artikkelen, både på nett og i trykt utgave. Jeg må sende den inn om to uker. Bare gjør den ferdig snart, så skal jeg fikse de andre detaljene."

Det ville være en stor nyhet hvis hennes første artikkel ble publisert i Nature. I stedet for lykke følte hun heller at hjertet nesten sluttet å slå. Alle symptomene i flukt- og kampmodus slo til for fullt. Halsen var veldig tørr, og hun hadde glemt å ta med seg vannflasken.

"Det er ok å ha et lite utvalg data i artikkelen som du har nå. Du kan gi den tittelen "Økning i produksjon av hormoner for å redusere revmatisk leddgikt og reversering via genterapi." Jeg likte ikke tittelen din, da det var umulig å forestille seg hva du skrev. Hva viser dataene så langt?" spurte Sonia etter å ha stirret på Floras ansikt i noen sekunder. Øynene deres møttes. Sonia smilte falskt til Flora igjen. Sonia

66

ble kald og varm som svingningene i været om våren. Flora hadde forklart om dataene bare for ti minutter siden. Hvorfor tok hun opp det samme? Mens Flora snakket langsomt, gikk Sonia gjennom dataene hun hadde på maskinen sin. Flora hadde sendt henne dem for en måned siden. Flora var sikker på at Sonia ikke hadde lest noe som helst så langt. Det var greit at Sonia foreslo tittelen, selv om Flora foreslo den for et år siden. Nå tok Sonia æren for det, etter mange endringer. Tenk om tittelen ble endret så mange ganger, hvor mange revisjoner ville det være i artikkelen hennes? Et håp var at hennes biveileder skulle veilede henne mer nå. Sonia var som vanlig opptatt med andre ting.

"Dataene vi har samlet inn, viser blandede resultater. Ulike eksterne faktorer kan ha spilt inn på resultatene. Men der vi ser resultater, er det veldig bra. Leddgiktpasienter som responderte på behandlingen, var i stand til å gå uten krykker til neste behandling. Men det er vanskelig å vise hvorfor det ikke hjelper alle. Det er ingen blind studie. Alle får riktig behandling," sa Flora bare for å drepe stillheten som hadde senket seg i rommet. Hun måtte ta seg sammen og vise Sonia hva hun var i stand til. Hun ville gjøre et bedre inntrykk på verden gjennom artiklene sine. De neste to ukene skulle hun leve på pasta og bare sove fem timer hver dag. Det var nok til å overleve. Hjernen måtte på kort tid lagre flere ting i hukommelsen.

Hvorfor anstrengte Sonia seg så mye for å kontakte Nature? Hun husket at Sonia aldri hadde publisert noen av publikasjonene sine internasjonalt. Det ville hun finne ut av senere. Nå hadde hun ingen tid å miste.

"Vi trenger ikke å tenke på det som ikke fungerer. Vi er bare interessert i resultatene. Bare gjør ferdig det du har så langt. La dr. Sandberg gå gjennom artikkelen din før du sender den til meg igjen. Tiden tikker fort nå. Jeg sender deg mer informasjon og instruksjoner i dag. Husk at vi professorer i akademia er fossiler som overlever her til det siste. Lykkelige eller ulykkelige. Men forskningsstudenter kommer og går. Du kan gå nå. Etter at denne artikkelen er publisert, konsentrer deg bare om tyreoiditt, tymus og alt som begynner med T. Du må lære deg teamarbeid, Flora. Jeg forstår situasjonen din, men senere håper jeg at du tilbringer mer tid sammen med dem." Før Flora rakk å si noe mer, reiste Sonia seg fra stolen. Hun sto med hendene foran bordet. Som en terrier som skulle til å angripe.

"Og en ting til: Hvis det er noe som plager deg, eller hvis du har hørt rykter, så kom direkte til meg. Jeg er imot at dere oppretter en sladderklubb for å spre rykter. Eller forstyrrer ledelsen som ikke har noe med deg å gjøre," advarte Sonia. Hun stirret på henne uten å blunke.

Med disse ordene og et resignert fjes, så Flora ned på den bærbare datamaskinen sin. Hun unngikk å se direkte på Sonia, som hadde knepet øynene sammen for å advare Flora om hennes fremtidige undergang. Men hun var klar over Sonias blikk på henne, og tankene bak de advarende øynene. Flora aksepterte ordene, uten å anerkjenne budskapet. Hun var lettet over at hun fortsatt skulle være med i det samme prosjektet.

Flora samlet sammen tingene sine og forlot rommet uten å se tilbake. Hun sa takk og alt hun trengte å si i sin situasjon som student til en professor. Sonia begynte plutselig å interessere seg for doktorgraden hennes. Hun var som en sjef som vekselvis gir sine ansatte kald og varm behandling. Hun fortalte henne at Flora skulle adlyde hierarkiet og gjøre som de over henne sa.

Flora hadde hørt at grunnen til at disse professorene ble sittende i stillingene sine til beina ikke lenger kunne bære dem over terskelen til universitetene og høyskolene, var at det var få jobbmuligheter innenfor deres fagfelt. I Oslo var det bare ett universitet og én privat høyskole hvor professorer i medisin eller beslektede fag kunne arbeide. Ellers måtte man flytte til andre byer eller privat sektor. Hvert år drømte mange postdoktorer om at noen professorer kunne gå av med førtidspensjon, men nei. Selv etter at de hadde gått av med pensjon, jobbet de som professor emeritus, rådgivere eller sensorer. Dørene til nye professorstillinger ble sjelden åpnet. Hele nettverket av professorer og andre akademiske stillinger var tett sammensveiset. Bare de heldige fikk adgang til stabilitet og et evig liv som lærer.

Det var vanlig at eksperimenter i laboratoriet slo feil. Hver gang eksperimentet mislyktes, fikk Flora likevel dårlig samvittighet for at det var hun som gjorde feil. Vitenskap på doktorgradsnivå føltes mindre morsomt. Kanskje kunne hun gå inn i industrien senere og droppe drømmen om å bli postdoktor og senere forsker? Å bli professor i fremtiden var uaktuelt. Hun var ikke god til å undervise.

Flora gikk tilbake til skrivebordet sitt. Himani og Even diskuterte hvordan Vega oppførte seg merkelig foran de andre i lunsjen. De sa at Vega, Sonias bestevenn, ble gal av små uenigheter, bare de diskuterte politikk om forskningsmidler. Himani prøvde å beskytte Vega ved å skylde på stjernene. Men Even var rasende over at hun ikke kunne akseptere andres synspunkter. Vega var alltid høflig og kontrollert når de høyere opp i hierarkiet var til stede. Men hun kunne være annerledes overfor Flora, Himani og andre postdoktorer. Flora lot dem analysere Vegas oppførsel og personlighet i fred, og åpnet PC-en sin. Hun fulgte dem fra øyekroken. Hun kunne høre dem selv med hodetelefonene på. Hun holdt hodet lavt, drakk teen sin og fortsatte å lese dataene sine. Teen fylte hun i termosen for flere timer siden. For en gangs skyld ville hun prøve nye ting, som afrikanske tesorter eller café latte med ulike smaker. Hun trengte all sin konsentrasjon nå. Det var ikke lett å konsentrere seg når kollegene snakket. Og hun måtte for enhver pris få orden på datamaterialet og bli ferdig med det første utkastet til artikkelen før neste mandag. Når hun hadde fått henne en frist, kunne ingen jordisk makt stoppe henne. Det eneste som kunne komme i veien, var tankene om professor Ford. Hun brant etter å spørre professor Ford om hans første doktorgradsartikkel. Men så kunne hun google om ham senere. Det var en fare for at han lot være å svare henne hvis hun gikk over streken. Forespørselen hennes ble akseptert andre gang, men ingen hadde svart henne på forskeronline siden. Det hadde gått fem dager. I samme øyeblikk som hun vurderte å gi opp å få noen oppmerksomhet fra professor Ford, hørte hun plinging fra mobiltelefonen.

Til sin overraskelse fikk Flora et direkte svar i postkassen. Svaret burde ha blitt lagt ut på forumet, men nei. Det var professor Ford. Det var vanskelig å tro. Hvorfor sendte han direkte til henne? Professorford@forskeronline.no: "Takk for spørsmålet ditt. Selv om den var ment for alle besøkende på nettstedet, tok jeg meg friheten til å svare deg via e-post. Tross alt ble jeg tagget. Jeg er ikke aktiv på dette nettstedet i disse dager. Men vil gjerne svare på spørsmålene dine via e-post og ikke på forumet. Jeg håper at andre ikke tagger meg slik du har gjort. Husk at medisinsk-relaterte prosjekter ikke kan diskuteres åpent hvis du vil bruke informasjonen i din doktorgradsavhandling eller noen vitenskapelige publikasjoner. Spesielt for det pågående prosjektet og med tanke på databeskyttelse. Kunnskap er verdifull i disse dager, og det er alltid en fare for sniking, plagiering og andre ting. Hva brenner du for, og hva jobber du med?

PS - Hold spørsmålene dine begrenset til biologi, genetikk osv. Selv om jeg heter professor Ford, er det ikke sikkert jeg kan svare på alle spørsmålene dine. Med andre ord, ikke behandle meg som en AI-robot eller google."

Professor Ford har kanskje sans for humor, tenkte Flora. Flora hadde lyst til å svare med en gang i sin eufori. Men hun kunne ikke vise professoren at hun var for ivrig. Ute var landskapet vakkert, det var slutten av september, og solen skinte sterkt. I det siste hadde professor Ford tatt over tankene hennes på fritiden. I drømmene hennes var han der. Bildet av ham fulgte henne overalt, og all fritiden hennes gikk med til å dagdrømme. Flora var klar over at hvis hun ikke fikk slutt på dette tullet, ville den eneste kuren være en psykiater. Hun hadde tittet på bildet av ham utallige ganger, som var lastet ned fra universitetets nettsted. Google viste noen av hans prestasjoner. Og i drømmene hennes fantes flere handlinger sted. En gang ble hun invitert av professor Ford til å holde en presentasjon om immunologi på universitetet hans i nord. Da hun var ferdig, var han den første til å klappe for henne. Deretter begynte hele konferansen å klappe, og gi stående applaus. I en annen drøm møtte hun ham ved en tilfeldighet på flyplassen i Oslo. Han kjørte henne hjem i sin leide bil, som en gentleman. Hun sto alene på bussholdeplassen og ventet på flybussen. Drømmene var det eneste vakre hun nøt om dagen. Hun smilte inni seg da Himani sto ved skrivebordet hennes og iakttok henne. Hun minnet henne om Minni Mus, som stod og vippet med den ene foten, med hendene hvilende på hoftene og ventet utålmodig på oppmerksomhet.

"Dagdrømmer du igjen, Flora?" spurte Himani.

73

"Ja og nei. Kan du hjelpe meg med å lese førsteutkastet til artikkelen min på søndag? Jeg vet at bare søndag er mulig for deg," smilte Flora.

"Hvor mange sider?"

"Rundt tjue, tror jeg. Skal kutte på teksten uansett. Du er en elskling, Himani." Flora takket Himani med en klem.

Fem

Neste morgen trengte Flora ro for å sende sitt første spørsmål til professor Ford. Hjernen hennes fantaserte ikke lenger. På vei til biblioteket var trikken nesten tom. Stillheten, mørket utenfor universitetssykehusets bibliotek og hennes dystre humør var i synk. Da hun sto opp om morgenen, ville hun sende beskjed til Sonia om at hun var syk. Slik at hun kunne jobbe med artikkelen sin i fred. Men det var ikke lurt på dette stadiet av studiene. Det eneste hun kunne gjøre i dag, var å informere Himani om at hun var opptatt og ikke kunne delta på noen møter. Og håpe at Sonia ville ha forståelse for det. Hvis hun bare hadde hatt noen som bodde sammen med henne, som kunne ha gitt henne litt trøst. Noen som kunne gitt henne en skulder å gråte på.

Siden hun ble ferdig med bachelor- og masterstudiene, hadde hun slitt med konfronterende tanker. Skulle hun ha en kjæreste, eller skulle hun vente med det til doktorgraden var over? Hver gang hun var inne på datingsider, deaktiverte hun brukeren sin etter noen dager. For guttene som ville ta kontakt med henne der, var ikke villige til å ta ting sakte. De ville møtes for fort og ofte, men hun kunne ikke. Eller de ghostet, eller tok ikke initiativ til å snakke i det hele tatt. Når alt var nær perfekt, forsvant mennene fordi de visste at det var andre fisk i havet. Med tiden ble hun flinkere til å omgås folk og kunne vise verden sin humoristiske side, og hennes sosiale ferdigheter var prisverdige. Hennes gamle skolekamerater svarte på meldingene hennes i det siste. Selv om de sjelden hadde tid til henne, ettersom noen av dem allerede hadde små familier eller fortsatt studerte. Søsteren Fauna var hennes beste kilde til kommunikasjon utenfor skolen. Moren hadde det meste av tiden vondt, og Flora hadde derfor sluttet å plage moren med problemene sine. Faren var ikke en ideell kandidat til å erstatte hennes mangel på kjæreste. Han var alltid opptatt av å finne en løsning, når hun heller ønsket at han bare lyttet til henne. Hun foretrakk å ta tak i problemene sine langsomt og på sin egen måte.

Stillheten i biblioteket ga henne mot til å begynne å formulere spørsmålet til professor Ford. Hun sank ned i stolen, med blikket på skjermen og fingrene på tastene.

Venus94: "Takk for at du svarte meg. Det jeg vil spørre kan være tilgjengelig på Internett allerede, men det er som å finne en nål i en høystakk.

Er det mulig å reversere autoimmune sykdommer etter at de har oppstått? Jeg verdsetter din erfaring. Noen kulturer sier at riktig kosthold kan reversere til og med kreft. Men jeg er ikke sikker. En kjedereaksjon av immunceller når de mister kontrollen, ligner på kreft i det aggressive stadiet. Matvarer med immunforsterkende egenskaper vil ikke kunne stoppe eller reversere skaden som er gjort. Det kan være at disse matvarene har noen kjemikalier som kan aktivere en immunrespons. Vi arbeider med genterapi for å modifisere T-celler[1], for å stoppe skadene på det gjenværende vevet. Det viser blandede resultater. I noen tilfeller har det ingen effekt i det hele tatt. Hvilket mirakel kan få auto reaktive celler til å dø av seg selv?"

Flora skrev mer detaljert om teoriene sine. Deretter ventet hun på at et mirakel skulle skje, at han ville svare henne umiddelbart. Et lite smil spilte på leppene hennes, og hun lukket øynene for å dagdrømme. En plingende lyd fra en mobil brakte henne tilbake til jorden. Det var ikke hennes mobil. Det var noen andre i biblioteket. Et nytt ansikt. Hun ignorerte den nyankomne og fortsatte å skrive på den bærbare datamaskinen. Denne gangen redigerte hun den vitenskapelige artikkelen sin uten indre forstyrrelser. Like før ni lukket hun PC-en og gikk ut til Domus Medica. Solen var i ferd med å stå opp, og på en oktoberdag var det et kjærkomment tegn. En grunn til å smile. Hun hadde i det minste begynt å kommunisere med sin drømmevenn. Professor Ford var ikke på sosiale medier, og det var derfor vanskelig å finne hvis han var singel eller i et forhold. Men så lenge han kunne være hennes diskusjonspartner på nettet, ville det være flott. Hun smilte til alle som kom ned trappen, mens hun gikk opp til kontoret sitt. Det var skrivedag, og hun var optimistisk med tanke på å bli ferdig med artikkelen om tre dager. Hun ville fortelle professor Ford at hun endelig var ferdig med artikkelen i tide. Og at den ville bli publisert i det verdensledende vitenskapstidsskriftet Nature. En ting Sonia hadde gjort godt for henne, var å hjelpe henne med å publisere internasjonalt.

Hver gang hun tok en pause, sjekket hun mobiltelefonen. Fortsatt ikke noe svar. Kontoret hennes var tomt da hun kom inn den dagen. Himani og Even måtte være på laboratoriet. Selv om hun var heldig den dagen, med skrivingen, var hun klar over at tiden fløy fortere enn ønsket. Hun forlot kontoret rundt klokken syv om kvelden. Det var mørkt ute, men fortsatt en snøfri dag. Bygningen var nesten tom. På vei ned trappen falt blikket hennes på Mars, som var på vei opp. Før hun rakk å si hei, hørte hun Vega bak seg, stående på toppen av trappen.

"Der er du jo. Jeg hadde nesten gitt opp å vente og var på vei til sykehuset for å lete etter deg," sa Vega til Mars. Hun ignorerte nesten Flora som sto mellom dem, fortsatt med ryggen til Vega. Mars ignorerte henne også, og gikk rolig opp. Flora bremset opp i forvirring før han ble overtatt, eller med andre ord, *fanget* av Vega. Oppmerksomheten hans.

"Jeg ble litt forsinket. Jeg burde kanskje ha sendt en beskjed til deg," sa Mars og klatret to skritt opp de gjenværende trinnene. Han var oppe før Flora rakk å snu seg for å se hvor han var. Hun snudde seg igjen og gikk raskt forbi hoveddøren og til trikkestasjonen utenfor. Flora kunne ikke forstå hvorfor Mars var så kald mot henne. Hittil hadde han sjelden smilt når de arbeidet med det nye prosjektet på det nye kontoret hans på sykehuset eller i Forskningsparken, der han jobbet med et parallelt prosjekt. Teamet hennes var der for å teste de nye maskinene i laboratoriet.

Akkurat nå stirret hun ut i korridoren, som om en tom bygning ville fortelle henne hva Mars og Vera gjorde i bygningen så sent. Hun kunne konkludere med en million ting, men bare én av dem var virkelig. Himani hadde en gang fortalt henne at han var hyggelig mot dem alle sammen i møterommet eller kantinen. Og at han var snill og hjelpsom.

Da Flora kom hjem, kastet hun blikket rundt i den lille leiligheten, deretter mot telefonen. Fortsatt ingen ny melding. Etter å ha spist og tatt en rask dusj, skrev hun enda mer og rettet noen sider på PC-en.

Det var ikke selve skrivingen som var vanskelig, men å redigere den. Hvis Sonia ikke likte artikkelen, ville hun be henne skrive om igjen. Hun skulle egentlig ringe moren i dag. I stedet sendte hun henne en melding om at hun hadde det bra og var opptatt. Ville ringe når hun var ferdig med oppgaven om to dager. Det trengtes nå. Det ville gi henne to eller tre dager for å redigere mer hvis Sonia skulle være misfornøyd med det første utkastet. Det var ikke lett å gjøre folk rundt henne fornøyde.

.....

Flora sendte artikkelen til Sonia i tide via e-post. Lettet bestemte hun seg for å feire denne lille viktige begivenheten. Men budsjettet hennes tillot bare én brus og en mellomstor sjokoladekake. Hun tenkte først å invitere Himani på restaurant. Men etter nærmere ettertanke bestemte hun seg for å gjøre det når artikkelen ble publisert.

Samme kveld svarte professor Ford henne.

Professorford: "Hei, Venus. Det finnes ikke noe definitivt svar på spørsmålet ditt. Ja, det er mulig, akkurat som alt annet er mulig i verden.

Hadde jeg visst svaret selv, ville jeg ha vært den mest attraktive prinsen i medisinindustrien nå. Og stått i kø for å motta nobelprisen i medisin. Det er bra at du tenker utenfor boksen. Det finnes mange behandlinger for ulike autoimmune sykdommer, og noen av dem kan også brukes på leddgikt med suksess. Dermed er det lettere å starte en klinisk studie med dem. Tenk på en behandling fra bunnen av, så får vi se om du lykkes med forsøket. Men hvem vil gå videre med den første kliniske studien, når kostnadene blir enorme i forhold til fortjenesten? Jeg vil derfor vite hvordan dere vil gå frem, og hva dere tenker om konsekvensene, før jeg svarer deg i detalj. Ja, hormonene og genetikken vil påvirke resultatkonsistensen og suksessen til eksperimentene dine. Jeg tror at du skaper det kroppslige miljøet i petriskålene dine mens du utfører eksperimenter. Hva synes prosjektgruppen din om ideen din? Du må ha diskutert med dem?"

Svaret hans var ikke oppmuntrende. Hun forsto at teorien hennes bare var en idé og ikke engang en teori. Han visste at selv om hun lyktes i laboratoriet, ville et annet miljø i kroppen hennes gi henne en total fiasko. Og han hadde rett. Også hos mus fremkalte de skjoldbruskkjertelbetennelsen kunstig, og mus var ikke mennesker. Dermed ville ikke eksperimenter på dem nødvendigvis gi de ønskede resultatene. I det minste svarte han henne. Det var viktig. Hun kunne svare ham fra mobiltelefonen før hun sov. Det var ingen TV i den lille leiligheten hennes. Hun brukte PC-en til å se filmer og serier iblant. Hun la den trøtte kroppen sin på sofaen og lukket øynene for å tenke.

Hun hadde ikke tenkt å fortelle ham hemmelighetene sine om at hun brukte universitetsutstyr, mus, kjemikalier og maskiner til å utføre sine parallelle eksperimenter. Venus94: "Takk for svaret, professor. Jeg har en teori. For øyeblikket kan jeg ikke be veilederen min om å få lov til å utføre eksperimentene mine, fordi det ikke er tid til det. Prosjektgruppen min er motvillig til å diskutere ideene mine, på grunn av mange faktorer. De jobber med det vi har fått beskjed om å gjøre. Jeg ønsker å genmodifisere kromosom 6 i Treg-celler[2]. Hensikten er å få auto reaktive celler til å uttrykke b-proteiner, fordi normale Treg-celler ikke uttrykker dette proteinet. Det ville få dem til å oppføre seg som antigener. Slik at det normale immunforsvaret kan angripe auto reaktive celler og ødelegge dem før differensieringen av b-celler og deres GAMES[3] (immunoglobinantistoffer som IgG, IgA, IgM, IgE og IgS).

En annen ting jeg kommer til å jobbe med, er selvgjenopprettelsen av ødelagt vev i skjoldbruskkjertelen. Jeg skal skrive det ned og sende det til deg når jeg har mer tid. Men dette er fortsatt en teori, og jeg er ikke sikker på om jeg kommer til å lykkes. Det virkelige prosjektet jeg jobber med, er avhengig av CRISPR[4] for å redigere genene. Målet er å se om vi kan stoppe den videre skaden på vevet og kurere sykdommen. Her gjør jeg det jeg blir bedt om å gjøre av veilederne. Vi måler hormonene som også kan påvirke betennelsen. Jeg tror jeg har klart å forklare teorien min. Jeg trenger innspill på om teorien min gir mening."

Sofaen føltes så god mot den slitne ryggen hennes. Fingrene hennes danset på telefonskjermen som om de fortalte historien om kampen deres.

.....

Neste dag kom hun inn på laboratoriet i godt humør. Tankene hennes ble avbrutt da Vega stormet inn på laboratoriet og spurte om hun skulle bli med på møtet.

Flora husket at hun skulle presentere planen sin, teoriene sine, og hva som trengtes for de fremtidige eksperimentene. På grunn av artikkelen hadde hun ikke forberedt seg på presentasjonen, og ville nå dumme seg ut. Hjertet hennes glemte å slå normalt. Ikke fordi hun var uforberedt, men fordi hun var klar over at Mars ville være der. Selv om hun aldri hadde søkt velvilje eller oppmerksomhet fra ham. Hun brydde seg ikke om hva Leo, Tara og Martin mente om henne. Hadde det ikke vært for deres første møte, ville ting ha vært annerledes.

Da hun ankom møtet, stirret alle på henne. De snakket, med PC-en åpnet foran seg.

"Hvordan har du det, Flora?" spurte Sonia rolig.

"Fint, det går bra. Men jeg er ikke ferdig med planen min for det nye prosjektet ennå. Jeg følger tidsplanen for eksperimentene som Vega har anbefalt," svarte Flora. "Det er i orden. Ingen grunn til å bekymre deg over ting som ikke er ferdige. Sett deg ned, så kan jeg begynne."

Flora opplevde det som merkelig at Sonia oppførte seg pent, og undret på grunnen. Kanskje hun befant seg i et parallelt univers?

Sonia startet å presentere. Hun viste frem toårsplanen og beskrev de planlagte oppgavene.

"Noen spørsmål?" spurte Sonia da hun var ferdig.

"Hva er NTA?" spurte Flora. Hun hadde aldri hørt om det før, og under presentasjonen fortsatte Sonia med denne forkortelsen.

"Er du dum, Flora? Det er som å spørre hva den fulle formen av DNA er. Det står for nanopartikkel-sporingsanalysator. Resten kan du finne ut selv. Har du andre spørsmål knyttet til presentasjonen?" Sonia hadde et listig smil, det var varemerket hennes.

Da ingen sa noe, fortsatte hun:

"Jeg har tatt meg den frihet å gi hele teamet en detaljert plan. Vi skal følge den fra A til Å og til rett tid. Jeg kan bare be om at ingen blir syke og slutter før resultatene foreligger. Så, teamet mitt, ta vitaminer og hold dere unna sykdom." Halvveis i møtet begynte Flora å lese linjene i håndflatene sine. Fortsatt ingen endring i dem. Hun noterte seg at hun etter dette møtet ville sende en påminnelse til Sonia. Sonia skulle sende artikkelen tilbake for små rettelser, eller til videre til publisering hvis den ikke trengte rettelser, i så fall et helt umulig scenario. Fristen var allerede passert. Da Sonia var ferdig, gikk Leo videre og presenterte planen for algoritmene og nanopartiklene[5] som de jobbet med. Det var en plan om å kjøpe allerede konstruerte partikler hvis de skulle mislykkes med det. Alle de andre ristet samtykkende på hodet. Det minnet Flora om Mr. Noddy fra barndommens fjernsyn, noe som fikk henne til å smile. Ingen av de tilstedeværende stilte noen spørsmål. Hele tiden fulgte hun med på skjermen foran seg og unngikk å se på Sonia. Innimellom kikket hun på Tara eller Martin, og så tilbake til skjermen igjen. Men hun var klar over at enkelte øyne skannet henne også, som om hun var et romvesen blant dem. Da Leo var ferdig, klappet Vega for ham. Og andre fulgte etter henne. Begeistringen etter å klappe gjaldt ikke overfor Sonia.

85

"Nå, Flora, kan du fortelle oss hva du har av ideer? Jeg har hørt at du alltid er full av geniale ideer," sa Vega med et arrogant glis.

"Jeg kan vise dere alt som er ferdig på maskinen min. På grunn av artikkelen rakk jeg ikke å bli ferdig med presentasjonen i tide," sa Flora mens hun reiste seg for å hente HDMI-kabelen til den bærbare datamaskinen.

"Du kan presentere det på neste møte, Flora. Jeg har en viktig telefonsamtale jeg må ta," sa Sonia hastig og forlot rommet. Med hendene fortsatt i været fant Flora stolen sin igjen. Det var både bra og dårlig. Hun følte seg flau. Den halvferdige presentasjonen var bedre enn ingenting. Alle stirret på henne.

"Flora, ikke bry deg om hva Sonia sa til deg tidligere. Hun kunne ha sagt at spørsmålet ditt var dumt, og ikke at du er dum. Vi arbeider med nanoteknologi nå, og da bør vi ha god kunnskap om hvilke instrumenter vi bruker eller ikke bruker," sa Vega, rettet opp ryggen, la hendene på bordet og låste fingrene. Flora smilte av kommentarene hennes, for Vega gledet seg vanligvis over å se Flora lide.

"Vega, neste gang skal jeg huske at noen spørsmål også kan være dumme. Skal jeg likevel presentere ideene mine?" spurte Flora. Hun så selvsikker ut, med armene foldet foran seg. Tara og

Leo smilte til hverandre. De var usikre på om Vega oppfattet sarkasmen.

"Neste gang, Flora, neste gang. Så trist at du ikke var forberedt denne gangen. La oss høre hva Mars har å si om den nye genetiske utviklingen han hørte om på forumet i Boston. Du var den heldige som fikk delta på konferansen," sa Vega til Mars. Mars så forvirret ut og rettet raskt oppmerksomheten fra Flora til Vega.

"Det var ikke noe fantastisk, men jeg vil presentere det. Jeg var der for to uker siden. Det eneste fremskrittet verden hadde gjort, var at antallet nanopartikler som kan brukes som bærere for å transportere virus inn i kroppen eller medisiner, var tidoblet." Han satte seg i stolen der Sonia satt, og koblet pc-en sin til den store skjermen.

Flora lurte på hvorfor hun ikke fikk vite at noen i teamet hennes var på studietur. Tara, Martin og Leo var vennlige, men ikke særlig inkluderende. De møttes i laboratoriet, de hadde fått i oppgave å rengjøre laboratoriet i kjelleren der musene var. Derfor møtte hun dem regelmessig. De ga til og med hverandre oppdateringer om eksperimentene de hadde gjort så langt. Men ingen hadde noen gang stilt henne personlige spørsmål, derfor kviet hun seg for å gjøre det selv. Det var så annerledes med Even og Himani. Hva hadde gått galt eller annerledes her?

Hun hadde ingen anelse. Øynene til Mars flakket over hver av dem etter tur mens han snakket med stor entusiasme. Men til henne sendte han et blikk som var følelsesløst og tørt som Saharavinden.

Hun trakk på skuldrene, fulgte med på skjermen og hørte ordene fra en kollega som for henne var et mystisk vesen. En fremmed som ga henne lyst til å nøste opp i tankene hans. Så snart hun var ute av møterommet, ville hun glemme ham og ignorere alle som var til stede. Ute av syne, ute av sinn, var mottoet hennes.

Rommet føltes til slutt for varmt for henne. Hodepinen var i ferd med å utvikle seg, og det klødde i halsen. Humøret hennes svingte fra dårlig til verre, og hun håpet å kunne stikke av derfra. Noen burde sette en stopper for møtet. Helt ubevisst presset hun hendene mot pannen fra begge sider.

"Flora, du er ikke frisk. Kanskje vi kan ta den resterende presentasjonen på neste møte. Sonia har allerede gått," foreslo Mars. Han snudde seg rundt for å se på de andre for å få bekreftelse.

Det var kanskje tredje eller fjerde gang han snakket direkte til henne på disse tre månedene.

"Jeg kan vente litt til. Ikke stopp på grunn av meg," svarte Flora langsomt. Stemmen hennes var beroligende, den føltes veldig god, som en kald pakning på den brennende huden. Ting forandret seg veldig raskt med henne, hun var i ferd med å bli kald. Det var hun sikker på. Hun kunne ikke få komme inn i muselaboratoriet hvis hun var forkjølet. Pokker heller. Dette katastrofescenariet gikk opp for henne, og verre ble hun.

"Jeg tror jeg avslutter møtet uansett," sa Mars. Han kunne se det irriterte uttrykket til Vega, som forble taus mens hun betraktet Flora.

"God idé," sa Tara. Hun var en kvinne i trettiårene. Langt, brunt hår som hang løst over skuldrene. Hun hadde på seg en brun genser og matchende jeans. Ingen hadde på seg muntre farger den dagen.

"Om vi avslutter, kan jeg løpe til kafeteriaen og hente meg et smørbrød. Vi forbrenner mange kalorier av å høre på alle disse presentasjonene. Leo, hva med deg? Vi fortjener en pause nå," sa Martin og ventet på at Leo skulle si seg enig.

Uten å si et ord forlot Flora møtet. Hun var for svak til å si farvel eller takk. Hun kunne kjenne øynene som stirret på ryggen hennes.

Seks

Med oktober kom høsten. Sonia bekreftet overfor Flora via e-post at artikkelen var akseptert av Nature. Både nett- og papirutgaven ville bli publisert denne eller neste uke. Forskningen hennes ville bære frukter en dag. Eller til og med grønnsaker, hjernen hennes lekte med ord.

Hun brukte nå mer tid på laboratoriet og sammen med musene, og aller mest når de andre hadde gått hjem. Dette var noen ganger skummelt, ettersom dagene ble kortere og mørkere. Det nye samtaleemnet i disse dager var en overraskelsesbursdag for Vega. Hun fylte førti neste uke. Dette var første gang Sonia og Mars snakket om noe annet enn arbeid og forskning. Andre normale mennesker snakket om livet, familien og alt mellom himmel og jord. Til og med om universet. Men ikke Mars. Hva slags privatliv hadde han? Hvorfor var han i det hele tatt her på universitetet? Det ville hun aldri få vite. Den store, mystiske mannen. Hver gang hun begynte å tenke på ham, forsøkte hun å avlede tankene til professor Ford. Det var trist hvis han hadde familie.

Hun var invitert til å feire Vegas bursdag på restauranten Bella like ved universitetsområdet deres på Blindern. Det var en ny restaurant med en egen sal for slike arrangementer. Hvis hun husket riktig, var hele avdeling for immunologi invitert. Men bare en tredjedel skulle komme, ifølge Himanis beregninger. Det var også en kake til alle på campus på lunsjtid. Noe Flora unngikk med vilje. Stresset hadde satt sine spor i det siste, og hun ble lett syk. Noe Sonia blant annet ikke var glad for fordi Flora hostet og harket på kampuset. Sonia selv var borte fra jobben fordi hun hadde et privatliv, noe hun var tydelig på at hun måtte prioritere. Hun gledet seg til restaurantbesøket med Himani når artikkelen hennes var blitt publisert. Hun hadde altså et sosialt liv, og i desember skulle hun hjem til foreldrene sine i ti dager. Ikke en helg hver måned, slik hun pleide.

Til den store kvelden hadde Flora planlagt å kjøpe en ny kjole. Men hun hadde ikke tid til det i det hele tatt. Det var ikke for Vega, men for andre, hun ville kle seg fint. For en gangs skyld ville hun gjøre en storslått entré. Hun hadde bare tre festkjoler, og ingen av dem passet godt. Hun hadde lagt på seg noen kilo i løpet året. Ikke at det var synlig, men tanken tynget henne, tyngre enn selve tyngdekraften. Hun så godt ut, og Himani hadde fortalt henne at hun var mye penere enn alle de andre kvinnene i avdelingen.

Hun hadde tatt på seg maskara i dag. Ikke bare det, hun hadde også lagt seg i selen for å sminke seg fullt ut. Sminkesettet hennes var på grensen til å gå ut på dato. I sin gamle olivengrønne fløyelskjole, som gikk opp til knærne, så hun elegant ut. Håret var for anledningen krøllet og sluppet løs. Hun så annerledes ut i dag, for flere øyne beundret henne. Det føltes for mye for en bursdag, selv etter Vegas standard. Vega var alltid fullt påkledd som en selskapsdame og ikke som en forsker. I dag håpet Flora på noen komplimenter. For det var sjelden hun ble invitert til fest eller sammenkomster av venner eller familie.

Flora bestemte seg for å komme et kvarter for sent til festen når alle overraskelsesgreiene var over. Hun visste at Vega mistenkte at en overraskelsesfeiring var på ferde, det endte faktisk med at hun ikke ble overrasket. Flora tok trikken til Blindern og gikk i mørket til restaurant Bella. Da hun kom inn i lokalet, sto mellom tretti og førti mennesker i grupper og snakket sammen, mens de ventet på å få sitte. Alle holdt drinker i ulike farger i hendene. Salen var levende med vakre veggtepper og klassiske malerier fra gamle dager. Bordene var dekket i små grupper, og bordene var også runde.

Hun betraktet dem fra foajeen, med jakken i venstre hånd, mens den høyre holdt gaven til bursdagsbarnet. En hvitvin. Hun hadde bedt vinhandleren velge for henne, og det eneste hun gjorde var å betale for den. Da Vega så henne stå der med et tomt ansikt, kom hun frem. "Flora!" ropte hun, høyt nok til at stemmen hennes ga ekko i salen. Alles øyne rettet seg mot henne. "Jeg er så glad for at du kunne komme. Jeg ga nesten opp håpet om at du kom. Det er så gøy å ha deg her."

"Gratulerer med dagen, nok en gang, Vega," sa Flora med et unnskyldende smil og rakte gaven sin til Vega. Vega tok imot gaven med et smil.

"Takk, Flora. Alt jeg ønsket meg i dag var ditt selskap. Jeg er virkelig glad for at du kom."

Jøss ... Dette var ikke hva Flora hadde forventet. Å vise så mye vennlighet uten sarkasme var ikke Vegas sterkeste side. Noen øyne rettet seg fortsatt mot henne. Flora smilte igjen og så seg rundt for å finne noen kjente ansikter. Himani var i det minste der. Da Vega etterlot henne alene etter formalitetene, gikk hun bort til gruppen der Himani og Tara satt og pratet. De hadde sett henne og sendte henne et innbydende velkomstsmil.

"Har du hørt om artikkelen din ennå?" spurte Himani. "Tara hørte at den ble publisert i dag, og du må ha fått en e-post om den siden du er hovedforfatteren."

"Ikke ennå, kanskje i morgen," svarte Flora.

Fra der hun sto, kunne hun se guttene i gruppen deres. Blikket hennes falt på Mars og hendene hans som hvilte i korslagte armer. Det kjekke ansiktet hans, plutselig innså hun det, for første gang hvor betagende han var. Det var fordi han i dag hadde tatt initiativ til å stå i nærheten av henne. Han hadde på seg dressen sin. Det kunne være grunnen til at hun så ham i et annet lys.

Alt annet gikk som forventet. Sonias tale, etterfulgt av Dekans tale. Han ble sjelden sett i bygningen. En mann i femtiårene. Han snakket mer om avdelingen da Vega begynte og om sitt inntrykk av henne. Så sa Mars sine få ord. Han var mer levende i dag, kroppsspråket hans var mer selvsikkert. Kanskje smilte han mer enn vanlig, og øynene lyste.

Kanskje han var forelsket i Vega? tenkte Flora.

"Kjære Vega, jeg begynte på universitetet i august, men det føles som om jeg alltid har vært her og kjent dere alle. Det første jeg la merke til ved deg var det tusen watt-smilet ditt. Du var den første som kom frem og fikk meg til å føle meg velkommen. Det er ikke det at de andre var mindre imøtekommende. Jeg er vitenskapsmann og ikke spesialist på ord, så jeg mangler ord for å uttrykke min glede over å være en del av teamet. Dere har mange gode egenskaper. Jeg ønsker dere all lykke og et langt og lykkelig liv.

Skål!" Mars hevet glasset. Alle de andre gjorde det samme.

Til slutt reiste Vega seg og takket alle som var der for å feire henne. Hodet og hendene hennes beveget seg sammen med ordene. Hun var rørt, øynene hennes var på randen av tårer, og stemmen full av følelser. Hun så på alle ansiktene rundt i salen, fiksert på Vera. Og hennes spesielle smil var til Mars, der det ble værende i flere sekunder enn i noe annet hjørne av verden.

Flora utvekslet blikk med Himani. *Enten var hun annerledes og reservert overfor Vegas gode egenskaper, eller så er folk her diplomater og later som om de er lykkelige. Mars' tale var så liten, hva var poenget med å si noe når man ikke engang kjente henne bedre?*

Snart kom servitørene med maten. Flora og den vesle gruppen rundt bordet snakket om alt mellom himmel og jord, men ingen nevnte bursdagsbarnet. Bordet deres var for fire, og de var bare tre som satt der.

"Er det bare meg, eller føler dere to også at det ligger kjærlighet i luften i teamet vårt?" spurte Tara. Det var første gang de var i en uformell setting, og Flora kunne se en annen side av henne.

"Det lukter desperasjon i luften," sa Flora uten å tenke seg om.

"På hvem sin side?" Det er jo en aldersforskjell mellom dem, men ikke si at du er forelsket i ham selv, Flora," spurte Tara overrasket. Hun smilte igjen, med en liten latter. Dette var ikke bra, tenkte Flora.

"Nei, jeg er ikke forelsket i noen. Jeg er gift med vitenskapen for tiden," svarte Flora og lo. Himani smilte hele tiden. Hun visste at Flora var flink til å skjule tankene og følelsene sine. For øyeblikket var Mars den eneste av de kvalifiserte ungkarene i teamet, og på instituttet, som var singel. Ellers var hele avdelingen for immunologi dominert av kvinner i alle aldre. Så dette var naturlig. Selv om hun kunne ha forsøkt å spørre Mars selv, var det bare Mars som holdt avstand til alle andre, bortsett fra når de var i samme rom og snakket om arbeidet sitt. Hun ante ikke om han var klar over sin situasjon som enslig mann, eller om han bare var født asosial. Kanskje han hadde Aspergers syndrom eller var svært innadvendt. Men i dag var han usedvanlig annerledes og veldig munter. Han spøkte til og med. Noen ganger kikket han til og med på bordet deres. Himani var sikker på at han var ikke interessert i henne, og Tara var en helt vanlig jente med kjæreste, som hun hadde fortalt dem den første dagen. Flora var den eneste interessante jenta hun kunne komme på for ham. Men så flørtet han med Vega i dag. Bra at de ikke lenger var et kjedelig team. Hun så at Sonia var opptatt med å snakke med folk som var over henne i hierarkiet på universitetet. Og Leo og Martin var opptatt med andre ved bordet deres, som Himani bare hadde hilst på noen få ganger.

Tiden fløy av gårde, de var til og med ferdig med desserten. Flora ville finne en unnskyldning for å forlate festen tidlig. Og lykken viste seg i form av Vega selv. Hun kom bort til bordet deres og satte seg på den tomme stolen. Hun smilte og strålte i sin lyseblå kjole.

"Jeg håper dere alle nyter kvelden?" sa Vega og så på Flora, selv om spørsmålet var til alle.

"Takk for invitasjonen, Vega. Ja, maten var nydelig, og alt var bra."

"Jeg vet det. Det var ikke jeg som sendte invitasjonen, det var en overraskelsesfest fra avdelingen, så takk til dere alle. For at dere gjorde dagen min så hyggelig."

"Er det tradisjon på instituttet å feire alles førtiårsdager eller runde bursdager?" spurte Tara.

"Det kommer an på hvem som har bursdag," smilte Vega skjevt og bredt, som om hun sa at hun var den utvalgte.

"Flora, jeg har hørt at det er Sonia som er hovedforfatteren av artikkelen din, og ikke du. Da jeg spurte henne hvorfor, fortalte hun at du sendte den inn sent, og at hun måtte endre den veldig mye, fordi

97

det var grammatiske rettelser. Engelsk er ikke vårt førstespråk. Jeg vet ikke om det var publiseringskomiteen i magasinet som ved en feil satte hennes navn som førsteforfatter, siden de bare hadde kontakt med Sonia. Eller om Sonia valgte å gjøre det selv, siden hun skrev om artikkelen din igjen. Dette er helt normalt når veiledere ender opp med å skrive for studentene sine, informerte Vega.

Flora var målløs. Hun kunne ikke få frem et ord, hvor mye hun enn prøvde.

"Det er den dummeste grunnen jeg har hørt til å stjele æren for andres arbeid," utbrøt Tara, mens hun holdt stemmen lav.

"Det er ikke å stjele æren. Det var Floras feil at hun ikke leverte artikkelen sin i tide. Det så vi. En veileder er fullt involvert i prosjektet, og det er hun som veileder henne. Så dette er ikke tyveri. Hvis du ikke er enig med meg, kan du gå og si hva du mener til Sonia og autoriteten over. Det er Flora som kommer til å lide når de neste tre artiklene hennes blir forsinket, og avhandlingen hennes blir forsinket som følge av dette."

For Flora, som var i sjokk, var denne trusselen som salt på såret. Himani la en hånd på armen hennes for å gi henne styrke til å roe seg ned. Øynene deres møttes, og Himani kunne se tårene trille i Floras øyne.

"Jeg er din venn, Flora. Tro meg, jeg støtter deg fullt ut. Men én artikkel som medforfatter er ikke en dårlig ting. Det også i en prestisjefylt publikasjon som Nature. Husk dette når du går helt amok overfor Sonia på mandag eller en annen dag. Nå som du er i gang med et nytt prosjekt, vil de nye artiklene dine bety mest for avhandlingen din. Takk for denne fantastiske dagen," sa Vega, mens hun klemte Floras hender.

Da hun var borte, gråt Flora, lavt. Men ganske synlig for alle andre, som tilfeldigvis så i hennes retning. Hun tørket tårene. For ikke å lage en scene ba hun Himani og Tara om unnskyldning. Hun forlot hallen i stillhet. Det var mørkt ute, og åndsfraværende gikk hun til trikkestasjonen. Der var det få som ventet. Klokken var litt over åtte på kvelden. Hun var ikke sikker på hva hun skulle gjøre nå. Mange ville be henne om å anmelde Sonia til høyere myndigheter, men ville det hjelpe? Hun kunne be om en ny veileder, men hun var klar over at det var mangel på tilgjengelige professorer som var villige til å være veiledere for doktorgraden hennes. Sonia ville fortsatt beholde sin stilling som prosjektleder. Å gjøre seg til fiende med en krokodille i en liten innsjø var ingen god idé på dette stadiet. Hun var godt utrustet for til å skrive mange artikler selv, og denne gangen ville hun be sin biveileder om hjelp. Med disse tankene innså hun ikke engang at hun allerede var hjemme. Det var en ny dag.

Sju

Mandag, to dager senere, kom Flora tidlig til kontoret sitt. Hun hadde funnet en nettversjon av artikkelen sin. Det var ikke Sonia som hadde sendt henne lenken, men Himani. Sonia nevnte bare i e-posten at artikkelen hennes hadde blitt publisert, og at det var på tide å begynne med den neste. Det som sjokkerte henne enda mer, var at Vega sto oppført som bidragsyter til forskningsdataene, og som rådgiver. Hun fikk lyst til å le. Bare Himani og Even var bidragsytere fra deres avdeling, mens de øvrige var fra de andre sykehusene som samlet inn data fra pasientene. Hun skulle være hovedforfatter, og Sander medforfatter. Hun kunne ikke forstå hvorfor Sonia favoriserte Vega så mye. Først bestemte hun seg for å gjemme seg i biblioteket eller å dra tilbake. Livet slepte seg av gårde uten mål og mening, og den reisende visste verken veien eller målet. Men snart innså hun at det ikke var rom for det i dag.

Dr. Sandberg, hennes biveileder og spesialist i endokrinologi, skulle nemlig besøke dem i laboratoriet deres. Han skulle ha med seg tre tredjeårs medisinstudenter, som var innrullert i medisinsk forskning. Noen medisinstudenter kunne begynne på doktorgraden parallelt med medisinstudiet, og

101

fullføre doktorgraden etter at de hadde fått legelisens. På den måten kunne de spare to forskningsår. Disse håpefulle forskerne skulle møtes i laboratorium 102 i første etasje. Tara og Martin kom tidlig på vegne av de besøkende.

"Hvorfor har du kastet alle petriskålene dine i søppelbøtta? Du begynte med dem for bare to dager siden," bemerket Tara da hun åpnet søppelkassen for farlig avfall for å kaste noen tomme kjemikalieflasker.

"Nei, det har jeg ikke. Jeg oppbevarte dem på hyllen i glasskapet i påvente av at proteinene skulle reagere. Det tar noen dager," svarte Flora sjokkert. Hun åpnet skapet, og det var tomt! Alle eksperimentene hennes var borte. Enten ryddet noen dem bort ved en feiltakelse, eller så fjernet noen dem med vilje. Mark ville aldri gjøre det, for han var der da hun arbeidet. Tara og Martin var fornuftige nok til ikke å røre andres arbeid.

"Du må merke dem neste gang, eller enda bedre, be om et eget skap," rådet Tara med et smil. Hun la en medfølende hånd på Floras skulder. Flora fornemmet at det ikke var et uhell.

"Jeg er enig med Tara. Legg igjen en lapp neste gang om at ingen skal røre dem. Hvis det gjentar seg, må du informere labsjefen," tilføyde Martin, som klargjorde laben for de besøkende.

"Men jeg merket dem, jeg har begynt å tvile på hukommelsen min nå. Kanskje jeg har fått koronahjerne," sa Flora. Hun klødde seg i pannen med fingrene. Hun satte mysteriet på vent inntil videre. Hun bestemte seg for ikke å tenke mer på det. Men en idé sirkulerte i hodet hennes. Hun kunne legge inn en beskjed med en annens navn på. Det var raskt tenkt, og Flora følte seg stolt av det. Hvis saboteringen skulle gjenta seg, måtte det være noen som prøvde å sabotere hele prosjektet. Rengjøringspersonalet hadde ikke lov til å røre tingene i laboratoriet. De vasket bare gulvet.

En eller to av disse medisinstudentene, som var på besøk i dag, skulle bistå dem i ett år fra januar. Derfor var det viktig for dem å bli kjent med prosjektet og hverandre. I virkeligheten hadde hun ingen anelse om hvor lenge og hvem som skulle assistere dem. De skulle være en del av Prosjekt B, hadde hun hørt. Flora var uansett glad for at de skulle hjelpe henne med å gjøre rent i kjellerlaboratoriet fra tid til annen. Hun trengte mer tid til å skrive, lese og analysere data. Alt dette logistikkansvaret var også tidkrevende for henne, og ganske kjedelig iblant. Riktignok ga det henne et avbrekk fra den monotone lesingen.

Martin beskrev maskinene og laboratorie-rutinene for de unge. Så var det Sanders tur til å dele informasjon. En gutt i begynnelsen av tjueårene ble bedt om å stille spørsmål, men spurte i stedet Flora: "Jeg leste artikkelen som veilederen din skrev i Nature i går. Tror du på å bruke hormonbehandling for å hindre at leddgikten blir verre, eller er det for sent etter at sykdommen har oppstått?"

Spørsmålet brakte Flora ut av balanse. Hun så tom ut et øyeblikk og søkte hjelp hos Sander. Men han bare smilte. Han inviterte henne til å svare.

"Det er for sent, akkurat som celledød. Men å redusere symptomene og stoppe utviklingen av sykdommen har vært målet vårt så langt."

Da begynte flere å spørre enda mer. Flora følte seg omringet av barn som plaget henne med uopphørlige krav.

Sander så entusiastisk ut med sine nikk og stilte også et spørsmål. Alle så på henne og ventet på reaksjonene hennes. Som ikke kom. Hvorfor stilte de hele tiden de samme spørsmålene, som hun ikke hadde noe klart svar på? Hjernen hennes var ikke helt blank. Verden ropte til henne at hun var en feiging. Hun kunne ikke stå opp for seg selv. Øynene hennes var vidåpne, og halsen hennes blokkert av en stor stein. Sander og studentene hans trodde at det var Sonia som sto bak artikkelen hennes. Sander burde ha visst at Sonia ikke hadde tid til forskning eller laboratoriearbeid. Det var *hennes* dataanalyse, i hvert fall hennes data. Neste gang skulle hun jobbe med dataene sine og vise hele verden loggboken sin.

Etter å ha gitt Flora fem minutters pause, spurte en jente henne om det var verdt å ta en doktorgrad. Hun hadde et ønske om å fortelle henne ærlig at hvis hun hadde god tid og midler til å overleve på liten inntekt, var det bare å sette i gang. Med et økende antall doktorgradsstudenter for hvert år, og begrensede midler til å finansiere forskning, var det bare flaks å bli valgt. Overalt i verden var konkurransen tøff.

"Vel, hvis du har som mål å løse et mysterium, eller å få en doktortittel, så er det verdt det. Hvis du vil klatre opp ambisjonsbakken for å oppnå et professorat eller en millionkontrakt. Det vil avhenge av flaks, logikk og hardt arbeid. Det vil være en bratt klatring med lite hjelp i kunnskapshavet. Jo mer du leser, jo mer innser du at du vet lite." Flora glemte nesten at hun snakket til de nye forskningsstudentene. Alle så alvorlig på henne.

"Forskning er veldig interessant, og jeg kan forsikre deg om at du ikke vil angre. Du kommer ikke til å angre i det hele tatt," hoppet Tara inn. Flora ble rød i ansiktet. Var det klokt å være ærlig? Hun lot seg rive med som vanlig.

Da de var ferdige før lunsj, bestemte de seg for å møtes i kantinen. Sander ble igjen for å snakke med Flora.

"Jeg skal prøve å finne tid til forskningen din, Flora. Jeg forstår hva du prøvde å formidle. Det var ikke nødvendig, men jeg forstår likevel hva som skjedde." Sander la hånden på skulderen hennes. Han var alvorlig, med en viss forståelse i blikket. Hun hadde lyst til å gråte, der og da, særlig hvis Sander hadde gitt henne skulderen sin å gråte på. Det ville hun ha gjort. Men hun kontrollerte seg selv. Håpet at ting ville endre seg hvis han bare ga henne litt tid. Hjernen hennes føltes tåkete.

Flora la labfrakken sin på stolen ved veggen. Hun trengte å spise og fulgte Sander til kantinen. Han jobbet som endokrinolog to til tre dager i uken på sykehuset. Den ene dagen underviste han medisinstudenter, og resten av tiden jobbet han som veileder ved Senter for molekylærmedisin.

I et samfunn gjaldt det å se og høre. Virkeligheten og fakta levde i de mørke hulene. Det Flora drømte om i disse dager, var et liv uten stress, og fred i sinnet. Hun hadde lest et sted at man måtte være høylytt nok for å bli lyttet til og trodd. Lam og kuer ble slaktet fordi de var snille og stille. Hun ante ikke hvorfor hun sammenlignet seg med dem. Selv om hun desperat ønsket å dra hjem, sa hun til seg selv at det ikke var verdens undergang. Men hvordan skulle hun få til en forandring? Hun kunne begynne med garderoben, om ikke med de daglige rutinene. Shopping var bra for lykkehormonene.

Møtet med Sonia etter pausen endte ikke som forventet. Hun verken ga beklagelse eller aksepterte at hun hadde gjort en feil eller byttet navn med vilje. I stedet klandret hun Flora for å ha skrevet artikkelen som om hun var en elev i tiende klasse. Hun foreslo til og med å sende Flora på skrivekurs. Siden hun skulle skrive avhandling, ville alle disse artiklene til slutt utgjøre avhandlingen. Dette var nok et slag i ansiktet på henne, for hun visste at hun var god i engelsk og skriving. Hun fikk alltid toppkarakterer. Hun var blant de beste studentene på skolen og universitetet. Ingen andre hadde bedt henne om å bli bedre til å skrive før.

"Jeg tar imot tilbudet om skrivekurs hvis du kan svare meg på ett spørsmål: Jeg ventet på at artikkelen skulle bli sendt tilbake fra korrigering da vi fortsatt hadde tre dager igjen til deadline. Den kom aldri. Jeg sendte til og med en e-post for å få status. Hva skjedde da? Du kunne du jo ha fortalt meg at du ikke var fornøyd med den," sa Flora. Hun ble rød i ansiktet, og en cocktail av sinne og frustrasjon boblet inni henne. Flora gravde i lårene med neglene for å lede smerten og blodet bort dit, for ikke å gi Sonia mer bensin på bålet. Flora holdt blikket bare på Sonias hender som var plassert på bordet og hadde fingrene lukket.

Flora så opp, og oppdaget at Sonia stirret sjokkert på henne, og det var skremmende. Sonia var iført svart dress, noe som passet godt til den dystre stemningen i rommet.

"Slik at den skulle bli enda mer forsinket? Flora, du må forstå at forlagsbransjen ikke fungerer etter dine innfall. Du hørte feil fra starten av, du var langt over deadline. Det var en misforståelse fra din side, og det kan vi glemme nå. Det kommer en ny artikkel når dataene dine er klare innen tre måneder. Du må være hovedforfatter på minst to artikler, og jeg har bestemt at det blir Sander og Mars som skal hjelpe deg denne gangen. Jeg vil fortsette å være veilederen din, men bare på papiret. Ja, jeg kommer til å følge med på fremdriften og gi råd til biveilederen din. Avhengig av fremgang og suksess vil jeg avgjøre hvordan jeg vil gå videre. Du, Martin og Tara vil samarbeide om eksperimentene. Leo og Mars vil hjelpe til med data og gjennomføring av videre eksperimenter. Du aner ikke hvor ambisiøst dette prosjektet er, og hvis vi lykkes, vil det føre til en revolusjon i den medisinske industrien." Med andre ord sa hun at hun hadde ingenting med Flora å gjøre.

I løpet av den resterende samtalen ble Sonia roligere. For Flora virket det som om Sonia hadde reist inn i drømmeverdenen sin. Der hun red på ryggen til andre, til suksessens land. Kanskje for å oppfylle sine ambisjoner om berømmelse. Prosjekt B var tross alt hennes yndlingsprosjekt. Dagen gikk fort, mens hjernen hennes var full av tanker.

Åtte

Neste morgen, da Flora kom inn i det tomme laboratoriet, kjente hun en svak parfyme i luften. Hun stuet genseren ned i vesken og plasserte vesken på stolen i hjørnet av laboratoriet. Hun hadde sitt eget skap på kontoret, men ikke her. I dag følte hun et ekstra sterkt behov for å være i fred. En ny bølge av eksperimenter skulle starte, med detaljerte logger. Hun forberedte et tjuetalls petriskåler. Etter å ha forberedt eksperimentene hadde hun tid til å lese i ro og fred. Så lenge hun var alene, satte hun seg ved bordet for å konsentrere seg. Men tankene begynte å vandre igjen. Ideen om å invitere Himani til restauranten lå fortsatt i skuffen. Hun åpnet boken som hun hadde bokmerket og leste i detalj. Men ordene var diffuse linjer foran henne. Det var lettere med praktisk laboratoriearbeid, der hun skrev variabler og verdier basert på observasjoner.

I løpet av alle disse årene hadde hun jobbet med hundrevis av ulike typer proteiner. Prosessen gikk ut på å rense, skjære opp og redigere DNA, og deretter utsette dem for visse kjemikalier. Hun redigerte DNA-koder og så på effekten av de nye proteinene som cellene skapte, på cellene selv eller på andre celler eller vev. Det var en uendelig prosess å leke med cellene, den minste delen av kroppen vår, som lever sitt eget liv. Hun hadde lurt på om det var de som kontrollerte en kropp, eller om det var kroppen som kontrollerte cellene. I denne enorme verdenen var det aldri lett å se hva som kontrollerte oss, eller om den samlede kraften i verden ble kontrollert av oss.

Tankene vandret videre til professor Ford. Hun hadde ikke fortalt ham hva som hadde skjedd med forskningen hennes så langt. Han var ikke engang klar over henne, med mindre hun tok initiativ til å snakke med ham. Etter noen få ordvekslinger dem imellom ble hun klar over at han ikke var den rette personen å plage med bekymringene sine. Likevel ønsket hun å ta sjansen på å snakke med ham igjen. For å innlede et vennskap. Det verste som kunne skje, var om han kuttet all kontakt med henne. Hun ville møte ham, selv om hun måtte melde seg på en eller annen konferanse i Tromsø. Hun la boken til side og tok frem telefonen fra bukselommen for å skrive.

Venus94: "Siden jeg ikke skriver på forskeronline forum, tar jeg meg friheten til å stille deg et personlig, men ph.d.-relatert spørsmål. Da du tok doktorgraden din, var veilederne dine hjelpsomme og tilgjengelige? Jeg forstår at du er opptatt. Svaret ditt vil hjelpe meg til å takle dagen min i dag."

En halvtime senere plinget telefonen. Hun satt på kontoret sitt, fordi hun trengte kontorets komfort for å lese. De harde stolene i laboratoriet fristet ikke. Himani hadde forlatt kontoret for å dra til sykehuset, der hun skulle samle inn data den dagen. Bortsett fra hennes indre ro var verden stille rundt henne.

ProfessorFord: "Jeg var heldig med mine professorer og veiledere. Men jeg kan kjenne meg igjen i andres erfaringer. Gode kolleger og lærere er, i likhet med relasjoner, et spørsmål om kjemi og flaks. Bak hver suksess ligger det tusenvis av fiaskoer. Akkurat som Facebook eller Instagram, de viser bare suksesshistorier. Det samme med vitenskapelige artikler, de viser bare et halvfullt glass og ikke et halvtomt. Investeringen du legger ned i doktorgraden, på bekostning av tid, sosialt liv og penger, er ikke økonomisk verdt det. Du får ikke engang pensjonspoeng for forskningen din. Likevel er det en lidenskap. Et ønske om å oppnå noe verdifullt. Å bidra med en ekstra dråpe kunnskap i kunnskapshavet. Siden du er opprørt, vil jeg gjerne vite om jeg kan være til hjelp for deg. Jeg er en god lytter og leser. Alt for vitenskapen. Jeg har fridag i dag."

Flora ble overrasket over svaret hans, og i løpet av få minutter skrev hun hele historien, uten å navngi verken sjefer eller andre. Flora sendte til og med lenken til artikkelen sin. Hun var ikke sikker på om Ford kjente til forskere eller ansatte her på universitetet. Mens hun ventet på svaret hans, i håp om at han ville svare før lunsj, kunne hun lese litt. Men fortsatt ingen konsentrasjon. Hun kunne høre lydene utenfra. Det snødde, og hun lukket vinduet etter å ha fått en dose frisk luft. Av kjedsomhet eller utålmodighet sjekket Flora telefonen hvert tiende minutt. Det var nesten midt på dagen etter at hun var ferdig med lunsjen, som hun hadde tatt med hjemmefra, at hun hørte et pling.

ProfessorFord: "Det tok litt tid, for jeg måtte lese artikkelen din først. Fint skrevet. Jeg vil ikke dvele ved fakta her. Jeg kan være enig med deg i teorien. Men nå skal vi snakke om deg. Det at du ikke ble nevnt som førsteforfatter, var dårlig karma fra din veileders side. Du jobbet hardt og fortjente ros. Folk vil råde deg til å kjempe for saken din. Ja, gjør det hvis du vil avslutte doktorgraden din nå. Men hvis du ønsker å få publisert noen flere artikler under samme veileder, så aksepter det som skjedde som en erfaring. Og gå videre. Du kan be om en ny veileder, men det er din beslutning. Jeg vet ikke om noen i Oslo som jeg kan foreslå som en bedre person for den rollen. Jeg må spise noe nå. Men fortsett med det gode arbeidet ditt. Etter doktorgraden kan du flytte til Nord Norge for postdoktorstillingen din. Der er det mindre konkurranse enn i Oslo. Hvem vet, kanskje du får drømmeprosjektet ditt." Flora leste mellom linjene. Han ga henne det håpet hun trengte. Hormonene begynte å slå inn som sommerfugler i magen. Så mye at hun virkelig kunne lese en kjedelig akademisk bok i ett sett. Hun ble varm i kinnene. Og hjertet hennes jobbet hardere. Enda et pling lød.

ProfessorFord: "Takket være artikkelen din vet jeg hva du egentlig heter. Utfra profilnavnet ditt kan jeg gjette at du er vakker. Skyldes valget av navnet ditt en interesse for astrologi. Som Venus- og Marsbøker? Og 94 står for fødselsåret ditt?"

Flora følte seg opprømt over at samtalen ikke lenger handlet om vitenskap, den hadde tatt en annen vending. Hun svarte ham umiddelbart. Hun takket sine heldige stjerner for det var ingen som kunne se at hun rødmet. Hjertet hennes banket fortere enn vanlig.

Venus94: "Takk for din interesse for navnet mitt. Jeg er interessert i astronomi, og jeg ble ikke født i 94, men mye senere. Jeg vil la min virkelige fødselsdato være et mysterium. Men jeg vet hvem du er, og hvor du jobber. Det har vært en fornøyelse å snakke med deg så langt.

Jeg er veldig interessert i planeter og universet. Jeg trekker paralleller mellom kroppen vår og universet. Der hver celle i kroppen vår er som en stjerne eller en planet. Organene våre er som Melkeveien og stjernebildene. Universet beveger seg i et hav av tid og energi, og våre organer bader i et hav av blod og energi. Du kan ikke se meg, men jeg vil gjerne fortelle deg at øynene mine er gyllenbrune. Derfor har jeg gitt meg selv navnet Venus. Venus er en gyllen glødende planet."

ProfessorFord: "Nå er i hvert fall mysteriet om profilnavnet ditt løst. Hvordan vet du om meg? Vi har aldri møttes. Jeg har heller aldri fortalt om meg selv på forumet."

Venus94: "Jeg hørte om deg fra din tidligere student. Hun gjettet seg frem til identiteten din på forumet. Hun var helt sikker på at det var deg hele tiden. Hun er fra Tromsø, slik som du. Jeg er takknemlig for at du gir meg din verdifulle tid. Jeg forstår at du er en travel mann, og kanskje har du familie også."

ProfessorFord: "Fhew, der kaldsvettet jeg et øyeblikk. Bra at du ikke er hundre prosent sikker, la oss holde identiteten min skjult. Det er alltid en glede å hjelpe nye, håpefulle forskere. Jeg skulle gjerne ha diskutert mer med deg, men storfamilien min trenger meg. Å være professor og far til et halvt dusin barn tar tid og tærer på helsen."

Venus94: "Jeg visste ikke at du er en familiefar. Jeg har ingen som kan veilede meg om hvordan jeg skal gå videre med dette. Og jeg er takknemlig for at du tok deg tid til meg. Hver gang jeg sender en melding, vil den bare være relatert til biologi."

En skuffelse rammet Flora, hun la telefonen opp ned på bordet. Hun hadde håpet at Ford, og som unnlot å tenke på som professor, ville være singel og tilgjengelig. Men mange barn, fra forskjellige partnere, er heller ikke ensbetydende med å være gift eller utilgjengelig. Hun kviet seg for å stille ham personlige spørsmål fra nå, og bestemte seg for å utsette det til senere. Men da hørte hun plingingen.

ProfessorFord: "Beklager at det tok så lang tid. Jeg tenker fortsatt på det som skjedde med deg. Har du noen gang tenkt på at de kanskje er sjalu på deg? Jeg mener forskningsgruppen din? Ikke alle, selvfølgelig. Jeg kjenner deg ikke, men det er en mulighet. Du virker som en intelligent og veltalende jente. Det kan selvsagt være andre grunner. Bare for å muntre deg opp. Det er snart juleferie, og da skal du vel tilbringe tid med familie og venner. God natt."

Merkelig at han ikke snakket om forskningen eller arbeidet sitt. *Kanskje han ikke deler arbeidshemmelighetene sine med andre.* Tankene hennes ble avbrutt da Himani kom inn på kontoret.

116

"Hei, Flora. La oss møtes på kaffebaren rundt fem i dag. Vi må snakke sammen," foreslo hun.

"Vi kan gå nå. Jeg kan ikke konsentrere meg lenger, og eksperimentene jeg har forberedt, vil ikke gi resultater før i morgen. Hvis det er i orden for deg?" spurte Flora. Klokken var allerede tre på ettermiddagen.

Himani gikk med på dette, og snart var de i kafeteriaen på sykehuset. Flora skulle fortelle ivrig Himani om professor Ford. Og om Sonia. Da de hadde satt seg til rette med kaffe og blåbærmuffins på bordet, åpnet Himani munnen.

"Hvordan føler du deg? Jeg kan gjette meg til at møtet med Sonia ikke gikk så bra."

"Ja, hun er virkelig noe for seg selv, og jeg vil ikke engang snakke om henne. Husker du professoren som de forskerne fra Tromsø snakket om? I fjor, på Parkhotellet."

"Ja, hvordan det? Har du møtt ham, eller hva?" spurte Himani, med vidt åpne øyne. Hun var lutter øre nå.

"Har ikke møtt ham. Men jeg kontaktet forskeronline-forumet, og han svarte. Og siden da har vi kommunisert litt. Det eneste som ikke passer inn i denne historien, er at han allerede er opptatt og har en stor familie."

117

"Flora, Flora, jeg håper du ikke sikter høyt. Man finner ikke unge, enslige professorer i denne alderen. Når de blir professorer, er håret halvveis borte og magene vokser. Mitt råd er å beskytte hjertet ditt og ikke hoppe ut i forelskelsens hav. Uansett, hva har dere snakket om? Jeg vil ikke legge en demper på humøret ditt når bidronningen nylig har stukket deg."

Ordene hennes fikk Flora til å le. Bildet av professor Ford med flere barn og et skallet hode var ikke noe tiltalende syn.

"Vi snakket om biologi og ikke noe personlig. Og om artikkelen min, selvfølgelig."

"Så det er ingen følelser involvert?"

"Ikke ennå. Men jeg liker ham. Jeg tror at det at han nevnte barna sine, hjalp meg til å tenke klart. Jeg har ikke tenkt å involvere meg følelsesmessig med ham." Løy hun for seg selv eller Himani.

"Om du skulle miste ditt hjerte for ham, er det du som vil få hjertesorg. Han bor tusenvis av kilometer unna deg. En mann med barn ville aldri flyttet til Syden for sin kjærlighets skyld. Jeg kan ikke forestille meg deg med mange barn. Tro meg, noe forhold med ham vil ikke gå." Måten Himani la vekt på kjærlighet og barn på, fikk Flora til å le igjen. Samtidig var det nedslående å høre Himani snakke om virkeligheten. Hun hadde rett.

Så langt hadde heller ikke professor Ford svart utfyllende på de biologirelaterte spørsmålene hennes. Kanskje hun ikke hadde spurt presist nok. Kanskje hun burde minne ham på spørsmålet om genterapi og mutasjoner. Et eller annet sted i sinnet trodde hun at han var singel. Selv om han ikke var det, var skilsmisseraten høy. Det var en mulighet for at han en dag ville flytte til Oslo. Hun kunne vente ti år til på ham. Da ville barna hans være gamle nok til å leve uten ham. Det var noe som ikke stemte. Ingen i akademia har mange barn. Han kunne ha mange forhold på kort tid. Ett eller to barn per kvinne. Alle disse tankene fremkalte den røde fargen i kinnene hennes, og hun la hendene på dem for å skjule fargen.

"Har professor Ford nok humoristisk sans til å kompensere for den store magen sin?" spurte Himani, da hun så at Floras ansikt bar preg av tristhet og forlegenhet.

"Jeg har ikke engang sett bildet av hele kroppen hans ennå. Det er bare profilbildene hans som ligger på nettet. Selv Google kunne ikke vise helkroppsbilder av ham. Alle viser overkroppen."

"Bruk kunstig intelligens til å produsere et helkroppsbilde. En med stor mage." Ordene hennes fikk ikke den ønskede effekten på Flora. Hun tenkte for mye igjen.

"Noen ganger tenker jeg at jeg er som en slyngplante, som klatrer opp den første veggen eller hindringen den møter. Det er et tegn på desperasjon, og jeg ønsker å sette en stopper for det. Nok om meg. Jeg kommer til å overleve. Se, jeg er allerede over det." De lo.

"Fortell meg om deg selv. Når tar du ferien før nyttår?" spurte Flora.

"Fra den femtende. Jeg har en gave til deg, Flora. Jeg glemte den i dag. Skal huske den i morgen."

Utenfor falt snøen tungt. Det var vakkert med lysene utenfor, i mørket og snøgardinen som beveget seg i vinden. I et øyeblikk av stillhet betraktet de det fra glassveggene.

Flora kom på at hun ikke hadde tatt med noen gave til noen ennå. Hun måtte gjøre det i dag, i hvert fall til Himani. De hadde vært venner bare siden i fjor. Flora visste derfor ikke så mye om hva Himani likte og mislikte, bortsett fra bøker. Flora hadde en bok i tankene til moren. Hun kunne kjøpe den samme til Himani.

"Dette minnet meg på at jeg også må levere din gave i morgen," sa Flora lettet. Himani skiftet tema.

"Si meg helt ærlig: Vil du ha meg som diskusjonspartner? Noen ganger hjelper det å brainstorme sammen med en venn. Vi finner i hvert fall tid én gang i uken. Jeg er bekymret for at eksperimentene dine ikke går bra. Det finnes så mange kombinasjoner av nukleotider at det vil ta hundre år å prøve alle."

"Ja, absolutt. Og du har rett. Den dagen jeg finner den rette kombinasjonen, vil det bare være en tilfeldighet. Jo mer jeg prøver, jo mer flyr løsningen fra meg. Jeg føler meg så uheldig om dagen. På toppen av det hele føler jeg meg stresset på grunn av Sonia og den flyvende apen hennes." Flora nippet til de siste dråpene av kaffen. Hun visste at koffeinet ville gjøre nattens søvn vanskelig.

"Visste du at statistikken viser at ph.d.-kandidater har svært høyt sykefravær ved universitetene? Fordi de har mindre sosial kontakt med fagfeller og utilgjengelige veiledere. Stressrelaterte problemer skal man ikke ta lett på. Du har stått på og kjempet mot alle odds. Jeg har ikke sett deg sykemeldt siden du begynte. En eller to dager med forkjølelse teller ikke. Hengivenheten din til forskningen din er prisverdig. Og så kommer bidronningen og tar fra deg all æren for honningsamlingen din," sa Himani.

Himani fremkalte en annen reaksjon hos Flora enn forventet. Flora brøt sammen i tårer.

"Å nei, jeg er så lei for det. Jeg skulle ikke ha nevnt henne." Himani hoppet opp fra stolen og ga

121

Flora en stor klem, nesten pakket henne inn. Flora tørker tårene.

"Det er i orden. Jeg kommer til å klare meg. Jeg tror litt vindusshopping vil hjelpe i dag. La oss gå før vi blir sittende fast her." Hun ville ta en rundtur i gavebutikken, alene.

"Det var overraskende! Du elsker jo å planlegge sånt lenge i forveien. Jeg liker denne impulsive versjonen av Flora. Du må av og til legge planer, men la det være rom for impulsivitet. Ta avgjørelser mens du klatrer. For livet er noen ganger som et fjell, der det vil komme nye utfordringer etter hvert som du klatrer. Jeg lærte det fra noen av skriftene våre, eller fra moren min. Jeg husker ikke. Fordi hver utfordring krever en unik løsning. Derfor oppnår vi aldri planlagte mål i livet. Vi endrer hele tiden kurs. Se på prosjektet ditt, det er ikke det samme som det du ble ansatt for."

Det kraftige snøfallet ute kunne føre til at offentlig transport ble innstilt. De skyndte seg ut til trikkestasjonen, pakket inn i votter og skjerf.

Ni

Det var den 17^{ne} desemberkvelden, og Flora var den eneste på kontoret sitt. Gruppen hennes og kontorkollegene hadde begynt på en tidlig juleferie. Men hun var ikke sikker på alle. I stedet for å gå hjem og lage mat, ville hun spise i sykehusets kafeteria. Hun hadde noen dager igjen til å fullføre årets siste eksperimenter. Julestemningen overalt ga humøret et skikkelig løft.

Vel inne i sykehusbygningen kjøpte hun to baguetter. Hun fant en stol nær glassveggen og satte seg til rette. Ryggsekken lå på gulvet og mobilen på bordet, og hun sveipet for å finne noe musikk hun kunne høre på. Hun nøt maten i stillhet. Omsider fikk hun øye på Mars. Han gikk bort til henne. Han holdt en kaffe i hånden.

"Får jeg slå meg ned?" spurte Mars.

"Vær så god." Hun tok ut airpod-ene og la mobiltelefonen i lommen. I det siste hadde hun myket opp sin holdning til ham. Bare for å være høflig og mer profesjonell, sa hun til seg selv. Hun hatet fortsatt Sonia og Vega, og alle som likte dem.

"Tar du juleferie snart?" spurte han og slo seg ned på den ukomfortable stolen foran henne. Han jobbet sent for tiden.

Flora tygget på maten, og tenkte på Mars' barndom i Oslo med ren gjetning og fantasi. Det ble stille i noen sekunder. Hun antok at han hadde mange flotte historier fra barndommen. "Jeg tar to uker fri denne gangen. Hva med deg?" sa Flora. "Jeg kommer til å jobbe hele tiden. Ingen ferier her. Jeg skal være hos foreldrene mine en dag. Jeg har ingen søsken. Men besteforeldrene mine og fetterne og kusinene mine kommer. Kan jeg forresten spørre deg om noe personlig?" spurte Mars. "Ja visst, spør om hva som helst," svarte Flora. Det var første gang de var alene, og de var utenfor jobben. Hun ville gjøre det beste ut muligheten. "Er du virkelig lykkelig her og med doktorgraden? Jeg mener, følte du et visst press fra familien din om å ta doktorgraden?" "Da jeg begynte her, var jeg superglad. Og det var ikke familien min som ville at jeg skulle begynne å forske. Faren min ville at jeg skulle ta en utdanning som ville gi umiddelbare resultater på arbeidsmarkedet. Selv lærerjobben ville ha gjort det. Søsteren min studerer til å bli lærer. Men det var en detektiv i meg som ville at jeg skulle studere biologi og finne ut hvordan cellene fungerer. Hva med deg, da?" Flora hadde aldri forventet et slikt spørsmål fra ham. Men det var en hyggelig overraskelse. Hun var tross alt sulten på bekreftelse og sosial omgang.

"Jeg har ennå ikke evaluert hvorfor jeg er her. Jeg var en smart gutt, og alle vennene mine siktet høyt. Ingen ville inn på legelinjen, men de ville studere nanoteknologi ved NTNU. Det var så kult og trendy på den tiden. Dermed endte jeg der. Siden ble jeg interessert i bioteknologi, og det ene førte til det andre. Foreldrene mine var fornøyde med valget mitt, og de håpet at jeg kunne komme inn i industrien, og håper fortsatt." Etter en kort latter fortsatte han. "Jeg ønsker å fullføre dette prosjektet, for det er veldig viktig og spennende. Hva med deg, har du noen kjæreste eller partner?"

Flora tygget sakte, det ga henne tid til å komme over sjokkert. Hun hadde aldri forestilt seg at Mars ville snakke med henne på et personlig plan, særlig ikke når Vega hadde tilbrakt tid sammen med ham i så lang tid.

"Nei, jeg er fortsatt singel. Jeg fant ikke den rette, og ga til slutt opp. Da jeg siktet mot himmelen, mistet jeg kontakten med jorden, og omvendt. Man får sjelden det man ønsker seg." Mars smilte mildt til henne. Hun ønsket å vite om ham og Vega. Om de var sammen eller hadde noe forhold overhodet. Men hun kunne ikke spørre. Bare for å drepe stillheten skiftet hun tema.

"Da du begynte her, trodde jeg at du var en introvert person. Som bare henger med likesinnede, og som elsker å låse seg inne med hodetelefoner og musikk på kontoret sitt. Sonia snakket sjelden med oss. Hun bryr seg ikke engang om hva slags mennesker vi er. Og jeg trodde at du var samme som henne. Men i dag beviste du at jeg tok feil. Du kan interessere deg for flere av kollegene dine." Flora lo av sin egen ærlige observasjon.

"Hva mer kan jeg si eller gjøre for å bevise at du tar feil om andre potensielle beskyldninger?" spurte Mars med et søtt smil med smilehull. Hun hadde aldri lagt merke til dem før. Plutselig ble hun oppmerksom på at han hadde på seg en jakke, noe som betydde at han var på vei ut av bygningen.

"Fortell meg om hva du synes om Vega?" spurte Flora. Ordene var det for sent å stoppe. Ryktene gikk om dem, og hun var sikker på at han måtte ha hørt dem. Hun ble rød i ansiktet, og uten at hun var klar over det, skjermet hun for kinnene med hendene.

Telefonen hans ringte. Han tok den opp av lommen slo den av, og la den tilbake igjen.

"Hva med henne? Hun er en god kollega og kommer med gode argumenter. Ganske interessant å snakke med. Jeg har lagt merke til at hun ofte bruker sarkasme og spissformuleringer. Kanskje hun ikke mener dem. La oss nyte nærværet hennes så lenge vi kan," sa Mars mens han så Flora inn i øynene. Kanskje lette han etter reaksjonen ordene hans ville ha på henne.

"Tror du, eller vet du, at hun skal forlate oss?" spurte Flora med store øyne. "Vel, nei. Jeg er klar over at Vega ikke er godt likt i avdelingen. Men jeg prøver å ignorere de negative trekkene hennes og være vennlig mot alle."

Han så at Flora så på ham med sårende øyne, med munnen litt åpen og en halvspist bagett dinglende i hånden. Ansiktet hennes etterspurte kritikk av Vega.

"Vi er kolleger, og jeg også synes Vega har en interessant personlighet. Jeg liker selv å være veldig åpen og ærlig av og til. Får jeg stille deg et veldig personlig spørsmål?" spurte Flora. Psykoanalysen hennes gikk som hun ønsket. Hun antok at Mars var en intelligent mann, men som en intelligent mann burde han ikke falle for Vegas sjarm. Selv om hun syntes synd på Vega, skulle ikke Mars bli hennes bytte.

"Er du sammen med noen eller har du en partner?" Flora klarte ikke å bremse impulsene sine. Hun kunne ha spurt enda mer spesifikt, om ham og Vega. Hun kviet seg for det. Mars fnøs mens han svarte.

"Vel, jeg er ikke tatt ennå. Og moren min har spurt om det samme de siste årene. Det er min beslutning å holde meg fri fra et forhold til jeg er klar for det."

"Jeg spurte fordi du spurte. Nå er vi skuls. Mitt første inntrykk av deg var at du er en introvert type. Fordi du smiler sjelden. Jeg tror jeg tok feil av deg," svarte Flora med et smil.

"Haha. Jeg er ambivert. Mitt først inntrykk av deg var ikke bra. Jeg hadde veldig mye å tenke på i det siste. Smil inviterer alltid til kommunikasjon fra andre, og jeg unngikk nettopp dette," svarte Mars. Han satt bredbent og hvilte med den ene hånden på bordet nå.

Flora hadde lyst til å spørre mer, men stoppet seg selv. Noen ganger er det pinlig å ikke være på vakt. Ordene hans fikk Flora til å innse at Mars var annerledes enn hun hadde forventet. Tiden ville fortelle henne mer. Hun husket hvordan han oppførte seg da hun så ham for første gang. Tankene hennes vandret tilbake til professor Ford. Hvorfor var hun betatt av ham? Fordi han var en gåte og utilgjengelig. Hun måtte avslutte interessen for ham.

"Med mindre du har det travelt, kan jeg spørre deg om hvorfor du valgte å bli forsker? Eller vil du bli professor?" spurte Flora for å drepe stillheten som oppstod. Mars kikket ut av glassveggen. Ut i mørket. Og så tilbake på henne.

"Jeg elsker jobben min. Det var bare tilfeldig at jeg valgte nanoteknologi. Jeg står ved et veiskille, der jeg ikke vet om jeg skal velge akademia eller forbli forsker resten av livet. Akkurat nå er jeg, som deg, interessert i dette prosjektet. Jeg har en fetter som lider av MS. Jeg lærer mye av å jobbe her. Arbeidet ditt er dedikert til skjoldbruskkjertelbetennelse, men alle veier til bedring vil være en milepæl for autoimmune sykdommer."

Mars sto sin ene kusine svært nær. Hun led av multippel sklerose siden hun var tretten år gammel. Da han ble spurt om å jobbe med prosjektet, så han muligheten til å lære og være med i teamet som kanskje kunne finne en kur mot sykdommen som rammer millioner av mennesker. Han var glad i foreldrene sine, selv om de ikke var perfekte. Faren jobbet i bank og var sjelden hjemme. Moren ga opp karrieren for å være hjemme, men angret senere på avgjørelsen. Hun hadde både tid og penger til rådighet. Dette førte til at hun tilbrakte mer tid med vennene sine. Det ble så mye drikking og ferier at Mars ble selvstendig i ung alder. Fra han var fjorten år, var han mye alene hjemme, fordi foreldrene var på ferie, eller faren var på forretningsreise. Moren ble avhengig av faren for penger, noe som holdt dem sammen for fasadens skyld. Ingen var lykkelig hjemme. Mars leste mye og fikk ambisjoner om å bli ingeniør på skolen. Han ble interessert i bioteknologi. Med sine to bachelorgrader, en mastergrad og en doktorgrad i bioteknologi var veien banet for mye mer.

.... To dager senere var Flora på laboratoriet igjen for å gjøre notater og rengjøre utstyret hun hadde brukt forrige uke. Brukte og ubrukte geler, blots og petriskåler havnet i søppelkassen. Hun la ikke merke til at hun fikk selskap.

"Hei, jeg leter etter Sonia. Men jeg fant henne ikke ovenpå. Hun er fortsatt på campus et eller annet sted. Har du noen anelse om hvor jeg kan finne henne?" spurte Mars.

"Aner ikke. Jeg har ikke sett henne i dag. Prøv kafferommet i første etasje. Har du sjekket kalenderen hennes?"

"Ja. Det står at hun er tilgjengelig i kalenderen. Jeg så på dataene vi har fått fra sjefen din. Dere gjør fremskritt. Mitt inntrykk så langt er at Sonia er en god leder. Og det er dere selvfølgelig alle sammen."

I samme øyeblikk må Mars ha ombestemt seg. Han presset leppene sammen og så henne rett inn i øynene som om han lette etter noe. Glansen i dem forsvant. Og smilet forsvant.

130

Flora ba seg selv tilgi ham for sikkert å ha liten erfaring med kvinner, og med henne. Psykologi var ikke hans sterke side, foreløpig. Han ville snart lære mer under arbeidet med dem. Han jobbet hardt og burde ikke belastes med unødvendige følelsesmessige bekymringer. I det siste hadde hun informert ham om alle de mulige medisinene som fantes mot immunsykdommer, og han likte å lære fra henne.

"Forresten, hvis vi ikke ses igjen, så ønsker jeg deg en god jul. God jul og god ferie," ønsket Mars.

Han vinket farvel og forlot laboratoriet.

"God jul, Mars." Han hørte henne garantert.

Hun var alene i laboratoriet. På tide å ta en tur innom kaffemaskinen og toalettet. Da hun kom tilbake, ble hun overrasket over å finne en liten gave til seg selv på det frittstående bordet i laboratoriet. Hun hadde ikke sett den før. Kortet var håndskrevet med blokkbokstaver. Det var en ukjent håndskrift. Hun åpnet gaven nysgjerrig, og fant en krystallkule i glass med rosa og lilla blomster. Navnet hennes, Flora, var malt med glitter på den. Hun hadde ikke noe juletre hjemme, men ville henge den opp i vinduet. Hvem var den fra? Bortsett fra Himani var det ingen andre som hadde delt gaver med henne. Flora var i et behagelig sjokk. Beina føltes som gelé, og hjertet banket raskere enn vanlig. Det var en så uventet gest. Forhåpentligvis var den ikke fra Mars. Hun var ikke klar for å høre at han var interessert i henne. Hun satset alt på professor Ford. Ford var ikke tilgjengelig, men hans forståelse og intelligens var svært tiltrekkende. Og han var veldig kjekk.

Ti

Fire dager før julaften tok Flora toget hjem til Kristiansand. Reisen varte nesten fem timer. Det var så kaldt i togvognen. Hun lå godt til rette, dekket til med et tynt teppe. Det var på tide å skrive til professor Ford. Hun ville dele mer om seg selv. Han stilte selv sjelden personlige spørsmål. Likevel ville Flora føle at han brydde seg om henne. Hun begynte på en sang i går kveld, men uten keyboard klarte hun ikke å redigere den etter de riktige tonene. Det var noe sånt som:

Merkelig jeg er, merkelig du er
Likevel, her er vi som søker
uten mål og mening hos enhver

Jeg lot hjertet mitt fly av sted
Den vil finne sin vei
Etter å ha lært seg å banke i fred

Venus94: "God morgen, professor. Håper du nyter ferien din. Jeg er på reise nå. Derfor tenkte jeg å sende deg denne meldingen. Jeg leste om forskning som ble gjort, hvor de fant ut at celler har et høyt nivå av toleranse. De har en tendens til å gå tilbake til standardinnstillingene, selv etter genetiske endringer gjort av mennesker. De aksepterer naturlige mutasjoner, men ikke menneskeskapte. Dette gjør meg bekymret for teorien min om å kurere AITD. Er du enig med disse internasjonale forskerne?"

Etter å ha sendt dette, la hun fra seg mobilen og lukket øynene for å bruke resten av reisen til å tenke. Da toget nådde Voss, hørte hun plinging på mobilen.

ProfessorFord: "God morgen, Venus. Cellene er svært intelligente og programmert på en slik måte at det ikke er lett å opprettholde de kunstige endringene. Men på den annen side kan ytre krefter, som stråling, kjemikalier osv. gjøre permanente endringer i cellene. Dermed er det mulig å finne en kur ved å endre genene slik at man oppnår de ønskede resultatene. Vi vet så lite om universet. På samme måte er det med vår egen kropp.

Du fortalte meg en gang at du ser på et levende vesen som et univers av celler. Hvordan vil du da definere følelser og tanker i forhold til univers og celler?

Jeg jobber i dag. Skal nyte fridagene mine når den tid kommer. Ha en fin reise!"

Flora ville gjerne fortsette samtalen, men hun følte at professoren var opptatt. Hun likte inderlig at han kalte henne Venus og ikke Flora, selv om han visste hva hun egentlig het. Hun håpet at han ikke var en venn av Sonia, da visste han kanskje hvem veilederen hennes også var.

Venus94: "Takk for svaret ditt. Om følelser tror jeg at de er signaler, aka molekyler av kjemikalier som søker etter sine motsatte polariserte versjoner i cocktailen av kjemikalier. La oss si at en eller annen ytre kraft tente mine triste kjemikalier. De vil forbli i sin aktive tilstand inntil noen ytre eller indre krefter tenner de motsatte polariserte kjemikaliene som kan knytte seg til dem og nøytralisere ladningene deres. Disse ytre kreftene er mennesker og andre hendelser. Tanker er pakker av molekyl- og ionesignaler, slik vesikler transporterer proteiner i cellene. De sendes fra celler til fjerntliggende celler i hjernen, hvor de kan bearbeides. Når vi tenker, bearbeides signalene over hele hjernen. Jeg tror at intelligens er lagret i stamcellene våre, og at den dermed kan overføres fra én generasjon til den neste. Noen ganger kan noe av den logiske evnen gå tapt på grunn av mutasjoner. Da kommer intelligensen fra erfaring og logisk tenkning. Teorien min høres kanskje vag ut på nåværende tidspunkt. Men jeg jobber med den.

Er du ferdig med gaveinnkjøpene? Du har barn, og det må vel være slitsomt for deg å finne passende gaver til alle sammen?"

Hun fikk svar i løpet av en halvtime.

ProfessorFord: "Din versjon av hjernen vår er interessant. Jeg er ferdig med å handle. Det var veldig morsomt. Jeg kommer tilbake til teorien din senere. For øyeblikket er jeg bare en lytter. Jeg kommer med mange spørsmål om det senere." Det var to timer til toget nådde Kristiansand. En kvinne i slutten av førtiårene gikk om bord i toget. Hun satte seg ved siden av Flora, og i løpet av få minutter satte de i gang å prate. Hun jobbet som sykepleier på et sykehus, og hadde erfaring fra USA og andre land som gjestesykepleier.

"Du er ung, Flora. Jeg har sett verden, og jeg råder deg om aldri å flytte til USA. Menneskene der er hyggelige og overfladiske samtidig. Vi nordmenn er i det minste ærlige og mindre konkurranseorienterte. Dermed går vi ikke i strupen på hverandre for å oppnå noe."

Sykepleieren fortalte videre om barna og kjærlighetslivet hennes. Hun vendte tilbake til Norge fordi hun valgte familien fremfor bedre lønn og karriere.

"Så du er singel. Hvorfor er det slik at unge forskere som deg prioriterer ungdommen sin på vitenskap og ikke på å finne en fremtidig partner? Jeg går ut fra at du er på utkikk etter en fremtidig partner, en som deler din interesse for vitenskap. Husk at i fremtiden vil utvalget av tilgjengelige menn være begrenset og ikke tilgjengelig på nettet. Menn kan være vanskelige fordi de forventer at kvinner skal akseptere dem som de er. Som en "som bygget"- tegning til et hus i en boligkontrakt. Menn ønsker ikke å jobbe hardt for å gjøre seg presentable for kvinner. De begynner, men opprettholder ikke de samme standardene over tid.

På den annen er vi en del av en milliardindustri innen skjønnhet, drevet av kvinners innsats for å bli vakrere, for de mennene som ikke gjengjelder disse anstrengelsene. Alt kvinner vil ha, er menn som kan være forsørgere og bedre enn dem. Her ligger paradokset. De fleste toppjobbene i dag er besatt av kvinner. Så hvordan skal en kvinne finne en mann som er deres likemann, tilgjengelig eller i en høyere stilling enn dem, og til å slå seg til ro med dem? De må se ned nå. Jeg følte bare at du ikke er helt fornøyd med singellivet ditt. Det er opp til deg hva du vil gjøre i livet ditt. Unnskyld, jeg ble revet med. Søsteren min er også på din alder og er ufrivillig singel." Ordene hennes var som en foss, ikke til å stoppe.

Prekenen hennes fikk Flora til å innse at hun måtte gjøre noe med ensomheten sin. Hun stilte spørsmål ved sin manglende evne til å finne en kjæreste eller til å beholde en. Men nå ville hun glemme det og få sykepleieren til å holde kjeft. Da hun var ferdig, var de bare en halvtime igjen til Kristiansand.

"Lykke til og god jul, Flora," sa hennes medreisende og beveget seg mot døren med eiendelene sine. "God jul til deg også." Flora var glad for stillheten som fulgte etterpå. Hun samlet sammen sakene sine og ringte søsteren for å informere henne om at toget snart ville ankomme stasjonen.

Ved middagstid var Flora hjemme. Fauna hentet henne på jernbanestasjonen. De snakket om alt mulig Det var i bilen søstrene kunne snakke om ting de trengte, uforstyrret av foreldrene.

"Hvordan har du det, mamma?" spurte Flora og ga moren en god klem. Hun satt i sofaen i stuen. Rommet var fylt med møbler og malerier på to sider. Ellers var rommet rent og innbydende. Fauna lukket vinduet til venstre for å slippe ut matlukten, mens Flora satte ved moren.

"Det er bedre, nå som du er her, min kjære Flora. Ingenting er bedre enn å ha jentene mine hjemme," sa moren, som nesten gråt av lykke. Moren holdt hendene hennes i noen minutter. "Hvordan går det med deg? Du ser trett ut."

"Kanskje sliten etter reisen. Jobben er flott så langt."

"Flora, vi skal ut og spise en av dagene, kombinert med kino. Det er lenge siden vi har vært sammen. Jeg har så mye å fortelle, og det håper jeg du har også," sa Fauna, med øyebrynene hevet and et varmt smil. Hun gikk opp trappen med Floras bagasje. Flora ble igjen. Far gikk til kjøkkenet for å tilberede måltidet.

Det var ikke mye pynt i år. Huset var rent og luktet festmat. Luktene brakte gamle minner tilbake. Fra da trioen, moren og søstrene tilbrakte ferier sammen. Med tiden flyttet barna ut, og bare minnene ble igjen. Hun var glad for å få en pause fra universitetet og kollegene. Hun fortalte moren om arbeidet sitt og om Himani. Ingenting ble sagt om Sonia og professor Ford. Det var noe bare hun kunne fortelle Fauna. Fauna hadde fått seg kjæreste, og de bodde sammen.

"Hvordan har besteforeldrene mine det, mor? Jeg skulle gjerne ringt dem, men du vet jo hvordan jeg har blitt for tiden."

"Foreldrene mine har det bra. De klager som vanlig over sine plager, og foreldrene til faren din tilbringer julen i Spania. Derfor er det bare foreldrene mine som kommer til middag denne gangen, og broren min og familien hans kommer kanskje også i år. De var redd for at jeg ville bli ekstra stresset av besøk. Fysioterapeuten sier at terapien hjelper meg.

Jeg vil si at det går opp og ned. Noen dager føles det som om jeg kommer til å gå igjen uten smerter. Neste dag er jeg sengeliggende igjen."

Den livlige atmosfæren hjemme var en kontrast til livet i Oslo. Selv den iskalde vinteren utenfor var tiltalende. Den vennlige praten med moren og søsteren var noe hun savnet. Hun begynte å tvile på valgene sine. Hadde hun valgt en annen utdannelse i stedet, ville hun kanskje jobbet nå. Kanskje kunne hun, som Fauna, tatt med seg en kjæreste hjem til foreldrene. Det var for sent. Hun måtte fullføre det hun hadde begynt på. Hun kunne tenke på hvilken vei hun skulle velge senere. Karrieren hennes ville være knyttet til biologi. Det eneste hun ikke ville oppnå, var en nobelpris i vitenskap. Ting hadde forandret seg på to år. Hun var mer realistisk og uforløst.

Morens sykdom gjorde henne deprimert. I begynnelsen av doktorgradsstudiet håpet hun at hun skulle klare å hjelpe moren. Men etter å ha lest om forskning på feltet, var håpet på havets bunn. Ingen med mye bedre laboratoriefasiliteter og penger klarte å finne en kur. Kunne hun og teamet da oppnå noen? Autoimmune sykdommer var så komplekse. Selv kuren som stoppet utviklingen av kreft tok det hundrevis av år å finne. Forskerne kunne fortsatt ikke redde pasienter fra aggressive kreftformer.

Elleve

Professor Ford svarte hver gang Flora sendte en melding i ferien. Meldingene var korte, men punktlige. Samtalene var ikke av privat karakter, men en blanding av for det meste biologi og forskning. Han ville vite hvorfor hun var så inspirert av å finne en kur mot autoimmune sykdommer. Noen ganger spurte han henne om kollegene og dagene hennes. Men da Flora stilte de samme spørsmålene, var han forsiktig og svarte ikke i detalj. Hun håpet at han med tiden ville åpne seg for henne. Flora ville vite mer om privatlivet hans. Det var ikke lett å være tålmodig. I frustrasjon ville hun slutte å sende meldinger til ham. Han var jo ikke romantisk i det hele tatt. Da det nye året kom, var hun den første til å sende en hilsen til ham.

Det nye året begynte annerledes. Den første arbeidsdagen i år 2023 var Mars den første personen som møtte henne. Han var tidlig ute. Svært få kom til bygningen rundt klokken syv. Han måtte møte noen, eller kanskje han brukte et annet kontor for tiden. Han bar på ryggsekken sin.

"Godt nytt år, Flora," hilste han. Han stoppet på trappen. Begge var på vei opp. "Håper du fikk den hvilen du fortjente."

"Godt nytt år til deg også. Jeg har hatt en fin ferie. Ikke noe å klage på her. Hva med deg, da? Jobbet du?"

"Ja, i arbeidsdagene, ellers var jeg sosial." Han hadde lyst til å si mer, men ordene kom ikke. Han smilte til henne i en pinlig stillhet.

"Ha en fin dag. Jeg husker at vi ikke har noe møte i dag," sa Flora og prøvde å huske om det var noe hun hadde glemt.

"Ha en fin dag, du også." Han ville egentlig si mer. De dro hver til sitt. Flora var usikker på hvor Mars skulle, for kontoret hans lå ikke i bygningen hennes.

Det var dager da Flora ikke fikk noen kontakt med Professor Ford, og hun ble bekymret for ham, og for at han var i ferd med å miste interessen for henne. Hun følte ingen trang til å gjøre det bedre med studiene eller eksperimentene sine. Flora ville fullføre doktorgraden sin, det var den eneste drivkraften. Etter det hadde hun ingen anelse om hva fremtiden hennes brakte. Sonia var fraværende som vanlig, og Vega stilte mange spørsmål om arbeidshverdagen hennes. Vega besøkte henne til og med da hun var i muselaboratoriet. Andre likedan. Den eneste forskjellen var at Mars smilte til henne hver gang de møttes i trappen eller på møterommet. Han inviterte henne til og med til forskningssenteret på Gaustad, der han jobbet to dager. Han ville vise henne og Tara hvor langt de hadde kommet med å utvikle nanopartikler som kunne føre de muterte T-cellene tilbake til tymus hos mus. Disse musene led av skjoldbruskkjertelbetennelse, akkurat som mennesker.

......

Etter to dagers fravær fikk hun en beskjed fra professor Ford. På det tidspunktet tenkte hun bare på mat og søvn. Det kom som en overraskelse, for han svarte for det meste på dagtid.

ProfessorFord: "Håper at du har funnet deg til rette på universitetet igjen etter pausen. Noe har plaget meg en stund, og ønsker å være ærlig om det. Jeg hadde aldri trodd at samtalen vår skulle fortsette så lenge. Det var meningen at den skulle ta slutt etter noen ordvekslinger. Jeg vil gjerne innrømme at jeg spøkte da jeg sa at jeg har mange barn. Som jeg sa, jeg forventet aldri å snakke om personlige ting. Jeg sier ikke at vi skal kutte all kontakt. Men jeg foretrekker å holde samtalen vår formell og upersonlig. Jeg beklager at jeg fra tid til annen kom med personlige spørsmål. Du forstår hvor jeg hen. Du er en intelligent kvinne, Venus. Ha en fin dag."

Flora var lei seg for at professor Ford ikke lenger oppmuntret det digitale vennskapet deres. På den ene siden innrømmet han at han spøkte, og det var hun glad for. For det fantes et håp om at de kunne møtes i fremtiden, og at han kunne gjengjelde hennes forelskelse. Men det var en forandring i ham. Han må ha fornemmet følelsene hennes og hennes besettelse, og ønsket å avbryte håpet hennes på et tidlig stadium. Dermed ville hun ikke åpne sitt hjerte for ham. Men det var en behagelig drøm, så lenge den varte. Hun glapp en kort latter. Den ble etterfulgt av noen tårer. Heldigvis var hun hjemme. Men det føltes ikke bra hjemme heller. Sulten forlot henne for noen timer siden. Derfor satte hun suppen tilbake i kjøleskapet og gikk tidlig til sengs. Hun gråt igjen, og klarte hun ikke å stoppe.

Neste dag snek hun seg inn på laben. Hun fikk senere selskap av Tara og Martin. De jobbet med sine planlagte eksperimenter, og innimellom snakket de om hvordan musene ville håndtere mutasjonene de jobbet med. De skulle endre DNA i visse typer celler fra musene, på ulike mulige måter, ved hjelp av CRISPR.

"Da jeg begynte her, hørte jeg både negative og positive ting om deg, Flora. Men nå tror jeg at alt det negative som ble sagt om deg, bare var rykter," sa Tara. Hun laget lysbilder som hun skulle undersøke under det store mikroskopet de hadde.

"Fortell meg. Jeg er veldig nysgjerrig."

"At du er en sladredronning, og at jeg bør være forsiktig med å åpne meg foran deg. Ellers vil hele avdelingen vite hva jeg tenker om i løpet av en dag. Men i løpet av de siste seks-sju månedene har jeg ikke sett deg snakke så mye. Du holder deg til arbeidet ditt og kommuniserer sjelden med oss. Når du gjør det, snakker du bare om prosjektet og aldri om andre eller deg selv. Jeg føler at du er en gåte. Du smiler og ler sammen med oss. Men slik ble du ikke fremstilt. Ikke rart at Mars ble redd av deg i begynnelsen. Han sa til Vega en gang at han ikke var god til å bedømme folk. Derfor ble han stille, og jeg la merke til at han ignorerte deg i lang tid."

"Selv jeg lurte på hva som hadde skjedd med ham. Uansett hvor kald han var, fortsatte han å hjelpe meg. Det jeg ikke forstår, er hvordan en intelligent mann som ham ikke kunne gjennomskue andre. Uansett, taushetens glassvegg er brutt nå," svarte Flora. Hun ventet på sin tur til å bruke mikroskopet.

"Han kan være opptatt, på den annen side," tilføyde Martin med sitt synspunkt. Til nå hadde han bare lyttet, opptatt med gelen og lysbildene sine.

Flora kunne fornemme at Martin ønsket å forsvare Mars. Hennes erfaring med menn fortalte henne at de ikke likte å gå dypt inn i atferdsanalyse. Det var menn som startet psykologien, og det var de som sto bak alle teoriene i begynnelsen. Likevel var det menn som var tilbakeholdne og uvillige til å snakke om følelser og emosjoner med kvinner. Ja, noen menn er annerledes. Lurer på hvordan professor Ford var på et følelsesmessig plan. Var han en typisk machomann eller en rasjonell mann som kunne vise følelser?

"Tara, noen ganger har jeg lyst til å droppe ut av doktorgraden. Jeg vil finne en rådgiver- eller konsulentstilling et sted. Der jeg jobber fra 8 til 4 og jobber med miljø eller medisinproduksjon. Jeg er allerede veldig utslitt. Når jeg er ferdig med doktorgraden, er jeg kanskje overkvalifisert for visse jobber. Jeg har aldri ønsket å bli professor. Kanskje forsker, men søkene etter jobber viser at det er veldig få ledige stillinger innen mitt felt. Det er internasjonal konkurranse om dem, selv i Norge."

"Jeg forstår, Flora. Ikke gi opp nå. Du er en god forsker og en person som tenker ut av boksen. Vi trenger deg i dette prosjektet. Jeg sa til Martin en dag at jeg ser håp så lenge vi har deg i teamet vårt. Vi snakker alle positivt om deg. Tenk på reisen du startet. På moren din og millioner av mennesker som er i hennes situasjon. Dette prosjektet krever dyktige forskere, og enhver suksess i forskningen vår vil hjelpe mange med autoimmune sykdommer."

Tara la pipettene fra seg på hyllen, tok av seg beskyttelsesbrillene og hanskene og gikk frem mot

Flora. Hun ga Flora, som fortsatt hadde på seg laboratorieutstyret, en klem. Tårene fylte øynene hennes, og hun kjente en klump i halsen. Det var en god følelse at folk på jobben brydde seg om henne. "Hvis du sier det. Jeg skal prøve å overleve." Hun smilte til seg selv. Hun trengte respekt og bekreftelse fra professor Ford. Hvis hun ga opp nå, hvordan skulle hun da holde kontakten med ham? "Tro meg, Flora. Vi er med deg. Jeg husker hvor vanskelig doktorgraden min var. Jeg tenkte mange ganger på å gi opp. Men hele tiden kunne jeg reise meg igjen. Jeg lurer på hvorfor du valgte et så vanskelig tema for avhandlingen din. Du kan fortsatt endre det til noe som gir deg forutsigbare data. Vær modig, Flora. Du har fortsatt mye å gi."

De positive ordene var ingen trøst for Flora. Det siste året hadde hun lidd av utmattelse. Ikke på grunn av arbeidsmengden, men fordi hun brukte all sin energi på å holde seg selv i ro. Hun var en utålmodig sjel, og forsinkelser påvirket hjertet og stressnivået hennes. Når forsinkelsene ikke var hennes feil, følte hun seg hjelpeløs. På toppen av det hele gikk det sjelden som hun ønsket i laboratoriet. Stressnivået skyldes en ond sirkel, det vil si å gjøre feil, og flere feil som følge av feilene. Det ga Sonia og Vega ammunisjon til å sverte henne i hjel i stedet for å vise sympati.

Flora unnskyldte seg og gikk på toalettet for å gråte, borte fra andres blikk. Alene. Det hjalp henne med å tømme seg for all frustrasjonen.

Tolv

Neste morgen var Mars, nok en gang den første personen hun møtte i trappen utenfor bygningen. For et sammentreff. Andre gang på en uke. Han hilste på henne med et blikk som skannet ansiktet hennes og med en mild god morgen. Det var pinlig, for øynene hennes var fulle av morgentårer. Han stilte ingen spørsmål, så bare alvorlig ut, som vanlig, og spurte om hun følte seg bra. Hun gråt denne morgenen fordi hun var trøtt, trist og lengtet hjem. Nye deprimerte følelser hadde omsluttet henne. Da hun fikk lite eller ingen oppmerksomhet fra sin digitale venn, ble lidelsene hennes forsterket. Dette var den andre uken etter ferien.

"God morgen, jeg har det bra. Jeg hadde bare et mareritt," svarte Flora mens hun besteg noen trinn.

"Det må være veldig ille. Det vil gå over."

Hun snudde seg ikke mot henne, han sto og holdt fremdeles fast i gelenderet og stirret ned i trappen. Ja, det ville gå over, var hennes tanke da foten hennes landet på det siste trinnet. Hun takket universet for at hun endelig hadde landet trygt. Med stillheten som fulgte, antok hun at han hadde sluppet saken og gått et annet sted. I stedet gikk han opp. Med sine høstlige skinnsko gikk hun lydløst videre til destinasjonen sin. Flora ville føle smerten alene. Og i morgen tidlig ville hun glemme den.

Hun håpet å få et bedre år enn i fjor, og årene før det. Men så langt gikk det ikke som forventet. Hun måtte gjemme seg i laboratoriet. Kanskje i en lab med musevennene sine, for det var få som gikk dit. Hun ville ikke forklare for noen at hun hadde dummet seg ut med en fremmed på Internett. Professor Ford var ikke lenger en fremmed, men hennes hemmelige sjelevenn.

Da hun kom inn i laboratoriet, etter å ha tatt på seg sikkerhetsantrekket, kjente hun en ekkel lukt, som av død. Den var så ille at hun fikk lyst til å kaste opp. Masken over nesen skjermet ikke for lukten, men reduserte den slik at hun kunne overleve der i en halv time til. Hun kunne gjette seg til hva som hadde skjedd. Musene hadde dødd. Da hun undersøkte hvor de ble holdt i glassburene sine, var noen døde. Andre gjemte seg i hjørnet av burene under høyet, som om de var redde eller syke. De kunne fornemme faren og sykdommene. Temperaturen var normal ifølge tre termometere. Oversikten over renholderne på veggen viste at laboratoriet ikke hadde blitt rengjort de siste fire dagene. Temperaturen var heller ikke registrert for disse dagene. Hun sjekket loggen for å se hvem som var ansvarlig for rengjøringen. Det var eiendomsavdelingen og laboratorieledernes ansvar. I tillegg ble laboratoriet brukt av alle avdelingene og prosjektteamene.

Før hun sendte klagen, måtte hun redde de gjenværende musene, hvis de var syke. Å faen, hun kom på at hun ikke hadde noen erfaring med dette. Musene som hadde overlevd, så riktignok ikke syke ut. Kanskje de som døde, døde av ekstrem kulde og lavt immunforsvar. De som led av autoimmune sykdommer og andre sykdommer, var de som ikke tålte de lave temperaturene disse tre eller fire dagene. Det var hennes teori at noen bevisst hadde tuklet med eller slåtte av anlegget i laboratoriet. Eller ved en feiltakelse. I tillegg hadde noen glemt å finne vikarer for kontroll og rengjøring. Dette var den eneste logiske konklusjonen hun kunne komme på. Uansett måtte de fortsatt sjekke de gjenværende musene for sykdommer og andre konsekvenser av temperaturendringene.

Plutselig fikk hun en idé. Hjertet hennes oppførte seg unormalt, og hun tenkte unormalt. Hun valgte ut tre mus fra prosjektmodellene sine, som hun mente hadde dødd for noen timer siden og ikke var stive. Hun la dem på disseksjonsbordet, fjernet skjoldbruskkjertelorganene og sydde dem sammen igjen. Hun dekket dem med bomull og la dem i plast. Så merket hun dem med navn- og nummerlappene som disse musene hadde. Hun oppbevarte dem i fryseren. Hun trengte alle bevis, og vev til senere eksperimenter. Noen av musene hennes led av Hashimotos sykdom eller Graves sykdom. Hun ga dem hormonbehandling. En av musene som døde, ga hun modifiserte T-regulatoriske celler.

Hele dagen ville gå med til å loggføre musene som hadde dødd eller overlevd. Hun burde be Tara eller Mark, som jobbet med dem om hjelp. Hun var fortsatt kvalm. Denne hendelsen ville uansett utløse alarmer i hele bygningen. Det hun var redd for, var at de ikke skulle gi ordre om å drepe de overlevende, med tanke på muligheten for at det kunne oppstå sykdommer blant dem.

Da hun fikk sikret vevet, gikk hun opp for å varsle ledelsen i laboratoriet. Rengjøringspersonalet ble sendt ned umiddelbart, sammen med noen laboratorieteknikere. Hun følte seg ikke bra, og ble derfor bedt om å unngå å gå ned før den dårlige lukten hadde lagt seg. Det var vel nå at noen sikkert oppdaget at sikringen var nede, og utbedret problemet.

Hun kunne ikke fortelle dem mistankene sine. Noen kunne ha sabotert hele greia ved å senke temperaturen under de tillatte grensene. Temperaturen i laboratoriet ble ikke kontrollert av bygningens sentralvarmesystem. Det var overvåkningskameraer utenfor laboratoriet. Dermed ville det uansett komme med i rapporten deres hvem som var ansvarlig for å ha tuklet med temperaturen. Og musene hennes kunne ha dødd av sykdommer, utenkelig, men mulig. Den siste personen i laben kan ha vært forkjølet eller hatt influensa. Noen mus ble smittet. Å dø av sult var umulig. Det var fortsatt litt mat og vann igjen i de fleste burene, for laboratorieteknikerne hadde for fem dager siden fylt beholderne nok. Likevel var hun sint og i sjokk. Sonia ville gjøre denne hendelsen til en stor sak. Heldigvis startet ikke laboratorietiden hennes før i dag, dermed ville ingen legge skylden på hennes skjøre skuldre.

Da hun gikk opp og rapporterte hendelsen til ledelsen, snakket hele avdelingen om det. Det føltes som om noe forferdelig hadde skjedd. Og hun mistenkte at Vega fikk det til å se ut som om det var hennes feil. Hele dagen gikk med til papirarbeid, siden hun var den som oppdaget hendelsen, som måtte sitte sammen med de som var ansvarlige for å lage rapporten.

Om kvelden gikk hun helt utslitt til sengs. Mens hun lette etter en bestemt melding på G-mailen sin, ble hun glad da hun så at professor Ford endelig hadde sendt henne en e-post. Han tenkte på henne likevel. Det var trøstende på én måte. Å være noen som var verdt å tenke på.

ProfessorFord: "God kveld, Flora. Jeg kunne ikke slutte å tenke på teorien din. Om levende arter som bakterier, virus og sopp. Forskjellen mellom dem og oss er at de ikke har hjerner, men programmerte koder i genene sine. Men de regner på oss hele tiden, ettersom de reiser med vind og andre værformer, over hele planeten. Og vi inntar dem med mat og vann. Over tid har vi utviklet reseptorer og veier for at noen av dem skal kunne trenge inn i cellene våre. Immunsystemet vårt identifiserer dem som gode og dårlige, basert på tidligere erfaringer. Virus, bakterier og sopp angriper ikke bare seg selv for å dominere, de finner også måter å bli immune mot hverandre på. Akkurat som cellene våre gjør, utvikler de seg. T-celler gjennomgår en tøff modningsrutine, og fortsatt skjer det mutasjoner. De er programmert til selvtoleranse, men vender seg likevel mot sine vennligsinnede celler. Du vet alt dette, og likevel gjentar jeg det. Bare for å understreke at noen ganger er løsningen enkel, men at vi bare ikke kan forestille oss det. Kan vi for eksempel bruke en mutasjon til å oppheve en annen mutasjon?

Ved autoimmune sykdommer angriper antistoffene fra B-cellene våre friske vev hele tiden. De er i en aktivert tilstand. Det var T reg-celler som aktiverte B-cellene i utgangspunktet. Teorien din sier at vi stopper T-celleaktiveringen ved hjelp av genmodifisering. Hvis vi skaper en annen T-cellemutasjon som holder de autoreaktive T-cellene i sjakk eller ødelegger dem, vil det løse problemet. Men jeg vet ikke hvilke konsekvenser det vil få for det gjenværende immunforsvaret." Hun grublet over en løsning for seg selv. Det å sammenligne DNA-analyser av infiserte T- og B-celler og friske stamceller fra benmargen kan hjelpe i genterapi. Stopp allerede aktiverte B-celler. Gjør endringer i X-kromosomene for å oppdage mutasjoner i Treg-celler... Flora svarte ham. Venus94: "Overrasket over å motta meldingen din. Jeg burde ha ventet på svaret mitt, men så er jeg trist i dag. Tenkte at det ville glede meg å dele dagen min med deg. Noe skjedde i laboratoriet. Jeg mistet flere mus som ble inseminert til prosjektet vårt. Det var laboratorieteknikere som glemte skiftene sine, og det resulterte i at noen mus døde på grunn av kulde. Det var ikke sykdommen, fordi jeg sjekket dem. Men er usikker. Jeg føler at jeg burde ha sjekket dem for to-tre dager siden.

Angående det du skrev om T-celle-mutasjon, jeg har tenkt på det også. Men så langt klarer jeg ikke å visualisere hvordan jeg skal få det til. Tenk deg å ha et vennligsinnet virus som kan mutere T-celler slik at bare de autoreaktive T-cellene blir angrepet.

155

Alternativt må jeg finne et gen som kan kodes for å skape en slik mutasjon, noe som er vanskelig når det finnes tusenvis av genpar bare i X-kromosomene. Jeg skal snakke om det i morgen, for jeg klarer ikke å tenke klart nå."

ProfessorFord: "Det jeg setter pris på hos deg, er at du har et mål, og at du brenner for det. Det er det som gir deg energi til å leve hver dag. Dette er normalt for deg. Jeg pleide å være slik, og jeg vet ikke når ting jeg mistet lidenskapen og meningen. Jeg vil ikke gå i detalj på det. Jeg føler meg også litt deppa. Ikke noe personlig. God natt, Flora."

Venus94: God natt, professor.

Flora var glad for at professor Ford savnet henne. Hun lurte på om hun hadde mistet evnen til å sove nå etter en kraftig dose oksytocin og andre herlighetshormoner. Eller om hun var trøtt nok til å sove uansett.

Tretten

Siste del av januar har gått med til obligatoriske kurs for ph.d.-studenter, som om hvordan man behandler forsøksdyr og om etikk. I tillegg var hun på kurs i robotikk og statistikk. Det var et konstant, tvunget bombardement av kunnskap. På toppen av det hele klarte hun ikke å konkludere om hun var på rett vei. I disse periodene glemte hun hvem hun var, og hvorfor hun i det hele tatt holdt på med dette. Hun stilte spørsmål ved meningen med livet, slik alle andre gjorde da de sto ved en korsvei i livet.

Februarkulden og snøværet holdt folk isolert. I dag hadde hun bursdag, men som i fjor var det ingen som husket bursdagen, unntatt nær familie. Derfor var hun mentalt klar for at det samme skulle skje i år. Familien hennes hadde ringt henne tidlig om morgenen. Dermed var det ikke vits i å være utakknemlig. Siden hun ikke var på sosiale medier, var gratulasjoner heller ikke naturlig. Sosiale medier var den eneste informasjonskilden for at folk nær en skulle huske slikt.

Utenfor campusen falt snøen tungt, og skoene hennes etterlot seg et vannaktig spor på betonggulvet i første etasje. Hun ble stående ved trappetrinnene for å slippe ned noen studenter på vei ned. Det var fortsatt tidlig for teamet hennes å komme. I motsetning til forrige semester var Mars ofte i Domus Medica-bygningen. Som en morgenfugl, akkurat som Flora. Det kunne være en tilfeldighet. "God morgen, Flora," sa Mars bakfra. Hun hadde ikke sett ham på en uke nå.

"God morgen, Mars. Du er tidlig ute i dag."

"Ikke som deg, som jeg antar er en morgenfugl. Stemmer det at du setter arbeidet ditt så høyt at du brenner etter å komme tidlig?" spurte Mars med et mildt smil.

Mars var ikke lenger tilbakeholden, og han tok seg friheter til å innlede samtalene mellom dem. Tidligere snakket han bare under jobb og ved arbeidsrelaterte temaer. Siden desember i fjor hadde han åpnet seg.

"Nødvendighet er fornavnet til vanene mine. Noe tidlige møter i dag?"

"Nei, ikke noe sånt. Bra at jeg traff deg nå. Jeg ville ha råd fra noen på din alder. Jeg må kjøpe en bursdagsgave til en venn. En kvinne. Jeg må gjøre det i dag. Noen idé?"

"Veldig vanskelig i denne alderen, når alle har alt. For det andre har jeg ingen anelse om hva venninnen din liker. Hvis noen hadde spurt meg, ville jeg ha ønsket meg det mest umulige i verden," sa

Flora med sine skinnende øyne. De sto fortsatt ved enden av trappen. Det var ingen i korridoren nå.

"Nå er jeg nysgjerrig. Fortell meg om det."

"Fotografisk minne. Jeg føler meg som førti allerede." Hun lo av svaret sitt. Så kjente hun plutselig et stikk av misunnelse over at til og med Mars hadde en kjæreste. Eller i hvert fall kanskje en venninne? Dette var nytt for henne. Hun prøvde å huske om han hadde fortalt henne at han var singel i desember eller ikke. Kanskje hun ikke hørte etter. Uansett var hun overrasket over at hennes mening var viktig for ham.

"Jeg skulle ønske jeg kunne spille en gud og gi deg det. Noen materialistisk du kommer på? Til en kvinne som er vakker, men som ikke er klar over det. Omsorgsfull og kjærlig, men ikke viser det. Intelligent, men skjuler det mesterlig. Moden, men spiller et barn."

"Beskriver du kjæresten din, eller ber du meg om å løse en gåte?" Ansiktet hennes ble varmt ved tanken på at det kunne være henne, at Mars hadde vist interesse for henne den gangen hun virkelig trengte det. Nå var det sent, for følelsene hennes lå i den digitale verden.

"Hun er ikke kjæresten min ennå. Jeg har viljen til å vinne henne over. Hjelp meg, vær så snill." Han smilte bredt.

"Jeg skulle ønske jeg kunne hjelpe deg. Bare kjøp en bok, eller en billett til en konsert hvis hun elsker et band eller noe sånt. En personlig gjenstand, som et smykke, slår aldri feil." Hun gikk videre, og ble klar over at det var hennes egen bursdag. Tristheten grep tak i ansiktet hennes, og glansen i øynene forsvant på få sekunder. Hun hadde tenkt å kjøpe kake til teamet sitt dagen før, men glemte det. Innerst inne ønsket hun at de skulle ta det initiativet, gi henne lykkeønskninger og en gave. Himani noterte seg i det minste bursdagsdatoen hennes i fjor. Hun kan invitere henne på kake i kafeteriaen på sykehuset eller i Oslo et sted på kvelden. Hvis bare snøen skulle slutte å dale ned. Dagen var fortsatt ung, og hun burde være mer positiv.

Mars fulgte etter henne til kontoret. Vel inne plasserte hun vesken sin på stolen og stirret på Mars. Litt forvirret. Hun var nysgjerrig på hvorfor han var der. Han stirret forvirret tilbake, som om han lurte på hvor han skulle begynne. Det var første gang det hadde skjedd. Det ville være uhøflig å stille ham spørsmål om dette.

Mens hun kledde av seg vinterjakken og hengte den bak stolen, la hun merke til at Mars hentet opp en liten pakke fra vesken sin og rakte den til henne.

"Gratulerer med dagen, Flora. Ikke spør meg hvordan jeg vet det, men det var bare en tilfeldighet at jeg fikk vite det i går."

Da hun tok imot den, glemte hun nesten å si takk. Hun kunne se at Mars hadde lyst til å gi henne en klem, men at han slet med det. Flora innså den pinlige situasjonen og tok et skritt videre. "Tusen takk. Det var ikke nødvendig. Jeg mener, gaven." Å klemme Mars føltes som om hun ikke bare takket ham, men også seg selv. Hun kjente hendene hans bak ryggen. Hun var så rørt at det ikke var lett å holde tårene tilbake.

Etter å ha blitt sluppet fri fr den varme klemmen, tok hun et skritt bakover for å skape avstand mellom dem. Smilende rev hun i stykker gavepapiret. Hun var nysgjerrig på hva det inneholdt, og fantasien hennes løp løpsk. Gjaldt spørsmålet hans om henne eller en venn? Det kunne ikke være henne. Og det burde ikke være henne heller. Det ville være ille å knuse noens hjerte. Derfor ønsket hun at det ikke var henne Mars var forelsket i. Ettersom han hadde tatt seg så mye bry med å spørre kollegene sine om råd. De hadde kjent hverandre i syv måneder. Når det gjaldt vennskapelig kommunikasjon, var det blitt bedre mellom dem. Og det var nok å være kolleger. Mer enn det ønsket hun ikke.

Hans lille gave var en kaffekopp med navnet hennes inngravert. Kopp med lokk. Var det Himani som rådet ham til dette? Det var hun som plaget henne med å få tak i en bedre kopp. Det var så omtenksomt. Hun var vitne til en annen Mars. Hun ville spørre når han hadde bursdag. Men hun stoppet seg selv. Hun kunne ikke oppmuntre ham. I det siste hadde hun forestilt seg at hun kunne overtale professor Ford til å åpne seg for henne. Hvis hun lyktes, kunne hun gå videre til trinn to, til å møte ham. Forelskelsen gjorde henne til tider ulykkelig. Hun lengtet etter hans oppmerksomhet og gjensidige følelser. Hennes forsøk på å vinne ham kunne bare gå to veier. Enten ville hun vinne, eller så ville hun tape. Hvis hun endte opp med å miste ham, ville det likevel være verdt det. Det nye dilemmaet utspant seg i hjernen hennes. Hvis Mars viste interesse for henne, kunne hun ende opp med å miste ham også.

Før de rakk å snakke mer, sjekket Mars armbåndsuret sitt.

"Jeg bør gå nå. Ha en fin dag i dag." Så forsvant han raskt.

Fem minutter senere dukket Himani opp på kontoret. Flora kastet innpakningspapiret i søppelkassen. Da Himani så en ny kopp med lokk, utbrøt hun et gledesrop.

162

"Jøss, du har endelig investert i sunn fornuft, Flora." Hun ga henne en stor klem. "Gratulerer med dagen, kjære Flora. Du er ikke bare min yndlingskollega, men også min venn."

"Tusen takk. Jeg er så glad for at du husket det. Nok en person som gjør dagen min bedre. Vi burde feire det med kaffe og kake etter jobb. Jeg spanderer."

"Hvem var den første? La oss hente litt kaffe, så kan du fortelle meg alt." Hun smilte til Flora. Og de tok turen til kaffemaskinen sammen.

"Mor, selvfølgelig. Jeg må skrive i dag, ikke noe laboratorium, og det er bra." Flora ville ikke fortelle Himani eller noen andre om Mars. Ellers ville hun erte henne lenge. Flora glemte nesten sin søster, at også hun ringte tidligere og ønsket henne alt godt. Hvor rart at familien, i jakten på den romantiske kjærligheten, inntok en sekundær plass i unge menneskers liv.

"Vi ses etter fire. Ikke la noen ødelegge dagen din, Flora." De smilte som et tegn på forståelse.

"Jeg skal gjøre mitt beste for å holde kildene til stress langt unna. Jeg må velge en bok fra biblioteket, dessuten er det skrivedag hele dagen. Når jeg skriver, flyr dagene fortere. I morgen skal jeg presentere dataene mine for Leo og Mars. Det er for min andre artikkel." Lysten til å fortelle Himani om Mars boblet i hjernen hennes. Flora var sikker på at Himani ville be henne om å oppmuntre Mars og kutte kontakten med professor Ford, som var i ferd med å utvikle seg til en slags avhengighet. Heldigvis hadde Himani andre tanker i hodet. Hun var full av følelser og altfor ivrig etter å fortelle alt hun tenkte foran Flora. Årsaken til dette var at Himani endelig var sammen med en mann som hun hadde funnet på en datingside. Derfor tilbrakte Flora nå mer tid i laboratoriet eller sammen med Tara og Martin enn med henne.

I lunsjpausen fikk Flora være i fred. Hun hadde blitt flinkere til å planlegge dagene sine. Restene fra middagen hennes ble til lunsj neste dag. Hun ville fortelle professor Ford om overraskelsen sin og om bursdagen sin. Et godt ønske fra ham ville gjøre dagen hennes enda bedre.

Venus94: "Håper det er fint vær i Tromsø. I dag fikk jeg en bursdagsgave fra min kollega, og den kom helt overraskende på meg. Den ga litt varme på den kalde dagen i denne februarmåneden. Jeg har aldri spurt deg når du har bursdag? Som digital venn er det fint å vite det. Så langt bruker jeg dagene til å lese mer om proteiner som er involvert i celledifferensiering og modning av immunceller. ... og hvilke deler av kromosomene som er involvert i denne prosessen. Jeg leter etter noe jeg har oversett så langt."

Det kom ikke noe svar fra ham. Han måtte være opptatt. Som vanlig glemte de andre i avdelingen bursdagen hennes. Men før arbeidsdagen hennes var over, og før hun skulle gå til kafeteriaen, ønsket Tara henne til lykke, etterfulgt av Even. De måtte ha hørt det fra Himani, det var hun sikker på. Men hun var fornøyd så langt. Det ville uansett bli en hyggelig kveld. Bare overraskelsesgaven hadde gitt henne nok lykkehormoner til å holde henne energisk og glødende. Ute var det mørkt da hun gikk hjem etter den lille feiringen med Himani i kantinen.

Hun la seg tidlig. Det kom ingen melding fra hennes digitale venn. Hun var ikke et barn som lengtet etter et leketøy, hun kunne umulig blitt så avhengig så fort? En gang skrev han til henne: "Vi har ingen kontroll over følelser, bare over våre handlinger og impulser. La følelsene flyte som tårer. Nyt ensomheten noen ganger, som din eneste venn. Når natten senker seg, lar selv skyggen vår oss være alene." Det var i denne sammenhengen hun fortalte ham hvor mye hun satte pris på den digitale kommunikasjonen deres. Og nylig hadde han forsøkt å ta motet fra henne, snarere skremt henne. Han fryktet at hun kunne bli følelsesmessig involvert i ham. Hvordan kan sinnet løpe etter ukjente mål, utfordre balansen, falle og snuble på veien?

......

165

Neste morgen var inngangsdøren til kjellerleiligheten hennes blokkert av en halv meter snø. Huseieren hadde ikke fjernet snøen. Det betydde at hun måtte rydde snø utenfor, siden gå i snøen til bussholdeplassen og deretter ta trikken til kontoret. Det var vidunderlig. Hun sjekket telefonen mens hun ventet på bussen, som var forsinket. Det var mørkt og snødde. Hun ønsket at hun kunne ha ringt kollegene sine og sagt at hun var syk. Men det ville forsinket den andre artikkelen hennes. Og det var ikke lett å få kalenderen til å stemme overens med andres.

Ja, det var en e-post fra ham. Han ble tilgitt umiddelbart.

ProfessorFord: "Gratulerer med dagen, Flora. Jeg så ikke posten din før i kveld. Håper du har hatt en fin dag."

Hun var så opptatt med å lese at hun nesten ikke rakk å gå av på holdeplassen sin. Å skynde seg ut av bussen mens de utenfor gikk inn, forbannet henne. For hun måtte ta seg frem blant dem med full styrke. Puh, hun ville ha gått glipp av trikken hun skulle videre med. Sånn er hverdagen for en vanlig pendler.

Det rumlet i magen hennes. Det var bare å håpe at hun kunne kjøpe noe i sykehusets kantine.

Da hun ankom kantinen på universitetssykehuset, så hun Leo ved disken.

166

"God morgen, Leo. Godt å se deg tidlig. Nydelig vær ute."

"God morgen. Hvem kan klage på været? Din tur." Han ga henne plassen sin, så hun kunne kjøpe det hun skulle ha. "Ha en fin dag. Vi ses på møtet i dag." Så gikk han.

Leo var blant de ansatte som trivdes bedre med arbeidet sitt enn med småprat. Men under påvirkning av alkohol eller sammen med sine mannlige kolleger var han annerledes. Det samme med Martin. Men med Even var det annerledes, siden han delte kontor med dem. Noen ganger ville hun vite mer om dem og deres personligheter. Andre ganger var hun glad for at de unngikk personlige samtaler. For hun hadde ikke så mye å snakke om. Normale mennesker med lite drama i livet hadde lite å tilføre verden rundt lunsjtid. Eller de fulgte ikke med på nyheter og aktualiteter, politikk og kjendiser å kunne snakke om. Eller gjorde bagateller til historier. Hun foretrakk ingen av delene. Men hun kunne snakke i det uendelige om bøker hun leste, og tanker hun hadde. Men ingen var interessert i å snakke om det da de tok en pause fra arbeidet. Når hun var ferdig med doktorgraden, ville hun være sosial og se på fjernsyn. Hun hadde mye å snakke om. Nå var hun bare en lytter.

Flora gruet seg til møtet. Hun hadde jo ikke gjort noe nytt siden sist. Hvorfor kan de ikke ha færre møter? De kastet bort alles tid.

Flott, hun glemte å takke Ford. Hun gikk mot kontoret sitt i snø som falt i full fart. Hun banet seg vei gjennom snømassene og nådde til slutt skrivebordet sitt. Da møtet var ferdig, strømmet de ut av rommet for å slippe ut trykket.

Hennes motvilje mot møter opphørte ikke. Den bare økte. Spesielt mot avdelingsmøter og fellesmøter for alle ansatte. Alt de gjorde var å introdusere nye ideer, utviklingsstatus og planer. Disse kunne vært introdusert på andre måter, uten å sløse bort alles tid. Hadde disse møtene bare blitt holdt to ganger i året, hadde det vært akseptabelt. Men hver måned! Det ble så mye repetisjon. Ja, idédugnadsmøtene var viktige, men som oftest hadde hun lite å bidra med i samtalen. Hun var uansett en god lytter.

Venus94: "Tusen takk. Er det en grunn til at du valgte brukernavnet ditt som professor Ford og ikke noe mer fancy? På universitetets nettside står det at du heter Seaford."

Hun var fornøyd med spørsmålet sitt, for det var heller ikke særlig personlig.

Even ønsket henne god morgen, noe hun svarte på med samme mynt. Så ble det stille i rommet. Hun satte seg godt til rette i kontorstolen og startet PC-en. Det var hvitt utenfor. Ikke noe fargerikt å beundre. "Hva med kaffe, Flora? Du virker på meg som en som trenger litt koffein hvis du skal overleve i dag," sa Even fra skrivebordet sitt, uten engang å se i hennes retning.

"Er det så åpenbart? Jeg har sovet bra, men jeg føler meg likevel sliten. Kanskje jeg må oppsøke lege."

"Du har tenkt mye i det siste. Psykisk stress. Jeg har vært med på dette mange ganger. Husk at jeg har vært doktorgradsstudent en gang."

"Du har rett. Jeg er fortapt i et hav, et stort hav, jeg ikke kan se hvordan å komme meg i land fra." Hun sendte ham et takknemlig blikk. "Men det kommer til å gå over."

Bare ett og et halvt år igjen, forsikret hun seg og gikk bort til kaffemaskinen. Da hun så Vega der, fulgte hun skrittene sine tilbake, vel vitende om at Vega ikke hadde sett henne. Mens hun ventet i korridoren, usett, sjekket hun mobilen. Leste nyhetsoverskrifter på mobilen, noe som ikke var nødvendig. Ikke noe svar fra professor Ford ennå.

Vega forfulgte fortsatt Mars og flørtet med ham. Hvor godt hun lyktes, kunne ingen gjette. Hvis hun lyktes, ville forholdet deres ha blitt et tema på hele instituttet, eller til og med på universitetet. Men så langt var det bare rykter. Vega smilte og tok alle forholdsregler for å se bra ut. Det hadde gått mer enn et år siden det hele begynte. Dermed hadde mange sluttet å snakke om dem. Den eneste som holdt tenningen i gang, var kilden selv.

Hadde Vega vært snill mot henne, ville Flora ha støttet henne. Vegas energi ble brukt til å vise seg bedre enn andre. Som en bitter person, som hadde alt man ønsket seg, men som likevel manglet noe. På grunn av dette gjorde hun andre rundt seg ulykkelige ved hjelp av sin sarkasme og sjalusi.

Flora var fortsatt ung, men hvis hun skulle ende opp som singel som Vega, i førtiårene, hvilke muligheter hadde hun da? Da ville hun vie livet sitt til vitenskapen. Foreldrene hennes hadde allerede søsteren hennes, som ville gi dem barnebarn. Da ville ikke byrden med å forsørge eventuelle barn falle på henne. Hun hadde hørt så mange tilfeller av hvor vanskelig det var å finne noen på datingsider. Menn var stort sett uengasjerte der. Bare tanken skremte henne.

Hun vendte tankene tilbake til Vega, og konkluderte med at Vega hadde mange fordeler fremfor henne. Menn beundret henne, og Vega ville ikke forbli singel lenge. Hun hadde ingen barn og hadde et liv utenfor universitetet. Og Vega inviterte noen kolleger på restaurant og bar etter jobb. Noe Flora ikke hadde mulighet til. Hun deltok alltid på sosiale arrangementer i regi av universitetet. Noe Flora unngikk på grunn av arbeidsmengden. En dag, når hun ble postdoktor, ville hun også delta på arrangementene. Men det var det én grunn til, nemlig frykten for å bli stilt spørsmål om privatlivet sitt og prosjektet sitt, og for fornærmelsene som Vega og hennes nærmeste kolleger slengte etter henne. De ville vite alt om alle. De som ble avhørt, var ydmyke nok til å svare dem.

Flora hadde humoristisk sans, men hun var ikke den som var festens eller kantinebordets midtpunkt. Hun lo av de fleste vitsene, selv om de ikke var morsomme. Humoren var overfladisk. Hun lo da andre lo, fordi hjernens speilnevroner fanget opp latteren og fikk henne til å le.

Fjorten

Dagen etter bestilte hun primere til de neste eksperimentene. Til det fikk hun hjelp av Himani, som hadde gjort det hundrevis av ganger før henne. Da de var ferdige med bestillingene, lukket Flora laptopen, og Himani så Flora inn i øynene.

"Jeg håper at du ikke dagdrømmer om din digitale forelskelse?"

"Jeg kan ikke noe for det. Du skjønner at jeg er avhengig av meldingene hans, selv om de kommer sjelden. Det er som en klassisk betinging. Jeg håper alltid at de skal komme når som helst. Og når de kommer, gir det meg en slags eufori. Jeg vet hva du vil si. Jeg har det så travelt at når jeg er her på universitetet, får jeg sjelden tid til å tenke på ham. Det er bare hjemme."

"Han mener ikke alvor, Flora. Selv om dere to snakker om vitenskap, er du likevel helt på jordet. Han har aldri fortalt deg om privatlivet sitt, om familien sin. Hvem vet, kanskje han ikke er professor Ford fra Tromsø, men en svindler i forkledning? En dag vil han be deg om å investere i et eller annet lyssky opplegg på nettet. Vær modig og tålmodig, min kjære."

"Herregud. Jeg har aldri forestilt med at han kan være en svindler. Neste gang skal jeg teste ham ved å stille et avslørende, personlig spørsmål. Hvis han unngår det, blokkerer jeg ham."

"Bra. Tilbake til universitetet. Hvordan har foreldrene dine det? Og søsteren din?"

"Det samme som før. Fauna har fått en ny jobb nå. Endelig en fast stilling. Her er jeg fortsatt student. Jeg tuller bare, jeg får jo lønn. Hva med foreldrene dine? Og den nye vennen din. Fortell meg om ham."

De satt fortsatt i et møterom, vendt mot hverandre over bordet. Flora hadde håret hengende på skuldrene. Vanligvis ville hun bundet det bak nakken. Himani hadde derimot bundet håret med et bånd. Hun brukte til og med sminke og gjorde seg flid med å se vakker ut.

"Han inviterte meg på middag i går, hjemme hos seg. Han laget hvitløkskylling. Det var nydelig, Flora. Så langt er han alt jeg har ønsket meg. Men han tar alt med ro. Med hans tempo kan vi ikke planlegge vår første ferie sammen før neste år. Du lurer på hvorfor? Han sier at han har blitt lurt før på ferie. Derfor er han forsiktig. Og han er ikke fornøyd med denne jobben heller. Derfor søker han etter en ny. Og foreldrene mine er glade for at jeg endelig tar kjærlighetslivet mitt på alvor. Ellers hadde de nesten

173

gitt opp," forteller Himani i ett drag, uten å trekke pusten.

"Gi ham tid, da. Å plage ham vil ikke føre med seg noe godt. Inntil da har du meg til å dele dine tanker og din tid."

Det var godt at samtalen hadde tatt en ny vending. Flora ville ikke gi opp professor Ford. Hun var bekymret for at han kunne være en svindler. Denne tanken hadde aldri streifet henne så langt. Samme dag fikk Flora evalueringsrapporten for fjoråret fra Sonia. Sonia glemte å sende den like etter den første årlige vurderingen. Rapporten var tilfredsstillende så langt. Og det kom som en lettelse at uansett hvor mye Sonia mislikte henne, hadde hun ingen planer om å holde doktorgraden hennes tilbake. Kanskje Sonia tenkte at den beste måten å bli kvitt Flora på, var å hjelpe henne med å fullføre studiene? Folk liker og misliker andre ut fra sine egne oppfatninger. Derfor var Flora klar for å ikke lese så mye inn i ordene og kroppsspråket til kollegene sine. Ellers ville hun aldri kunne overleve på universitetet, og det ville gå ut over studiene. Hun holdt hjernen opptatt og sansene fokusert på det endelige målet i forskningsreisen.

Sonia ble omtalt som svært kunnskapsrik, men Floras inntrykk var det motsatte. Enten holdt Sonia på å bli glemsk, eller så var Sonia ikke den hun ga seg ut for å være. Hvis noen spurte henne om noe hun ikke visste, anklaget hun dem for ikke å undersøke selv på Internett, og for å kaste bort tiden hennes. Hennes mantra var "gjør hva du vil, bare du viser meg resultater". Om eksperimenter mislyktes eller lyktes, spilte ingen rolle for henne.

Flora hadde hørt historier om at Sonias frisyrer avspeilet humøret hennes. Ukjemmet hår eller hår som sto opp, var et tegn på at man skulle holde seg unna henne den dagen. Sjamponert hår og full sminke betydde at hun var i godt humør, eller at hun hadde møter med folk høyere opp i hierarkiet eller forskningskomiteer. Sonia overlot forelesningene sine til andre det siste halvåret, fordi hun var opptatt med prosjekter.

Frekvensen på teamets idédugnader økte den siste tiden. Til og med Vega var til stede under disse øktene. Alle var spesielt opptatt av å finne løsninger. Selv Floras resultater og ideer ble dissekert til det fulle. Det var morsomt at Leo og Mars foreslo teorier innen genetikk og cellebiologi, ettersom som dette ikke var Leos felt. Noen ganger tenkte de mer på hvordan de skulle jobbe med genterapi. Når det eksperimentelle medikamentet eller den modifiserte cellen var klar, var det Mars som skulle finne en måte å injisere den tilbake i thymus på.

Noen ganger spøkte de om feilene alle gjorde i laben. Under et slikt møte satt Mars overfor henne. I en pause da de var alene. Han kommenterte at hun pratet mye mer i begynnelsen av forrige semester enn nå. "Er det noen særlig grunn til denne forandringen? Jeg kan tenke meg to ting. Enten har du mistet interessen for prosjektet, eller så er du forelsket i noen. Jeg kan utelukke andre grunner, som depresjon eller lignende."

Hun rødmet nesten av sjokk over det uforutsigbare spørsmålet fra Mars. Hun så ham inn i øynene og forsøkte å formulere et svar.

"Oh ... Ingenting av det har skjedd meg. Noen endringer kan være midlertidig. Bare opptatt som vanlig. Selv om jeg halvveis lyver for deg, kan jeg ikke svare på spørsmålet ditt for øyeblikket." Hun hadde ingen planer om å fortelle ham eller noen andre hva som foregikk i hodet hennes. Samtidig var hun smigret over at han viste interesse for henne. I begynnelsen hadde hun reflektert sin motvilje mot Vega og Sonia over på ham. Men nå begynte hun å like ham. Han kunne være hennes venn, men han kunne ikke ta professor Fords plass.

"Takk for ærligheten din, Flora. Det skal jeg huske på. Når du vil, kan jeg vise deg hvor langt jeg har kommet i applikasjonene mine? Planen er å feste

176

en mikro-mm-sensor til nanopartiklene. Den vil fortelle oss hvor den er i kroppen helt frem til den går i oppløsning. Jeg kan også vise deg alle instrumentene vi bruker for å lage nanopartikler. Bare send meg en melding når du har tid til det."

"Å, det vil jeg gjerne! Du og Leo gjør en god jobb. Kan vi se på det neste uke? Jeg er forresten litt nysgjerrig på navnet ditt. Kan jeg spørre deg om du har bursdag i mars eller av en annen planetarisk grunn?"

"Tilfeldigvis ble jeg født i mars," Han smilte, men smilet forsvant da blikket hans falt på Vega, som fulgte med på dem.

"Det betyr at bursdagen din var i forrige måned. Hvorfor ble det ikke markert?"

"Jeg var på reise på den tiden. Når dagen er over, er det ingen som husker det uansett." Samtalen stoppet opp da Vega overtok ledelsen av den gjenværende sesjonen, og de andre kom tilbake til rommet.

Resten av april forsvant. En dag hadde hun en nyttig økt med Leo og Mars. Etter å ha lært hvordan maskinene deres fungerte, fikk hun en idé.

"Er det mulig at du kan lage sensorceller med reseptorer til meg?" bønnfalte Flora med foldete hender. Stemmen hennes vibrerte av begeistring.

"For å gjøre det må du be Sonia om tillatelse. Det er en svært kostbar prosess, og vi vet ikke hva du tenker på, og hva som er hensikten," sa Leo.

Selv om Mars så begeistringen som forsvant fra ansiktet hennes, sa han at Leo hadde rett. Hvis hun kunne overbevise dem, spesielt Sonia, om at det ville ha en betydelig innvirkning på prosjektet, ville det godtas.

Men Flora droppet saken. Hun visste at tanken hennes var ubegrunnet. Hun ville ikke forklare dem hva hun tenkte.

"Hvis Sonia gir deg grønt lys, bli det en utfordring for oss også. Men jeg vil gjerne ta den utfordringen, for da vil jeg jobbe på egen hånd. Jeg var med i et team en gang, hvor de utviklet slike celler, i kreftforskning. Det var ikke i Norge. Jeg ble sendt til USA på et kortvarig kurs for å lære om det," sa Mars.

Flora var usikker på om de forsto hva hun pekte på. Det var vanskelig å forklare dem at hun ikke tenkte på det som var tilgjengelig i USA eller Japan, men noe helt annet. Noe uorganisk, som kroppen likevel aksepterer som en vennligsinnet celle og ikke som et antigen. Noe som består av et edelt metall, i nanostørrelse, som kunne passe til reseptorene på standard T-celler.

Da hun forlot bygningen og nådde trikkestasjonen, hørte hun navnet sitt bli ropt opp. Det var Mars som ruslet etter henne.

"Kan vi snakke om planen din i morgen etter jobb? Jeg er interessert, og vi trenger ikke å fortelle det til noen før vi lykkes," sa Mars. Han måtte ha løpt, for han var andpusten. Han bar ryggsekken sin, noe som tydet på at han var på vei hjem.

Flora tenkte å gå tilbake til laboratoriet sitt, men var usikker. Hun sto der som en statue og glemte å puste da hun så Mars prate til henne.

"Hei, er du ok?" spurte han.

"Å, ja. Men hvordan? Det vil ta tid og ressurser fra universitetet?"

"Ikke tenk på det. Jeg vet ikke hva du planlegger, men det er bare jeg som kan vurdere kostnadene og tidsbruken."

"Selvsagt. Det hadde jeg glemt. Og takk, Mars. Det ville hjulpet meg og oss veldig mye. Jeg skal fortelle deg det, men vær så snill å holde det for deg selv, for jeg er fortsatt usikker. Usikker på om det vil fungere, eller om det i det hele tatt er mulig. Og du forstår at jeg kvier meg for å fortelle det til andre på dette stadiet. Kan vi møtes på universitetsbiblioteket på Blindern? Det beste stedet å dele ideer. Jeg har nummeret ditt."

"Ja vel. Vi møtes der når du er ferdig. Jeg venter på SMS-en din."

Da de endelig skulle til å gå, og trikken var på vei, hørte Flora navnet sitt igjen.

"Flora, husk at ingen noen gang har hindret morgendagen å skinne." Han smilte til henne, vinket farvel og forsvant, mens trikken hennes rullet av gårde på skinnene. Ja, det gjør ingenting med mørke nettene og mørke skyer, for det kommer alltid en ny morgen. Flora tenkte over betydningen av disse ordene.

Femten

Solen i mai varmet Floras nakke. Våren lå i luften med lukten av nytt gress og friske blomster. Den klare himmelen var strålende blå. Selv ikke en million ord kunne beskrive følelsene hennes. Den muntre lyden av fuglekvitter møtte henne om morgenen på vei til universitetet, hun smilte av lykke. Fargene på bakken, som sjelden forbløffet henne, oppslukte sansene hennes. Hver eneste nervecelle i hjernebarken strakte seg ut mot andre celler. Dendrittene i hjernen beveget seg raskere enn edderkoppens nettforbindelser. I havet av oksytocinlignende hormoner ble hvert eneste kolesterolmolekyl brukt opp. Bølgene i dette havet bruste under solen. Hver eneste celle i kroppen hennes var opprømt og begeistret. Var det solens magi, eller hva? Selv ikke det ubudne regnet kunne berøve vårgleden fra henne.

Et eller annet sted og overalt visste hun at andre levende vesener som virus, bakterier, sopp og andre solte seg i vårglansen. De sprang opp fra moder jords mørke dyp. De var hennes inspirasjon i jakten på svarene.

Hun nøt å se de glade ansiktene til pendlerne overalt. På veiene var det syklister som tok seg frem blant firehjulingene, som kanskje eller kanskje ikke forbannet dem. Utenfor Oslo, i tettstedene, beveget de seg som maur som er ute om våren. For å jobbe, for å trene og for å planlegge. Flora var ikke alene om å føle seg overveldet. Selv om nesten alle ansiktene var bøyd ned i mobilene sine, utstrålte de likevel stille håp. Det lå kjærlighet i luften for mange. Fra trikken så hun bygningene i Forskningsparken. Bare to stopp før hennes holdeplass. Det var i det øyeblikket et pling fra telefonen hennes førte henne tilbake til sine egne omgivelser. Det var en melding fra professor Ford. Hun ville lese den senere og legge telefonen tilbake i ryggsekken. De siste to ukene hadde Flora brukt lunsjpausene sine til å besøke Mars, eller han hadde brukt fritiden sin til å besøke biblioteket for å møte henne der. Det var ikke bare for å presentere sine nye ideer om T-cellesensorer, men også for å diskutere hva som var mulig med et begrenset budsjett. Drømmene virket så nære, men likevel for langt unna. Hun følte seg som en lykkelig kvinne, som ikke bare arbeidet med sine tildelte eksperimenter, men også med sin andre artikkel og sine hemmelige eksperimenter. Det var lett å jobbe sent nå på våren, når det var mer dagslys.

Etter lunsj dro hun til forskningslaboratoriet, der Mars inviterte henne til å vise hva han hadde gjort så langt. Flora visste at han snakket om hennes idé. Hun hadde en følelse av at Tara visste om hennes hyppige turer til Mars, men aldri stilte spørsmål ved det. Og Martin og de andre laboratoriekollegene hennes brydde seg aldri om det. De var fornøyde, så lenge hun holdt tritt med laboratorieoppgavene og møtte opp til brainstorming. Vega var fornøyd med å lede teamet, gi dem stadig nye oppgaver og ta imot tilbakemeldinger. Som et team hadde de ikke flere positive resultater å vise frem til eller være stolt av. Men de var håpefulle.

Da hun kom dit, var han alene. Til hennes forbløffelse var ikke engang Leo der.

Mars' eget kontor var fullt av maskiner. Mange skjermer og datamaskiner var koblet til laboratorieinstrumenter. Han hadde til og med et stort elektronmikroskop og flere spektrometre. Hun syntes det var morsomt at han var åpen mot henne, samtidig som han var forsiktig. Han ivaretok en fysisk avstand mellom dem. Hun likte måten de hadde det sammen, og det var behagelig. Det var mer profesjonelt, og med et snev av vennlighet på samme tid.

"Fortell meg hva du tenkte da du så meg for første gang i fjor? Du lo av meg," sa Mars. Han så inn i mikroskopet, på bevegelsene til en sensorcelle

183

han hadde laget ved hjelp av gull og proteiner fra T reg-celler, som var modnet in vitro.

"Du husker det fremdeles. Jeg beklager hvis latteren min såret deg. Det var rent impulsivt. Men før det sammenlignet jeg deg med melon.

"Melon, hvorfor?" fnøs han, men moret seg.

"Det røde håret ditt og de grønne øynene dine. Jeg husker ikke fargene på klærne dine den dagen. Det var bare en assosiasjon hjernen min gjorde. Du som er forsker, vet at vi noen ganger ikke har kontroll over tankene våre."

"Jeg vet at du brenner etter å finne ut hvordan du kan kontrollere tankene dine." Da han sa det uten å smile, ante ikke Flora om han var sarkastisk eller bare spøkte.

"Det har vi ikke tid til. Kan jeg få se hva du ser på?" smilte hun.

"Vær så god," sa han og ga henne plassen foran det kraftige elektronmikroskopet. Flora så at sensorcellen bare vandret rundt blant de vanlige T-cellene, og at den ikke reagerte på overflatereseptorer. Sensorene var ikke i stand til å oppdage defekte celler.

"Det ser ut til at vi må finne en måte å få sensorene til å identifisere modne og umodne celler på. Og blant modne celler, de auto-reaktive cellene. Jeg må finne et protein som kan gjøre det trikset. Men hvordan? Jeg har ingen anelse for øyeblikket. Tror du deg jeg prøver å finne en nål i høystakken?" "Ideene dine er gode, men suksess avhenger av tilfeldigheter. Det finnes millioner av gener, og bare noen få kan aktiveres for å gjøre susen. Du har bare et halvt år igjen til å skrive avhandlingen din, og tiden renner ut. Teamet ditt vil fortsette å jobbe med prosjektet, så dette arbeidet vil gå i ett," sa Mars med hendene i lommene.

"Du mener at hvis jeg ikke klarer det nå, vil andre overta eksperimentene mine. Men jeg skal likevel ikke bry meg om sluttresultatet nå?" spurte Flora med oppspilte øyenbryn og vidåpne øyne.

"Ja, bare ett av tusener av prosjekter lykkes innen medisinsk forskning. Når du har fått doktorgraden din, håper jeg du får en stilling som postdoktor i det samme prosjektet. Noen ganger tar det flere år å gjøre oppdagelser. Jeg vil fortsette å hjelpe deg så lenge jeg kan. Men vær så snill å akseptere den suksessen du får innenfor tidsrammen for doktorgraden din. Ikke vær overambisiøs."

"Så rådet ditt er at jeg konsentrerer meg mer om avhandlingen min. Men jeg tviler sterkt på at Sonia vil ansette meg når tiden er inne for virkelig forskning. De vil ansette en ny doktorgradsstudent og ikke en ny postdoktor." Selv om Flora snakket med rolig stemme, ble hun rød i ansiktet, og neseborene hennes sendte ut mer gasser enn de pustet inn. Hendene hennes viftet i luften som en pendel, eller opp og ned, i takt med tonen hennes. "Med din ekspertise har de ikke noe valg. Tara og Martin kan også slutte her og gå over til et annet prosjekt. Men bare hvis prosjektet ikke blir noen suksess. Prosjekter har også en tidsramme. Dette prosjektet har åtte års godkjenning. Da kan du få en fast stilling som forsker her. Tenk langsiktig, Flora."

"Jeg er kanskje ikke enig med deg. Du er ikke i min posisjon. Jeg skulle ønske jeg kunne ha en bedre veileder. Og tusen takk. For at du har brukt så mye tid på meg, og fremfor alt for at du stolte på meg da jeg ba om å holde det hemmelig. Hvis jeg skulle avsløre ideen min for Sonia, ville hun først ha sagt nei. Det var jo ikke hennes idé i utgangspunktet. Selv om hun sa ja, ville hun eller Vega stjele den. Slik hun gjorde med artikkelen min." Øynene hennes ble våte, og stemmen hes. Samtidig fikk følelsesutbruddet hennes Mars til å se forundret på henne. Han kom frem og søkte plutselig ly bak mikroskopet sitt igjen.

"Jeg er lei for det. Jeg lot meg rive med," sa Flora og senket blikket ned i gulvet. Hun kjente at tærne forsøkte å rive seg løs fra skoene, fanget og kvalt. Hun lengtet etter å gå på det grønne gresset om våren.

"Du trenger ikke å være lei deg, Flora. Ideene dine er trygge hos meg. Alle er redde for at noen skal stjele ideene deres og ta æren for dem. Men jeg lover at du skal ha enerett på ideene dine. Du trenger ikke å bekymre deg for meg. Jeg er assistenten din, og vil jeg gjerne ta æren for mine egne oppfinnelser."

"Selvsagt stoler jeg på deg. Det var derfor jeg sa det jeg sa, og det er derfor vi er her sammen. Gi meg litt tid, så begynner jeg på nytt med proteiner."

"La oss anta at du lykkes. Hvordan vil du formidle oppdagelsen din for gruppen?"

"Hm ... kanskje jeg skal fortelle dem at jeg har en idé og be om tillatelse til å gjennomføre eksperimenter med hjelp fra deg. Så skal jeg vise dem suksessgrafene innen en måned. Det er utrolig. Men mulig. Men la oss ikke tenke på fremtiden nå. Det avhenger tross alt at jeg lykkes med noe i utgangspunktet." Hun smilte, slik at Mars ga opp alvorsfjeset og smilte tilbake. Hun var lei av å stå, og satte seg på stolen i nærheten. Mars kopierte henne og slo seg ned på sin egen stol ved skrivebordet.

"Jeg lurer på om jeg skal finne ut hvordan uorganiske molekyler bevarer minnet om strukturene sine. Den siste eksisterende strukturen oppfører seg som en standardstruktur, og dermed bevares minnet om den. Det finnes andre faktorer i kroppen som kan ødelegge eller hindre sensorcellene i å fungere som

187

de skal. Den største synderen er immuncellene våre, som er ute etter alle antigener. I tillegg kommer cytokiner og andre ioner og kjemikalier. Suksessen til eksperimentene dine vil avhenge av at du kartlegger alle disse mulige tilfellene. Jeg vet at du jobber med det også," sa Mars med et alvorlig uttrykk. "Akkurat. Jeg begynner å bli gal av så mye å tenke på. Jeg må gi hjernen min litt hvile. Hvis jeg blir et troll en dag, vet du hvorfor. Noen ganger føler jeg at jeg ikke er så intelligent likevel. Jeg får lyst til å slutte."

"Det er ikke deg, Flora. Det var du som ga teamet ideen om å bruke CRISPR til å gjøre endringer i genene på kromosom 6. For å gi T-cellene rollen som detektiv. Slik at T-cellene selv identifiserer sine muterte fettere, som ikke klarte å gjennomgå en selvtoleranseprosess. Disse auto-reaktive cellene er ifølge mange forskere de største synderne som starter autoimmune sykdommer. Det var du som kom opp med ideen, problemet og løsningen for å kurere AITD som ligger i vårt medfødte og adaptive immunsystem, og ikke utenfor. Legemidler vil ikke hjelpe her. Du var grunnen til at prosjekt B som gjaldt å kurere bare tyreoiditt, ble til innen ett år etter doktorgraden din. Du er den, uten at du vet det selv, som andre virkelig trenger. Hvorfor tok Sonia initiativ til å sende artikkelen din selv? Fordi hun så håp i ideene dine. For første gang. Derfor vil hun ikke si nei til deg, til å jobbe med alternative ideer. Men hvorfor ta sjanser? La oss nå tenke på hva vi skal gjøre videre." Ordene hans ble etterfulgt av mange minutters stillhet. Han kunne se at Flora tenkte og så overrasket ut.

"Ja, Sonia og Vega er som de vandrende sjelene som søker fred i vitenskapens enorme univers," sa Flora.

Hendene hans gikk opp i lufta og hvilte seg på bakhodet, sklidde ned sakte foran ansiktet. Som om de prøvde å gjemme fargen og uttrykket på fjeset. Men Flora smilte til ham for å vise at hun nærmest leste tankene hans.

"Takk for at du viste meg speilet, Mars. Jeg setter pris på ordene dine, og det er det største komplimentet jeg kan få fra noen. Jeg kommer alltid til å ha dine ord i bakhodet når noen prøver å rakke ned på meg. Ja, jeg tar æren for det jeg har gjort så langt. Verifisert og attestert av en fremtidig professor. Jeg har aldri spurt deg om hva som er målet ditt i livet, hva er det?" spurte Flora og la beina i kors.

"Jeg har ikke tenkt på fremtiden min i det siste. Kanskje jeg en dag vil starte mitt eget firma innen medisinsk og bioteknologisk forskning. Men du ...

hvorfor bryr du deg forresten om hva andre tenker om det som en person, Flora?"

"Jeg gjør det, og jeg gjør det ikke. Det kommer an på humøret og stemningen den dagen. Jeg kommer tilbake til deg når jeg har lest mer om hybride sensornanopartikler, med hukommelse om hva alle typer T-celler skal være. Vi bør begge kjenne hverandres felt for å tenke klart om mulighetene," sa Flora, som om hun snakket med seg selv. Hun skannet laboratoriet med øynene, som om svarene sto skrevet overalt.

"Jeg er klar over at du snart er i ferd med å bli ekspert på mitt felt. Jeg som har lånt bøker for lenge siden, men som fortsatt ikke har tid til å gå gjennom dem. Så mye informasjon kan av og til virke demotiverende."

"Jeg vet det."

"Vet hva?"

"Både om bøkene du lånte, og bøkene du spurte Leo om ... og om hva du tenker om informasjonsoverbelastning." Hun lo søtt. Minnene fra den dagen, da hun ville bli kjent med Mars under påskudd av å levere kortet hans tilbake. Av ren nysgjerrighet. "Jeg husker hvor uinteressert du var i å treffe meg den gangen."

"Jeg må ha vært opptatt på den tiden. Hadde jeg visst at du var universitetets mest ettertraktede vitenskapsdame, ville jeg ha blitt kjent med deg med en gang. Jeg beklager hvis du syntes jeg var uhøflig." Han smilte, og Flora var sikker på at han bare ertet henne. Hun var fornøyd med at de hadde styrket vennskapet, hvis det var det man kunne kalle det, i stedet for et kollegialt forhold. "Det var din ulykke." En annen kollega kom inn i rommet, som hun ikke hadde sett før. Resten av tiden gikk med til introduksjon og andre temaer.

Og tiden fløy av gårde. Klokken på veggen fortalte dem at det var på tide å si farvel. Men dagen var fortsatt ung. Den kvelden fikk ikke Flora sove. Hun fortsatte å tenke på Mars. Deretter ble tankene hennes avledet til professor Ford. Hun sammenliknet dem. Hun husket beskjeden fra professor Ford, som hun fremdeles ikke hadde besvart.

Professorford: "Det er en stund siden jeg har hørt fra deg. Hvordan går det med deg og forskningen din? Det er eksamenstid, og vi har mye å ta fatt på nå. Måtte våren gir oss styrke til å gå i land ved sommerens kyster."

Flora mistenkte at professor Ford savnet beskjedene hennes iblant, men han innrømmet det aldri. Det ville være bra om han kunne gjøre det, det ville bevise mistanken. På den annen side ønsket hun å kutte kontakten med ham. Hun var ikke lenger ute etter hans digitale vennskap. Hun sa til seg selv at hun var fornøyd med seg selv nå, og at hun burde slutte å sutre som tenåring. Fullstendig klar over at hun var avhengig av bekreftelse. Som om hun trengte noen å snakke med uten filter. Det kunne hun ikke gjøre på arbeidsplassen sin. Hvis bare professor Ford hadde erkjent sine følelser for henne, ville det ha gjort ting lettere. Den ubesvarte kjærligheten var svært smertefull. Hun sa til seg selv at hun var moden nok til å unngå denne besettelsen, men at det ville ta tid.

Seksten

Sonia inviterte Flora til å diskutere hennes andre artikkel dagen etter. Den ble sendt til evalueringskomiteen for godkjenning av hennes biveileder Sander for noen uker siden. Andre godkjente den. Alt gjorde hun i tide for å unngå å få skylden for forsinkelsen. Likevel ville Sonia ha et møte, og sa at hun ikke var fornøyd med den. Alle disse små forsinkelsene var irriterende. I verste fall ville det bli sendt til komiteen på nytt for godkjenning. Det var Sonias feil, som vanlig. Hun hadde gjort det klart fra begynnelsen at det var dr. Sander som skulle gjennomgå den, men nå ville hun gjør det. Floras situasjon var så patetisk at hun hadde lyst til å kaste noe på Sonia eller gråte en hel elv utenfor kontoret hennes.

Med tungt hjerte og hode gikk Flora inn i torturkammeret. Sonia ventet på henne, noe som fremgikk av utskriften av artikkelen, der hun hadde merket tittelen med rødt.

"Sett deg ned, Flora. Artikkelen din er god, dataene også. Det ser ut til at du denne gangen har fått hjelp av Vega og Sander. Det jeg ikke er fornøyd med, er at tittelen din er veldig diffus. Send meg rettelsen, eller hvis du er rask, bestem deg for ny tittel nå."

"Jeg trenger én dag. Jeg sender den i morgen."

Flora trengte et klart hode til å finne tittel. Hvis Himani også kunne vurdere tittelen, ville hun hjulpet med å se det større bildet. Når det gjaldt Vega, var det bare snakk. Som aldri sendte henne tilbakemeldinger, noe hun hadde lovet hundrevis av ganger før, i kantinen, i laboratoriet og på hvert eneste møte. Sander var hjelpsom, men i små doser. I stedet for å invitere henne helt hit, kunne Sonia ha sendt henne en e-post for lenge siden. Hvorfor er noen mennesker så kaotiske og uorganiserte?

"Ok, send tittelen i morgen, da."

Før Sonia rakk å si noe mer, kom Vega inn uten å banke på.

"Bra at du er her, Vega. Bra jobbet med artikkelen. Flora, du glemte å skrive Vegas navn som medforfatter. Det er lurt å ha flere medforfattere og bidragsytere oppført." Flora var usikker på om Sonia blunket da hun sa den siste setningen, eller om hun hallusinerte.

Flora hadde nevnt at Tara og Mars hjalp henne, og Himani, bortsett fra Vega. Hun følte seg hjelpeløs. Hvis du må bo i nærheten av løvens hule, så vær usynlig på dagtid. Eller hold en lav profil. Og drikk aldri vann fra samme vannkilde. Flora visste ikke om Sonia hadde til hensikt å skape dramatikk. "Der er du jo, Flora. Det er en nødsituasjon i muselaboratoriet. Musene dine har mistet appetitten, og de har sovet siden i går. De puster fortsatt. Laboratorieteknikeren som gikk for å sjekke vann og mat, vil snakke med deg nå." "Å. ... jeg kommer med en gang." Hun reiste seg hastig med PC-en. Mobilen føltes tung i lommen på de svarte buksene hennes. "Har du gitt dem overdosen med anestesi? Hvis ikke, kan de være syke. Gå og sjekk dem," sa Sonia da Flora var halvveis ute av rommet. Vega fulgte etter henne.

De skyndte seg til laboratoriet, etter å ha skiftet til labfrakker og masker over nesen. Det var få mus som sov trygt i glassburet sitt. Hun kunne ikke forstå hvorfor de skulle få panikk. Da hun løftet opp en sovende mus, åpnet den øynene for å se på henne, før han lukket dem igjen. Da hun kjente på kroppen hans, kunne hun ikke se noen klumper eller noe unormalt. Deretter tok hun blodprøver for å teste om det fantes virus eller andre antigener, men musen reagerte fortsatt svært lite. Som om den var veldig sliten. Hele tiden fulgte Vega med på henne. Arbeidet med å behandle prøvene føltes som en eksamen foran Vegas granskende blikk.

"Jeg har hørt at du tilbringer mer tid på forskningslaboratoriet der Mars er stasjonert. Hvordan går det med samarbeidet, og er du fornøyd med guttenes hjelp?" brøt Vega stillheten. Flora ignorerte spørsmålet hennes og forberedte objektglassene med blodprøver for PCR og andre tester. For en utenforstående ville det virke som et helt uskyldig spørsmål. Men for Flora fikk det håret til å reise seg. Hun var ikke klar over at hun også ble overvåket, av ingen andre enn Vega. Selvfølgelig var Mars interessert i Flora. Og det var Flora glad for. Det var så mange følelser involvert her at hun ikke svarte Vega med en gang.

"Vi jobber med algoritmen og dataene som er samlet inn i år. Dataene i artikkelen jeg sendte deg for tre uker siden ble samlet med hans hjelp," Flora.

"Det ante meg at du var god på statistikk og datahåndtering. Uansett, du bør begynne med din tredje artikkel nå. Hvis du trenger min hjelp, er jeg bare tilgjengelig denne uken. Jeg tar fri fra neste uke."

Flora kommenterte ikke noe, da hun skrev ned verdiene etter prøvene hun hadde tatt. Så langt var det ingen tegn til sykdom. Det var merkelig at mus som hadde fått en ny gruppe T-celler med genetiske mutasjoner, viste tretthet. Det betydde at skjoldbruskkjertelen ikke fungerte som vanlig, eller

196

at den gikk på overtid. Hun måtte sjekke skjoldbruskkjertelhormonene fra den gjenværende prøven hun tok. Men hun kunne ikke ta prøven nå, mens Vega holdt øye med henne. I stedet for å kaste de gjenværende bloddråpene, satte hun dem derfor i kjøleskapet. Da Vega ikke sa mer, tok hun av seg hanskene og kastet dem i søpla.

"Alt er i orden. Jeg skal sjekke dem før jeg drar i dag og i morgen tidlig. Skal du reise noe sted?"

"Jeg skal fly til Frankrike sammen med søsteren min. Hun har organisert det som en bursdagsgave til meg. Vi ville vente til våren med å ta turen. Da skal vi også gå på konsert." Og hun fortsatte og fortsatte med detaljer. I mellomtiden skrev Flora inn dataene og detaljene om testene sine i systemet.

"Så interessant. Skal vi gå opp nå?"

"Det var bra at laboratorieteknikeren kom direkte til meg. Tenk om musene dine hadde vært syke, da ville det ha påvirket hele laboratoriet. Gi meg en statusrapport i morgen."

Puh. Endelig var hun alene i korridoren. Hun visste ikke hvor hun skulle gå, eller hva hun skulle gjøre. Etter denne lille hendelsen hadde hun ikke lenger lyst til å gå til laboratoriet. Hun ville hjem og hvile. Hun gikk til kontoret sitt for å hente tingene sine. Med hodet fylt av tanker gikk hun til trikken i autopilotmodus. Hun fant en ledig plass på trikken og lukket øynene.

Flora tenkte på sine nye eksperimenter som ingen andre hadde rørt, etter at hun hadde begynt å sette «Tara A» klistremerkene på alle sine petriskåler og flasker. Tara likte klistremerke-ideen hun fortalte henne om når hun skjønte at det er beskytte hennes eksperimentene og teste hennes teorien at det var Flora som var målet. Selv brukte Tara bare navnet «Tara» uten noe alfabet for å unngå forveksling med sitt eget. Dermed var mysteriet delvis løst.

"Hei, skal du tidlig av gårde i dag?" spurte Leo da hun åpnet øynene og fikk øye på medpassasjeren sin som satt ved siden av henne.

"Ja, jeg trenger litt fri i dag. Hva med deg, da? I dag var du på sykehuskontoret."

"Sjefen var ikke tilgjengelig, og jeg kan ikke gå videre uten at han ser på det jeg har samlet sammen så langt. Jeg forstår ikke hvorfor de tvinger ham til å ta timer på universitetet og være sensor når han allerede har fullt av oppgaver. Noen ganger jobber han til midnatt."

Flora visste at Leo refererte til Mars som «sjef». Hun hadde ingen anelse om at Mars hadde fått ekstraoppgaver. Han var ikke professor, men det hendte at postdoktorer og forskere ble bedt om å steppe inn for professorer. Hun var nysgjerrig på hvilket fag han vikarierte for. Det måtte være genetikk, siden han også var biotekniker.

"Tar du ferie i juni? Er du glad for at du snart er ferdig med to år som doktorgradsstudent? Tiden flyr virkelig fort," sa Leo. Han fiklet med mobilen sin, noe Flora gliste av. Og da hun bøyde hodet over sin egen mobilen, var samtalen avsluttet.

Da Flora så telefonen sin, var det ofte et bilde av professor Ford som først dukket opp i hodet hennes. Det var helt stille fra professor Ford på en stund. På én måte var det en lettelse. Hun var tross alt fokusert på de tre oppgavene sine. Likevel hadde hun for vane å gå gjennom e-postene på trikken og bussen, og å lese de tidligere sendte meldingene hans igjen og igjen. Den siste som kom i dag, hadde hun fortsatt ikke besvart.

ProfessorFord: "Jeg leste en artikkel om hjernekjemi. Da husket jeg at du definerte følelser ut fra kjemi. Jeg vil gjerne vite hva du mener om en følelse som kalles kjærlighet. Hvorfor kaller mennesker lidenskap og lengsel etter noen for kjærlighet?"

Jøss ... hvorfor lekte han med følelsene hennes på den måten? Hvorfor dette spørsmålet, helt ut av det blå? Det var ingen grunn til å la ham forstyrre sjelefreden hennes. Deres digitale vennskap skulle aldri være på det følelsesmessige planet. Han spurte henne ikke engang hvordan hun hadde det. Bare han visste hvor mye hun gråt på grunn av ham. Nei, han var ikke den eneste grunnen, det var en sum av alt.

Hun ville roe seg ned før hun svarte, etter å ha kommet hjem, etter maten, ellers ville hun miste appetitten.

Venus94: "Jeg håper at du har det bra. Jeg har ikke tenkt på kjærlighet i form av cellekjemi. Men jeg vil prøve det en dag. For meg er kjærlighet å blindt stole på, verne om og verdsette en person eller en ting. Det er et synonym for oppofrelse. Du plukker aldri en blomst du elsker, du vanner den planten. Mens det vi misforstår som kjærlighet, er en form for forhold, med en viss forelskelse og betatthet. Et forhold har grenser, betingelser, sympati og et ønske om å overleve sammen for barn og seg selv. Det er evolusjonært i sin natur. Det er det cellene våre får oss til å gjøre for å skape trygghet nå og i fremtiden. Et miljø der cellene våre kan dele seg og overleve. Hjernen din forteller deg at du skal gjøre visse ting for at celleuniverset skal overleve. Vi vet at når kjærlighetsfølelsene tar over vår frontale cortex, kommer den logiske tenkingen i bakgrunnen. Begge fenomenene foregår på samme sted i hjernen. For nervecellenes felles beste."

Flora lå i sengen da hun sendte dette svaret. Hun fikk umiddelbart e-post i retur.

ProfessorFord: "Jeg klarer meg bra så langt. Du har en kjemisk måte å definere alt mellom himmel og jord på. Hva med fysikk? Kan teorien din forklares med fysiske lover og prinsipper? Har du bestemt deg for tittelen på avhandlingen din? Jeg burde ha spurt om dette først."

Venus94: "Når det gjelder avhandlingen min, har jeg bestemt meg for tittel og innhold. Min biveileder vil snakke om det snart. Jeg forstår at jeg ikke har rett til å spørre deg, men i tilfelle du er i Oslo når jeg skal forsvare avhandlingen min, vil du komme og overvære den? Det er fortsatt halvannet år til. Et sted i august. Dermed kan du ha det i tankene når du skal planlegge andre arrangementer neste år.

Og om fysiske lover. Jeg prøvde å analysere ensidig eller ubesvart kjærlighet. Kan nervecellene våre oppføre seg som magneter? Som om de er polariserte og kan tiltrekke seg motsatte ladninger? Her tenker jeg på noen skjulte krefter eller ladninger i hjernen vår. I det øyeblikket vi ser noen personer som passer med våre idealer, føler vi at vi bør ha ham eller henne for å fullbyrde oss. La oss tenke oss at nervecellene eller den grå hjernesubstansen har sensorer som vi mennesker ikke kjenner til. Disse sensorene aktiveres når de gjenkjenner de nødvendige sensorene i andre menneskers hjerner. En slags telepati, som oppfyller våre kriterier for skjønnhet, intelligens og andre markører. Hvis den andre personen ikke anerkjenner oss, fortsetter vi å lengte etter ham eller henne." Da Flora hadde sendt det, angret hun. Men det var for sent, det var allerede lest. Hun ville at han skulle delta på avhandlingen hennes, samtidig som hun ikke ønsket det. Hvordan skulle hun presentere ham for andre, som en venn eller en digital venn? Og spesielt for Mars. Han har vært så snill. Han både hjalp henne med prosjektet og tok risikoer på hennes vegne. Og viktigst av alt, hun likte ham. Med kunne hun være ærlig og spørre om følelsene hans en dag? Hun ville vente til doktorgraden var over. Hvis hun kunne være sterk nok da. Han skulle ikke reise bort foreløpig. Det var ingen tegn til at han var på utkikk etter en stilling et annet sted. Han trivdes med prosjektet og utfordringen som lå i det. Da hun hørte det neste plinget fra mobilen, ble en kjede av tanker brutt.

ProfessorFord: "Men sensorene i hjernen er igjen av kjemisk natur. Attraksjon mellom to mennesker kan føre til fysiske forhold, når to kropper søker hverandre, men det er likevel ikke som faget fysikk. Det er fremdeles kjemisk og magnetisk. Ok, la oss være enige om at hjernens funksjon er både kjemisk og elektrisk ladet.

Om disputasen din: Hvis jeg får mulighet til å reise til Oslo, skal jeg definitivt delta. Jeg skal ha det i tankene. Jeg er imponert over at du tenker så langt frem i tid. Jeg tenker ikke engang på neste måned. Livet er så usikkert. Den ene dagen er vi lykkelige, den neste dagen raser hele verden sammen."

Venus94: "Det er ikke lett å forklare. Men du må innrømme at magneter er både kjemiske og fysiske i naturen. Hjernen vår oppfører seg som en magnet når den er ladet ... ikke som en ekte magnet, men ut fra hvordan kroppen og sinnet vår oppfører seg under ladede forhold. Helt til en lik og motsatt ladning kommer og opphever den.

Takk for at du tok imot invitasjonen min, selv om du må se det an."

ProfessorFord: "Jeg er ikke ferdig med hjernen ennå. Forskere har utviklet roboter og algoritmer for å dekode elektrokjemiske signaler, med andre ord nevrale signaler. Men vi kan fortsatt ikke lese dem digitalt. Det ser ut som om de vil fortsette med det. Det er farlig. Tenk deg at andre kan lese tankene, minnene og følelsene dine. På den annen side vet vi hvilke kjemikalier (i form av narkotika og medisiner) som kan forårsake bestemte typer endring i atferd og følelser. La oss tenke oss at tanker er en form for energi, nærmere bestemt en del av cellene som omdannes til energi. Når tanken i form av energi ikke blir utnyttet, går den tilbake til cellen som avfall. Når den blir utnyttet eller finner en kanal å bevege seg gjennom, blir den omdannet til hukommelse, en ny del av nevroncellen."

Venus94: "Jeg har infisert tankeprosessen din nå. LOL. Vi deler våre sprø ideer. Jeg liker samtalene våre. Tiden vil vise om vi har rett. Det eksperimentene mine forteller meg, er at veien til sannheten ligger milevis foran oss."

Av moren hadde Flora lært at man ikke skulle vise sin sårbarhet og sine lyster åpent for alle. Hun var i ferd med å begå denne feilen. Samtidig føltes det bra at han foreløpig takket ja til invitasjonen hennes. Ett år var lang tid. Mye kunne hindre ham i å komme. August var alltid en travel periode for professorer og studenter. Han kunne ha sagt ja bare for å være høflig. Hun tenkte at hvis han kom, ville det imidlertid gi henne motivasjon og styrke til å jobbe konsekvent og hardt for å nå målene sine. Hun trakk pusten dypt og lovte seg selv å være forsiktig og modig neste gang.

Sytten

Slutten av mai var ikke som noen annen mai i hennes liv. For en utenforstående var hun fortsatt den samme Flora. Men inne i hodet hennes var Melkeveien i ferd med å endre kurs. Det var så mye som foregikk.

Hun gikk sakte mot Universitetssykehusets bygning, der biveileder Sander Sandberg inviterte henne til å fortelle om hennes avhandling. Hennes tredje artikkel skulle sendes til en internasjonal publikasjon innen endokrinologi, i motsetning til den andre artikkelen. Den andre sendte hun til en internasjonal publikasjon for medisinsk forskning innen revmatologi. Han var imponert over den andre artikkelen, og denne gangen ville han ha data fra mus med tyreoiditt som kunne sammenlignes før og etter genterapi. De begynte å gi mus modifiserte T-celler for å se om de oppdaget de defekte T-cellene (auto-reaktive) og drepte dem. Disse cellene ble laget ved hjelp av CRISPR, som aktiverte noen nye gener på kromosom 6. Det gjorde cellene overfølsomme for defekte T-celler.

Kontorplassen hans ble delt med en annen lege, som ikke var til stede da hun kom inn. Hun tok den tomme stolen som ble tilbudt henne, og åpnet den bærbare datamaskinen. "Jeg er usikker på om vi bør ta med den første artikkelen din i avhandlingen. Men den vil bli nevnt uansett. Det betyr at du må skrive en artikkel til neste semester. Det var ikke en god beslutning av Sonia å bytte prosjekt etter ett år."

Flora rettet seg opp, med hendene foldet på bordet og masserte fingrene. Hun hadde ikke noe valg. Avhandlingen hennes var basert på det nye prosjektet, og det ville ikke gi noen mening å inkludere den første artikkelen om revmatoid artritt. "Jeg jobber det meste av sommeren, siden jeg har overtatt arbeidsoppgavene på muselaboratoriet. Jeg har tenkt å begynne på den nye artikkelen også. Men hvilken artikkel skal jeg velge blant de fire ideene jeg har?" spurte Flora med sin syngende stemme.

"Den jeg synes er interessant og utfordrende er "Activated gene X in T cells to detect autoreactive T cells, to mark them for apoptosis, as a cure for Thyroiditis." Dette er ikke endelig, men noe som ligner veldig på det. Vi kan bestemme oss i juni. Hvor stor suksess har denne metoden vist så langt?"

"Da jeg begynte her, var ideen min å bruke T-celler til å bekjempe feilmuterte T-celler, som starter kjeden av adaptive immunresponser og ødelegger det friske skjoldbruskkjertelvevet. Det er litt som at gift dreper gift. Det var ikke bare de autoreaktive T-cellene som var synderen i skjoldbruskkjertelbetennelsen, men det var også andre faktorer. For eksempel hormoner. Min teori er at sykdommen starter når hormonene er i ubalanse, og immunforsvaret er svakt. Sonia og flere mente at hvis vi kunne gjøre denne ene delen av problemet til en viktig faktor, ville det gi oss positive resultater. Så langt har det vist noen positive resultater. Men vi vet ikke om det var vår metode som lyktes, eller om det var andre faktorer som spilte inn. Og det er ikke alle musene som viser tegn til bedring. Forsøk på mus vil aldri gi oss det riktige svaret. Hadde det blitt gjort på mennesker, ville vi fått et bedre bilde. Jeg har også alternative ideer, men jeg har ikke tid til dem. Vi bruker CRISPR til å aktivere og endre gen X til å produsere proteiner som tiltrekkes av autoreaktive celler. Autoreaktive T-celler har reseptorer for disse proteinene. Disse reseptorene var ikke oppdaget eller tenkt på før av andre forskere. Tanken bak er at vårt medfødte immunsystem vil behandle disse T-cellene med nye proteiner på overflaten som antigener. Som om de er nye for immunforsvaret og ikke akseptert som sine egne celler. Dermed blir de tvunget til å begå selvmord eller bli drept av makrofager og andre drapsceller."

"Det er en ganske interessant logikk. La oss si at vi fikk immunforsvaret til å tolerere og ikke bli fornærmet av antigenpresenterende skjoldbruskkjertelceller. Hva skjer da? Selv om vi fjerner de skyldige, hvordan kan vi kurere en autoimmune sykdom som tyreoiditt, når andre faktorer som hormoner og miljøutløsende faktorer ikke er under kontroll? Jeg håper vi lykkes med dette."

"Jeg er klar over dette. Derfor er jeg heller ikke særlig håpefull. Men en viss suksess vil føre til at vi kommer et skritt nærmere en kur."

De snakket sammen i omtrent to timer og kom frem til en bedre konklusjon om tittelen på avhandlingen og de to andre artiklene hennes. Hun viste ham presentasjonen sin, der sykdommen var forklart i detalj. Hun var ikke sikker på når, men det var snakk om at hun i juni skulle presentere prosjektet på neste forskningsforum om immunologi og sykdommer. Invitasjonen skulle hun få i neste uke. Sander hadde fått den for lenge siden. Nå ville han at hun og Tara skulle delta.

I det siste jobbet Flora med vevet fra musene som døde for noen måneder siden, i januar. Det var på tide å ta dem ut av fryseren før minnet om dem forsvant fra hjernen hennes. Det var de siste restene fra de første eksperimentene hun gjennomførte noen dager før musene døde. Selv om det ikke var særlig vellykket. Men lysbilder fra den ene musen viste henne at Hashimotos sykdom, en type auto immun sykdom, forsvant. Det gjenværende skjoldbruskkjertelvevet som ikke var ødelagt av antistoffer, var nå trygt. Dette viste at metoden kunne fungere hos noen, men ikke på alle på grunn av andre faktorer. Hun var opprømt, for hvis dette virket på noen få, kunne hennes nye idé om sensorceller også fungere.

Flora skulle forberede presentasjonen sin til forumet i juni. Det var ikke et godt tidspunkt for et forum, men hun hadde ikke noe valg. Ifølge Sandberg var det en god måte å få vite mer om andres forskning og få ideer til sin egen. Sonia viste ingen følelser da hun fikk beskjed av Sander om at han hadde satt opp navnet hennes som hovedtaler til forumet. Flora hadde ikke tid til å bryne seg på det andre prosjektet om leddgikt. Dette føltes bittert. Hun hadde tenkt på å spørre Himani, fordi hun tilbrakte mer tid i en annen lab. En dag ville hun spørre.

Da søsteren Fauna ringte om kvelden, følte hun seg så lettet. For skyldfølelsen over at hun hadde vært mindre sosial og mer fraværende, hadde plaget henne i det siste.

"Hei, Flora. Gjett hva du glemte i dag?" startet Fauna samtalen. Det satte i gang en rekke tanker i Floras hode. Hun glemte mange ting for tiden. Men hun kom ikke på noe. Jo, bursdager.

"Oh nei, jeg glemte mammas bursdag. Hvordan har hun det? Jeg skal ringe henne med en gang. Og hvordan har du det, selvfølgelig?"

"Jeg har det bra. Jeg vet at du er et håpløst tilfelle for tiden. Så jeg sa til mamma at du hadde sagt at du skulle ringe henne i kveld. Jeg gjorde deg en tjeneste, som du må betale med renter senere. Hvordan går det med din digitale forelskelse? Jeg har ikke snakket med noen om ham. Jeg vet at det ikke vil vare lenge. Du burde gå ut i den virkelige verden for å finne noen. Og ikke himle med øynene, jeg kjenner det gjennom mobilen, sier Fauna.

Flora himlet med øynene og fikk lyst til å be søsteren om å passe sine egne saker.

"Gode nyheter til deg. Jeg er ikke lenger betatt av professor Ford. Når jeg er ferdig med doktorgraden min, vurderer jeg å be en kollega som jobber sammen med meg ut på en date. Før du spør meg hvorfor ikke be han ut nå, kan jeg fortelle at jeg er usikker på om han liker meg mer enn som en venn. Og han hjelper meg med forskningen og avhandlingen min. Hvis jeg dummer meg ut, vil det påvirke vårt profesjonelle forhold. Jeg liker ham. Derfor tar jeg ingen sjanser nå."

"Jøss, det var veldig raskt. Men hvis han har funnet noen andre i mellomtiden? Vis ham i det minste at du er interessert på en ikke-profesjonell måte, uansett hvilket ord du bruker. Rødm ofte og legg igjen en sko på trappen som Askepott, så han kan komme og lete etter deg. Det er trist at du ikke har lommetørklær med deg, brodert med navnet ditt."

Flora kunne høre latteren fra den andre enden.

"Hah ...vi møtes ofte ved et uhell ved trappene. Dessverre kommer han ikke til forumet denne måneden. Etter ferien skal jeg følge rådet ditt, kjære søster. Kan du sende meg en pakke lommetørklær med navnet mitt brodert på? Jeg skal ha dem med meg overalt og legge dem igjen når han er i nærheten."

"Selvsagt skal jeg bestille dem til deg. Hadde jeg vært singel, ville jeg brodert dem selv. Til tjeneste, kjære søster."

De snakket sammen i en time til.

Flora visste at Fauna hadde rett når det gjaldt professor Ford og Mars. Ubesvart forelskelse førte aldri til sjelefred. Samtidig føltes det som kjærlighet, noe hun hadde drømt om siden barndommen. Forbudt kjærlighet var mer spennende. Selv om følelsene ikke var så sterke, vurderte hun å spørre

211

professor Ford om privatlivet hans. For hundrede gang kviet hun seg for å gjøre det selv, redd for at han ikke skulle svare på dem. Hun ville fortelle ham om oppgaven sin i juni på forumet om immunologi. Om hvordan hun syntes så mange ting i livet var kjedelig. Alt fremtidsfusket i vitenskapen og skrytet av Jupiter-landingen innen medisin. Hvordan vitenskapslobbyen bare sløste bort pengene på unyttig forskning. Så husket hun at noen en gang hadde sagt at penger aldri var bortkastet. De førte oss bare ett skritt videre. Vi lærer av andre. Hun hadde allerede fortalt professor Ford om Vega, og hennes siste presentasjon var heller ikke særlig god. Men folk applauderte henne, uten å vite hva de klappet for. Slike tanker kunne hun ikke dele med Mars eller noen andre i gruppen. Hun tok telefonen opp av lommen for å ringe moren før hun skulle sove. Da hun så beskjeden fra professor Ford, leste hun den først. Men bestemte seg for å vente til neste dag med å svare. Moren hennes kom først.

Hun tenkte aller først på professor Ford da hun sto opp. Hun leste beskjeden hans om igjen om bord på trikken på vei til kontoret.

ProfessorFord: "Det er mai, og været er i ferd med å skifte for godt. Snart har vi bare dagslys. Jeg tenkte på deg. Da vi begynte samtalene våre, var det for å diskutere dine ideer og teorier. Men ting gikk i en annen retning. Jeg føler at teoriene dine om menneskeceller og sammenligningen med universet og pattedyr kan ha svaret på kuren din til slutt. Dine ideer om sensorhybrid-nanopartikler, integrert med T-celler, er gode. Jeg aner ikke hvordan du vil lage den og bruke den i praksis. Jeg tror på dem når jeg ser dem.

Se på datamaskiner, og se hvor like de er i design og funksjoner med våre celler og hjerner. Tror du ikke at selve kodingen i cellene våre skapte en visjon i hjernen vår om å skape noe? Som en datamaskin, internett og alle andre oppfinnelser. Hvis det ikke finnes noen grense i universet, finnes det heller ingen grense utenfor atomene. Det er bare det at vi i dag ikke kan se lenger enn til elektronene.

Tilbake til menneskene: Har du følt en sorg som ikke forlater deg, hvor mye du enn prøver? Har du følt sjalusi noen gang? I cellenes univers oppfører celler seg på samme måte som menneskekropper?"

På bussen og trikken fullførte hun svaret sitt.

Venus94: "Det går bra med meg. Har mange baller i luften nå. Jeg ville skrive til deg nå før jeg glemte å gjøre det. Jeg har lidd av depresjon og sorg i livet, og sjalusi. Men jeg tviler på at jeg kan svare på dette spørsmålet på en fornuftig måte. Kanskje er det slik at nevroncellene våre, som er følsomme for miljøet rundt oss, avkoder uventede og uønskede hendelser i livet som en energitappende prosess. Det samme gjelder sjalusi. De avkoder uro over at noen andre konkurrerer om de samme ressursene eller den samme oppmerksomheten, som en negativ prosess. I vanlig språkbruk sier vi at sjalusi kommer av usikkerhet og lav selvfølelse. Anta at de selvreaktive T-cellene angriper sitt eget, vennligsinnede vev. Programmeringen deres har endret seg. De er usikre. De gjør det ikke med vilje, men det skjer når de blir manipulert av fremmede antigener og blir gale. Eller av fremmede faktorer som endret genene deres. Derfor tar det tid for cellene å gjenvinne den energien de har mistet i prosessen. Noen ganger er tapet så stort at det fører til klinisk depresjon. Da er hjernecellene ute av stand til å produsere livreddende proteiner og fungere normalt. På dette stadiet kan ingen gode nyheter gi mer energi eller aktivere cellene til å fungere. I kroppen har organene og organellene i cellene sluttet å produsere nevrotransmittere eller hormoner som er nødvendige for å føle seg bra. Celleuniverset har kommet i ubalanse. Ja, noen ganger kan hormonene i form av medikamenter gi midlertidige gode følelser, men effekten kan ikke vare lenge, ettersom kroppen blir vant til dem. Og slutter å reagere som de gjorde første gang.

Jeg føler at kroppen har en mekanisme for å kontrollere sjalusi. På makronivå kan det være å avlede tankene og puste dypt for å redusere stressnivået. Men på mikronivå i cellene kan jeg gjette at cellene prøver å redusere effekten av kamp- eller fluktmodus, med andre ord stresshormoner. Cellene får beskjed fra hjernesenteret om å blokkere stresshormonene for å forårsake endringer på mikronivå. Når de ikke kan kontrollere stresshormonene, reagerer kroppen med raseri og annen fysisk atferd. Jeg klarer ikke å tenke klart nå. Kanskje jeg kan forklare bedre en dag. Jeg skal ta godt vare på spørsmålene dine."

Flora bestemte seg for å gjøre noe med sin manglende entusiasme for professor Ford. Kanskje han ville ta det som et hint og slutte å stille henne flere spørsmål. Eller kanskje hun ville svare ham neste gang, hvis hun var i godt humør. Han var høflig, og hvem vet om de en dag ville ende opp med å jobbe sammen. Spørsmålene hans fikk henne noen ganger til å tenke annerledes. Kanskje ville hun få svarene hun lette etter, skjult i samtalene deres.

Atten

Juni var her, det samme var dagen da Flora for første gang i sitt liv skulle presentere seg selv som hovedtaler. Mesteparten av dataene og teksten til presentasjonen kom fra hennes andre artikkel. Dermed kunne hun forberede lysbildene sine i tide. Bare Tara var til stede fra instituttet deres. Mens hun sto på podiet, speidet hun etter en mann som lignet på professor Ford. Det tok henne noen sekunder å ta seg sammen og fokusere på det hun skulle gjøre. Auditoriet var ikke stappfullt, men det var flere ansikter å se enn hun forventet. Temaet hennes var interessant for både publikum og forskere. Etter at presentasjonen var over, kjente hun lettelse. Den tunge byrden hun følte på brystet ble fjernet. Med hjertet fortsatt bankende tok hun imot applausen med et smil. Ingen stilte noen spørsmål til slutt, som om hun var god nok til å dekke alt. Eller så var de slitne etter en hel dag med høringer. Hun var dagens siste taler. Etterpå fulgte Flora etter de andre til forfriskningene, sammen med Tara. Hun snakket dessuten med de andre, og spurte om det var noen til stede fra Universitetet i Tromsø. Ingen ga henne det svaret hun håpet på. Sannsynligheten for det var høyere enn å vinne i lotto. Men fortsatt svært lav.

"Merkelig at det denne gangen ikke er noe kjent ansikt å se," sa Flora da de bestemte seg for å trekke seg tilbake til hotellrommene sine. Det mentale bildet av møtet med professor Ford dukket opp i tankene hennes, og så slettet hun det. Det krevde mye energi. Hun lovte seg selv hun skulle studere eller forske på hvorfor hun var så latterlig og ikke klarte å gi opp det umulige.

"Det skjer, og nå er de fleste forskere opptatt. Sommerferien nærmer seg. Hva er planen din? Du sa noe om å jobbe i laboratoriet i ferien i forrige uke," sa Tara.

"Ja, jeg har bare ett år igjen. Jeg har ikke noe ønske om å forlenge doktorgraden som andre. Den eneste planen er å besøke familien og søsteren min i en kort periode." Flora så langt frem i tid denne gangen, inn i en nær fremtid. Hvor hun skulle være alene i laboratoriet, sammen med musene sine. Så langt var planen å gjennomføre sine hemmelige eksperimenter, i tillegg til de vanlige. Mars hadde tilbudt seg å hjelpe, med sine nanobærere.

Ja, sommeren var i anmarsj, og det ble mye laboratoriearbeid. Og hun gledet seg til arbeidet. Ansiktet hennes strålte da hun fortalte Tara om timeplanen sin. Da Tara så gleden i Floras ansikt, smilte hun tilbake: "Lykke til, Flora. Du kommer til

å klare det. Uansett hva du har planlagt. Hva er planen din for den kommende helgen?"
"Hva er en helg?" svarte Flora, som fikk Tara til å le.

En kveld, da bygningen Domus Medica var nesten tom, gikk Flora ned trappen. Hun minnet seg selv på det nydelige juniværet. Hun burde finne en unnskyldning for å være ute. Da kunne hun kose seg med noe romantisk bok, eller lese noe faglig var ikke dårlig ide heller. Fordelen med å være doktorgradsstudent var at det var en hybrid mellom student og arbeidstaker. Man jobbet 24/7, leste så mye man ville, samtidig som man tenkte hele tiden på hva man skulle gjøre i fremtiden. Kostnaden med tanke på stresset med å presentere resultatene var en annen ting. Dette drepte lesegleden av og til.

På den annen side ville hun unngå at Vega eller Sonia så henne kose seg. Bare synet av Vega ga henne noen ganger frysninger. Det var den ukontrollerte tungen hennes. Til slutt bestemte hun seg for å tilbringe resten av dagen med å lese i biblioteket. Den fine junidagen kunne hun nyte da hun kom hjem. På biblioteket falt to av de lånte bøkene hennes ut av hånden. De ramlet på bunnen av trappen. Hun skyndte seg ned, og før hun rakk å plukke dem opp, rakte en skikkelse henne bøkene.

"Vær så god, Flora," sa Mars. "Skal du hjem nå?"

"Nei, jeg skal tilbake på jobb," svarte hun med et smil. Han fnøs litt av det sarkastiske svaret. Ryggsekken hang på den ene skulderen hans. "Skal vi gå til parken, da? Det er fint vær ute." Ute var det store grønne jorder og en park for de som var langtidspasienter på Rikshospitalet.

"Jeg er på vei til biblioteket. Jeg må levere bøkene, og så må jeg gjøre meg mer kunnskapsrik," svarte Flora.

"Da kan jeg gå med deg. La oss ta et bad i D-vitamin på veien." Han blunket, med et smil som utviklet seg som en knopp som åpnet seg som en blomst. Langsomt.

"Hvordan kan jeg ha noe imot det når jeg er så veldig dårlig til å si nei til eldre."

Først forvirret det Mars, men da han så at øynene hennes danset og lyste, og et smil bredte seg over ansiktet hennes, visste han at han var hjertelig velkommen.

Etter at Flora leverte bøkene sine, gikk de ut i parken for å gå litt rundt. Det var første gang de brukte fritiden under den solfylte himmelen sammen.

"Tror du at forskningen din går i riktig retning? Så langt har jeg ikke møtt noen som er så dedikert til sine ambisjoner som deg. I en vitenskapelig verden er du en perle, Flora." Han så sidelengs på henne mens de gikk videre.

"Jeg har ingen anelse om hvor forskningen min er på vei. Derfor er det ganske ulogisk at jeg er feilfri. Etter at doktorgraden er over, har jeg ingen anelse om retningen fremtiden min tar. En gang ville jeg bli professor, akkurat som bestefaren min, men nå ville jeg blitt glad for å få en forskerjobb hvor som helst. Bare så jeg har nok til å betale regningene mine."

"Det er veldig typisk for kvinner å undervurdere evnene og talentene sine. Du er fantastisk." Mars ønsket å fortelle at han hadde fulgt nøye med henne i noen måneder. Han hadde sett henne sitte foran pianoet i auditoriet en dag da det ikke var noen til stede. Hun var så observert at hun ikke la merke til ham i det hele tatt. Hun prøvde å lære seg et musikkstykke ved å se på noen videoer. Hun gjorde fremskritt så raskt at man skulle tro hun var profesjonell. Hun ville ikke at han skulle være oppmerksom på henne når hun trengte å konsentrere seg.

Hun ristet på hodet av skrytet, i fornektelse. Og svarte ikke umiddelbart.

"Jeg er på grensen til å være introvert. Jeg valgte å bli forsker fordi det er et back-office-arbeid, der man kan gjemme seg i laboratoriet. Jeg tror bioingeniøryrket ville ha passet meg. Nå er det for sent. Jeg er ikke god til å snakke offentlig. Jeg får panikk når jeg står foran folk. Med mye trening kan jeg bli assisterende professor en dag. Men akkurat nå er det ikke et alternativ. Jeg vet virkelig ikke hva jeg er god til. Hva med deg, da? Du er god til å snakke offentlig."

"Ja, nå har jeg det bra. Men det var alltid vanskelig i begynnelsen. Jeg har vært aktiv i studentparlamentet og på andre arenaer. Når du er trygg på kunnskapen din, kommer det naturlig. Da vet du hvordan du skal håndtere situasjoner der du ikke har kunnskap eller har lite kunnskap. Se på politikere, de vet ingenting. Men de later som om de er eksperter på alt. Se på blomstene, de er så fargerike og vakre i solen nå. Hva er din favorittfarge?"

Flora smilte da han skiftet tema fullstendig. Det var bra at de gikk fra å være kolleger til å bli venner. Hvis det var vennskap. Hver gang de snakket sammen, tenkte hun på professor Ford. Hvis han bare hadde vært her sammen med henne. Hun hadde lest et sted at det vi ikke kan oppnå, det lengter vi etter enda mer. Det vi lett kan få, verdsetter vi ikke i det hele tatt. Akkurat som gaver. Bøker hun hadde fått i gave, lå fortsatt et sted og støvet ned. De var ikke like verdifulle som de bøkene hun hadde kjøpt selv eller lånt på impuls. Hva med en gave fra professor Ford? Ville hun lese den i ett strekk? Ja, for hun verdsatte oppmerksomhet og bekreftelse fra ham. Hva med Mars? Hvis han ga henne en bok? Det ville avhenge av boken. Hvis han ga henne en bok som var relatert til forskningen hennes, ville hun selvfølgelig lese den, men stykkevis og over mange dager, avhengig av humøret hennes. Vinden må ha endret retning. Det var en kjølig vind, og solen falt ned i ansiktet hennes. Uten hatt kunne hun ikke se opp på fuglene som fløy over henne uten å knipe sammen øynene. Det var vakkert rundt dem, med grønn glans under føttene, og lyden av latter fra barn som lekte i parken. Lyden av lykke og uskyld.

"Hva er favorittfargen din?" spurte Flora.

"Blå, som himmelen. Og din?"

"Beige."

"Som tiden flyr av gårde. Noen ganger har jeg lyst til å stoppe den. Det skremmer meg at jeg bare har ett år igjen på universitetet. Jeg kan få forlengelse i et år eller så, men da blir jeg redd for fremtiden. For jobbsøking," sa Flora med et sukk og så opp mot himmelen.

"Vi er heldige som ikke bor i andre land, der hver stilling har tusenvis av søkere. Du får en stilling, etter disputasen. Hvem vet, kanskje du får en postdoktorstilling her på universitetet. Du er smart, Flora."

222

"Takk for komplimenten. Du ser på verden med positivt blikk, som om det er mer lysere enn virkeligheten."

"Tusen takk. Er det vanlig for noen kvinner å føle en trang til å gjengjelde komplimenter?" spurte Mars alvorlig. Kanskje han hatt satt mer pris på at Flora ga ham kompliment først?

Flora, som ikke visste hva hun skulle svare, smilte bare. De fant en benk ved gressplenen. Der satte de seg side om side.

"Jeg mente det. Jeg er ikke så flink til å gi dem, for hjernen min er overfylt av tanker. Derfor glemmer jeg ofte å være hyggelig."

"Jeg forstår at du har veldig mye å tenke på. Det betyr at du heller ikke har tid til å kjede deg. En luksus som stort sett er fraværende blant de rike. Se det positive i livet."

"Livet føles som en drøm. Som om vi ikke har så mye kontroll over det. Jeg har ikke valgt mine kolleger, min familie og mine venner. De bare skjedde."

"Jeg er ikke enig i det med venner og kolleger. Ja, de kom inn i livet ditt, og du har ikke så mye kontroll, men det er ditt valg å fortsette å være sammen med dem. Vurderer du å forlate doktorgraden din, tilfeldigvis?" spurte Mars og hevet blikket.

223

"Nei, men slike tanker plager meg av og til. Jeg kan ikke gi opp. Noen ganger tenker jeg at det ikke er verdt å leve med kroniske sykdommer. Det er så slitsomt, ikke bare for den som lider, men for alle rundt dem. Derfor er jeg så urealistisk i min lidenskap. Jo mer jeg leser og gjør fremskritt med eksperimentene mine, jo mer skjønner jeg at jeg er et uvitende barn."

"Du er ikke alene, Flora. De bugnende frukttrærne bøyer seg og berører bakken. Mens de tomme greinene peker mot himmelen uten å ha noe å gi. Du er ydmyk. Kloke mennesker sier aldri at de er kloke. Det er deres kunnskap som kommer til syne i deres handlinger og ikke bare i deres taushet. Vær glad for at du ikke er blant de tomme grenene. For din egen skyld. En dag vil du finne det du prøver å finne. Hold banene i hjernen fri for trafikk-kø, slik at nye ideer finner veien til de grå cellene dine. Jeg la merke til en ting en gang under lunsjen for noen uker siden, du følte deg veldig urolig og gikk i stille modus. Du stod for meningene dine da du og flere diskuterte noe, uten å bli blindt presset til å la deg bli overtalt av de andres meninger."

"Har du tenkt å debattere med meg nå?" smilte Flora. Hun husket at Mars forble taus under den debatten. Hun fikk aldri høre hva han mente om temaet.

Det hadde seg slik at Vega tok opp temaet global oppvarming, og at Flora ikke hadde noen sterk mening om det først. Det oppsto likevel en debatt mellom dem. Flora ble uenig med alle sammen. Hun fortalt dem at en gang trodde hun til og med at det hele var naturlig og ikke så menneskeskapt, slik miljølobbyen fikk det til å se ut som. Hun trodde på små skritt for å løse store problemer, og det på vitenskapelig vis. I motsetning til lobbyer og regjeringer verden over som ønsker å tjene penger på saker som denne. De ga til og med vanlige folk skylden for alt, direkte og indirekte. Og la byrden med å løse miljøproblemene på dem. Det var greit for henne at de hadde forskjellige meninger.

Det var da det gikk opp for henne at det var risikabelt å forelske seg i noen uten å vite hvor vedkommende stod politisk og følelsesmessig. Noen vil si at par har forskjellige meninger hele tiden. Ja, man inngår kompromisser i parforhold. Da er de også modne. Men å starte et nytt forhold basert på feil grunnlag, var ikke en god idé. For mennesker forandrer seg ikke. Og testen på hvor fleksibel man er, kommer senere i forholdet. Hun ville aldri bli kjent med professor Fords virkelige side. Forelskelsens briller ble langsomt klarere og klarere. Logikken som forelskelsen blokkerte for, var på vei tilbake.

225

Erfaringen hennes hadde lært henne at det var vanskelig å dele tanker i en verden der folk ekskluderte annerledestenkende fra gruppen sin. Derfor kviet hun seg for å dele tankene sine. De samme menneskene som snakket om mangfold, likeverd og integritet, skydde mennesker som var forskjellige fra dem. Folk så på verden fra sitt perspektiv, og manglet evnen til å forstå andres synsvinkler. En gjeng med hyklere.

"Nei, jeg var enig med deg. Frykten for global oppvarming er ekte, men den er likevel ikke presentert med statistiske data og fakta. Temperaturen øker veldig sakte, og det kan også være en naturlig prosess. Jeg tror på det jeg ser og hører, og ikke det jeg leser på nettet. Det som ble vist tidligere, viste seg å være falskt og bare skremselspropaganda. Istider vil komme og gå. Det samme vil ekstremt varmt vær de neste millionene av år. Ørkener ville flytte på seg, det samme ville grøntområder. Tidligere flyttet folk på seg etter disse skiftene. Poenget mitt med dette er at du bør fortsette å smile og stå på ditt. Vise andre at du ikke tror automatisk på hva de tenker."

Han reiste seg, og Flora tolket det som et tegn på at de burde gå videre.

...

Om kvelden samme dag fikk hun en beskjed fra professor Ford. Hun kunne ikke hvile, for det var veldig varmt ute, og den lille viften på bordet holdt ikke. Det var vindstille i ferd med å bli litt fuktig. Hun klarte ikke å konsentrere seg om skjermen på datamaskinen, så hun tok mobilen mellom fingrene og bladde for å lese hva han hadde å si. ProfessorFord: "Jeg glemte å ønske deg god ferie. Dermed fant jeg en unnskyldning for å slå to fluer i en smekk. I dag møtte jeg noen på restauranten. Han ødela dagen min med sin stahet og dumhet. Hvorfor er noen mennesker sånn? Jeg forlot stedet og søkte tilflukt i parken for å kjøle meg ned. Hvordan vil du beskrive dumhet med tanke på celler og evolusjon? Jeg vil beskrive det som at cellene våre er sta, som betyr at de er programmert i form av kjemikalier. Og enhver endring forstyrrer cellens normale funksjon, og sinnet totalt sett. Evolusjonsteorien vil si at stahet har hjulpet mennesket til å holde stand, og ikke la seg manipulere eller overtale til å gi opp. Med tiden må mennesket kanskje ha lært seg å gi etter for gruppens og samfunnets skyld. Sta mennesker er som opprørere. Mens fleksible mennesker kan ha hormoner som lett demper stressnivået som oppstår når aggresjonen tar overhånd. Jeg er ikke i stand til å tenke som deg på mikronivå. Jeg skulle ønske jeg kunne snakke med deg ansikt til ansikt om slike ting. Kanskje jeg får sjansen en dag. Nok en gang, ha en god juli og august. Jeg antar at neste år blir travelt for deg. Håper å høre fra deg etter ferien."

Flora smilte av beskjeden hans. Som tiden hadde flyktet. Ting hadde forandret seg. Professor Ford ønsket å fortsette samtalen, men hun var blitt nøytral overfor ham. Et mysterium. En spennende personlighet. Og en dag, skulle hun spørre ham oppriktig hvorfor han fortsatte når hun hadde sluttet å ta initiativ. Det var ingen tvil om at han var avhengig av henne. Denne tanken fikk henne til å le. Rollene var byttet om.

Nitten

Flora ville tilbringe en ukes ferie sammen med familien, men tilfeldigvis ble hun invitert til å tilbringe en uke hos besteforeldrene i Trondheim. Bestefaren jobbet tidligere som professor ved universitetet i Trondheim, og siden da hadde de bodd i nærheten av universitetet. Han var pensjonist, men elsket å besøke universitetet hver måned under påskudd av å delta på sosiale arrangementer og disputaser.

Den andre uken i juli reiste hun til Trondheim. Hun etterlot seg tomme kontorer på arbeidsplassen sin. Hun husket at Mars hadde nevnt at han kanskje skulle tilbringe litt tid sammen med familie og venner. Feriene deres sammenfalt.

Det var en god forandring da hun kom til besteforeldrenes hjem utenfor hjemmet deres, som lå nær sentrum av byen og ved kysten. Vannet skinte under solen, som snart ville forsvinne inn i en fargerik kveldshimmel. Hun sto på jernbroen over Nidelva elven og betraktet den sildrende strømmen av vann som danset under henne. Langt borte flokket måkene seg over vannet og skrek. Dette synet gjorde henne lykkelig, og de stressende og triste dagene trådte i bakgrunnen, de falmende og avtagende årene av hennes liv. Hun følte han hun kunne forme livet selv. Hun hadde kanskje ikke kontroll over andres handlinger, men nå var hun fri fra å tenke på dem. Bildene av både professor Ford og Mars satt likevel dype spor i hjernen hennes. De lot henne ikke være i fred. Den menneskelige hjerne skapte figurer i skyenes ulike former. Som barn lekte hun og vennene hennes gjetteleker for å finne ut hvordan figurene så ut. De lurte til og med på hvorfor skyene hang der, helt til de smeltet sammen til et tett, grått lag over dem. De elsket regnet. En gang fikk de øye på den rosa elefanten på himmelen. Det var etter at de hadde sett filmen Dumbo på TV. Venninnene hennes kom for å bo hos henne i helgene. Nå var vennene hennes stort sett etablerte. De hadde familier, og de som var single var opptatt med annet. Hun lurte på om de fortsatt lekte de samme gjettelekene mens de lå i gresset og kjente solen i ansiktet.

Hun kjente vinden i ansiktet og så på måkene som dykket ned i vannet for å finne mat. Uten å vite hva som skjedde, kjente hun tårene og den salte smaken i munnen. Hun var ikke trist, men opprømt. Hun var så heldig å kunne nyte naturen. Hun kunne suge til seg de positive vibrasjonene som naturen sendte i hennes retning. I motsetning til andre som led i smerte akkurat nå. For dem tilførte ikke naturen noen mening til livet. Hun kjempet for dem ved å finne en måte å lindre smertene deres på. Hun ofret sitt sosiale liv og sitt ønske om å ha en mann ved sin side. For å være som vennene sine, som hadde noen som elsket dem følelsesmessig og fysisk. På vei tilbake så hun folk gå ut og inn av butikker, restauranter, hus, biler og busser. De må ha gjort det samme dag etter dag, på autopilot. De analyserte ikke hvorfor de gjorde alt dette. Hvorfor analyserte derimot hun? Flora kontrollerte ikke overtenkningen. Jo mer hun forsøkte å stoppe en tanke, jo mer gjorde tanken opprør. Alt føltes som det motsatte av hva det var. Akkurat som bilder som falt på netthinnen, ble snudd opp ned i hjernen. Selv drømmer var det motsatte av noe som kunne skje. Kanskje verden fortalte henne at det hun oppfattet som riktig, også kunne være galt. Ingenting kunne forutsies på detaljnivå. Det som ville skje, ville være en tilfeldighet.

Deretter, akkurat som nordavinden, endret tankene retning. Med forandringen kom varmen, med varmen kom tanker om Mars. Det var her Mars studerte til sine første bachelorstudier i nanoteknologi. Hun tenkte på at han hadde vært vennlig mot henne i det siste. De hadde tilbrakt mange dager sammen, på laboratoriet og på kontoret hans i Forskningsparken. Men han tillot seg aldri å komme henne fysisk nær. Ja, deres spasertur i parken var et unntak. Men han holdt avstand mellom dem. Han var profesjonell, men likevel vennlig, det meste av tiden. Hvis bare Mars hadde vist en smule romantisk interesse for henne, ville hun ha sagt farvel til professor Ford på det følelsesmessige planet. Hun burde ha fortalt Mars at hun var i Trondheim. Hun hadde nummeret hans, men slike meldinger kunne gi ham falske forhåpninger. Kanskje Mars var sjenert? Men han var ikke sjenert overfor andre. Og nå seilte hun på to båter. Hun kunne ikke forlate dem begge. Og ironisk nok lot ingen av dem henne være helt alene heller. Professor Ford hadde mange ganger snakket om å ikke blande privatliv og følelser, og hver gang hadde de brutt løftet. Samtalene deres bølget frem og tilbake, noen ganger var de dumme, andre ganger fikk de henne til å reflektere over teoriene sine.

Da Flora kom hjem til besteforeldrene, gikk hun inn på rommet sitt. Det var fortsatt en halvtime til middag, og de skulle spise pizza, takeaway for en gangs skyld. Dermed var det ingen grunn til å hjelpe til med matlagingen. Besteforeldrene nøt kveldssolen ute, slik alle nordmenn i nabolaget gjorde. Ingen kunne gå glipp av solen, som skinte så sjelden i Vesten.

"Fortell oss alt om universitetslivet ditt," oppfordret bestefaren. Han gjorde plass til henne.

Hun så på den tomme stolen som ventet på henne siden ettermiddagen. Flora satte seg til rette og fortalte om kollegene sine og prosjektet sitt. Bestefaren hadde doktorgrad i psykologi. På hans tid var det en stor prestasjon, og han fikk lett jobb som førsteamanuensis etter det.

"Fortell meg om sjefen din, var han eller hun snill og forståelsesfull mot deg og andre?" spurte Flora, mens hun spiste av jordbærene som lå på bordet.

"Min sjef var ikke så sjalu som din, men han oppførte seg som en arrogant herre. Han tvang oss til å gjøre husarbeid for ham hele tiden. Han misbrukte posisjonen sin. Spesielt overfor de av oss som var i sitt siste år og gjerne ville fullføre doktorgraden sin. Han så vi investerte mye tid og energi, men veiledet oss lite."

"Fortell henne om da du en gang rømte fra din tilsynsfører Thorne," foreslo bestemor, en kvinne i syttiårene. Hun var tynn og fortsatt svært aktiv. Hun hadde ikke noe brunt hår igjen, og det hvite hodet hennes skinte i sollyset. Som om det reflekterte lyset og lyste opp omgivelsene. Bestefaren var derimot høy og bred. En kjekk mann i sin ungdom. Han hadde fortsatt håret intakt på hodet, men grått.

"Å, det. Hvordan kan jeg glemme det? En dag hørte jeg og min venn og kollega at vår veileder

233

Thorne skulle avholde fest. Han het egentlig noe annet, men vi kalte ham Thorne. Han var veldig gjerrig og en prokastinator. Han ville ha en av oss til å sitte barnevakt for sønnene sine. På veldig kort varsel. Han behandlet oss som sine underordnede. Da vi ble advart om at han var ute etter oss, bestemte vi oss for å snike oss ut av campus. Da vi skulle til å gå, hørte vi mannen spørre: "Hvor er de?". Han nærmet seg oss. Det var ingen vei ut, og vi bestemte oss for å gjemme oss hvor som helst. Det første gjemmestedet vi fikk øye på, var et bøttekott. Det var et lite rom uten vinduer, og det var helt mørkt. Vi visste at det lå en madrass på gulvet, som vaktmesteren vår pleide å hvile på av og til. På den tiden hadde vi ikke mobil eller e-post. Ellers ville han ha ringt oss.

Uansett, vi gikk inn. Da lyden av fotskrittene hans i korridoren forsvant, bestemte vi oss for å gå, men vi skvatt av en lyd inne i skapet som gjorde oss hvite i håret. Det var veilederens kollega, en annen professor. Han spurte oss hvorfor vi gjemte oss. "Professor Thorne leter etter oss. Hva med deg, da? Hva gjør du her i mørket?"

"Jeg unngår ham, akkurat som dere. Han ba meg spille piano, siden han skal synge. Jeg sendte ham en melding om at jeg var syk. Han skulle ikke være her i dag, derfor kom jeg for å hente vesken som jeg glemte i all hast i går. Nå kan du legge sammen to og to."

"Jeg forstår, så vi er som de tre små grisene som gjemmer seg for ulven. Skal vi gå ut nå?" spurte jeg.

Plutselig hørte vi en stemme, og kjente alle et hjertesukk.

"Mine herrer", sa en kjent stemme. "Det er bare meg, rektoren deres. Ikke lag bråk, ellers sørger jeg for at dere får svi."

"Men hva gjør du her? Gjemmer du deg for kona di?" spurte professoren med lavmælt stemme. Det var morsomt, men vi kunne ikke le.

"Nei, jeg gjemmer meg fra svigermoren min. Ikke spør meg hvorfor," sa rektoren like lavmælt, men lo mildt.

Professor Thorne serverte mat på slutten av alle slike fester. Ellers ville ingen tolerere de komiske sangene hans. Selv om hans gjerrighet var enorm, var hans kjærlighet til å vise frem de anerkjente talentene sine enda større. Og kona hans lagde flotte buffé. Stakkars sjel.

Flora og besteforeldrene lo og sammenlignet de gode dagene i universitetslivet. Det ble kveld og kaldere. Det var på tide å gå inn.

Etter fem dager sammen med dem, og å ha hørt de samme historiene om og om igjen, ble det for mye for henne. Alt fra barndommen hennes, fra

235

barndommen deres og fra voksenlivet deres ble repetert. Og så historier fra alle slektningene, som hun ikke engang hadde sett på evigheter. De hadde så mye å formidle til den unge generasjonen. Det kom en melding fra hennes digitale venn samme dag. Flora krøllet seg sammen under sommerdynen og leste den. Livet var så uforutsigbart.

ProfessorFord: "Hvordan går det med ferien? Jeg nyter sommersolen i dag. I dag har jeg besøk av noen slektninger. Sønnen til slektningen min, som er tolv år gammel, stilte meg et spørsmål. Vi hadde sett på en dokumentarfilm da han spurte meg hva et svart hull var. Jeg forklarte ham hva det var og trakk paralleller til din teori om celleuniverset. Gjett hvordan jeg forklarte det?"

Flora lo av spørsmålet og kunne først ikke komme på noe svar. Det var utrolig at professor Ford kunne spørre om noe så latterlig. Noen ganger kunne hun ikke bestemme seg for om han mente alvor eller bare ertet henne. Eller om han til og med lo av henne. Det var første gang hun lurte på om hun virkelig var en latterlig person. Kanskje hun var en interessant kandidat for de som elsket å le av andre. Godt at hun aldri fortalte sine personlige teorier til andre, hun ville blitt gjort narr av. Han var fortsatt en fremmed for henne.

Venus94: "Jeg nyter ferien her i Trondheim. Besøker besteforeldrene mine. Jeg håper du ikke tuller med meg med et slikt spørsmål. Uansett, jeg har ikke tenkt så mye i detalj. Jeg kan virkelig ikke forestille meg hva du fortalte denne gutten. Derfor håper jeg at du kan fortelle det. Våre sorte hull kan være nyrene, tarmen og enden av tykktarmen. Alt hviler på fantasien. Celler dør, og da mister de sine antimagnetiske egenskaper, akkurat som planeter. Dermed kan de lett suges opp i lymfekanalene og sendes ut av kroppen. Men ikke alle døde celler blir ofre for sorte hull.

Jeg håper at du forklarte den lille gutten relativitetsteorien, og at universet utvider seg (bare en spøk). Det er nok for mye informasjon for et barn, antar jeg."

Hun fikk svar med en gang.

ProfessorFord: "Hvordan kan jeg lure deg, Flora? ☺ Svaret mitt var at det et sted i universet skjer at alle planeter, stjerner osv. sender avfallsproduktene sine for å forsvinne. Noen ganger blir de selv sugd inn i dem når de irriterer andre i nabolaget. Jeg viste ham en annen video om sorte hull for å få tiden til å gå. Hvordan går det med avhandlingen din? Hvor langt har du kommet?"

Venus94: "Flott. Du kommer til å bli en god far. Om avhandlingen min, som før, opp og ned.

Begynner å bli vant til det nå. Heldigvis blir min tredje artikkel sendt til publisering etter sommerferien. Jobber med manus til den fjerde. Hver uke er et nytt håp, med samme negative resultat til slutt. Vi følger med på andre forskere rundt om i verden også, om noen andre har publisert noe nytt på vårt felt. Men jeg er håpefull. Det er tilfeldigheter som gjør at vi plutselig får et Eureka-øyeblikk. Hvilket prosjekt leder du for tiden?"

Flora visste at slike spørsmål sjelden ble besvart av hennes digitale venn. Han var svært hemmelighetsfull om hva han holdt på med. Universitetssiden hans viste at han jobbet med flere prosjekter. Men som vanlig svarte han ikke selv på dette. For å få tiden til å gå ringte hun søsteren sin og deretter foreldrene. Det endte med at søsteren Fauna uttrykte et sterkt ønske om å besøke arbeidsplassen hennes og se kollegene med egne øyne. Som hun hadde hørt så mye om. Flora ville ha elsket dette veldig høyt, men ble stresset av tanken.

Tjue

Fauna kom for å møte Flora i august, ved starten av det nye semesteret på hennes siste år. Endelig var det slutt på et hundre år langt akademisk liv som student. I motsetning til doktorgradsstudenter flest hadde Flora ikke noe ønske om å søke om forlengelse av eksamensperioden. Og hun holdt fast på at hun skulle bli ferdig i tide. Konsekvensene var mye stress og søvnløse netter. Sonia var fortsatt veilederen hennes, men Sander veiledet henne når han hadde tid. For Sander var det fortsatt utfordrende å finne en ledig dato og tidspunkt i kalenderen. Til hennes lettelse respekterte teamet at hun var opptatt og ikke alltid kunne tilbringe tid med dem etter jobb. Dette medførte at hun mottok færre invitasjoner til restaurantbesøk, sosiale sammenkomster på fredager etter jobb og bursdagsselskaper, om det ikke helt stoppet.

.....

Den første dagen på Faunas besøk snakket de om moren, og om hvordan Floras forskning kunne hjelpe henne på sikt. Det var sjelden at Flora og hennes privatliv var et tema for Fauna og venninnene

239

hennes. Fauna skulle bo fem dager hos Flora i den lille leiligheten hennes.

Neste dag fulgte hun Flora til universitetet. De satt i kantinen på universitetssykehuset og nøt varm mat. Kantinen på instituttet var liten og serverte bare salater og smørbrød. Derfor tok hun søsteren med seg mat fra den bedre kantinen. Mens de var fordypet i praten, så Flora Vega gående. Det føltes som om luften ble ladet, og varselklokkene ringte over hodet hennes.

"Hei, Flora, og du må være søsteren hennes, etter utseendet," sa Vega, som sto bak den tomme stolen. Hun så på Fauna med et smil. "Jeg er dr. Vega Rassmusen fra instituttet, og jeg er prosjektleder for prosjektet der søsteren din arbeider." Hun rakte frem hånden mot Fauna, som villig rakte sin. Håndtrykket varte i noen sekunder, mens håndrytterne målte hverandre med blikket.

"Så hyggelig å endelig møte deg. Jeg har bare hørt godt om deg, Vega," sa Fauna, mens hun returnerte hånden i hvilestilling på bordet. Fauna satte seg igjen og inviterte Vega til å sette seg i den tomme stolen. Vega fortsatte å stå. Det var ingen tegn til at hun ville la dem være i fred.

"Jeg tviler på at du har hørt noe sladder om meg. Folk her er misunnelige på meg. Hva jeg har oppnådd på så kort tid."

"Det er jeg ikke klar over. Du gjør sikkert en utmerket jobb her. Har du noen forslag til en god bok, en vanlig roman, som jeg kan lese mens jeg er på besøk? Flora jobber sent av og til. Jeg har andre planer, men man kan ikke holde seg aktiv med planer hele tiden," spurte Fauna. Flora stirret på Vega for å se reaksjonen hennes, med et smil om munnen. Det var bra at hun ble holdt utenfor samtalen. "Flora, du kan ta fri noen dager mens din søster er her. Du har lov til det," sa Vega. Vega skiftet blikket til Fauna. "Jeg leser mye. Men for tiden leser jeg bare bøker som er relatert til dette prosjektet. Eller så elsker jeg å lese biografier om kjente personer. De inspirerer meg. Deres kamp og ambisjoner. Som barn leste jeg biografien om Marie Curie, flere ganger, helt til boken ble til tråder. Men du liker kanskje ikke slikt lesestoff? Har du lest "Kvinner som gikk med ulvene"? Det er min favorittbok, fordi den gir meg styrke og inspirasjon til å håndtere utfordringer i livet. Jeg skal finne ut hvor du kan finne denne boken, kanskje på et bibliotek eller i en bokhandel."

"Takk, kanskje jeg prøver den. Jeg skal lete etter den på Internett. Det var hyggelig å treffe deg," svarte Fauna. Hun viste ingen tegn til takknemlighet eller glede etter Vegas ønske om å hjelpe. Og Vega lot seg ikke avskrekke av Faunas ønske om å avfeie henne. Vega sto der og stirret på Flora, denne gangen som om hun overveide hvordan hun skulle formulere tankene sine.

"Flora, Sonia har gått gjennom tilbakemeldingene hun har fått fra Sander. Dette inkluderer din andre eller tredje artikkel. Datamessig er den komplett, ettersom jeg har forstått at du har fått hjelp fra andre denne gangen. Avhandlingskomiteen har godkjent den for publisering. Sonia ville at jeg skulle gå gjennom den likevel for språk og struktur, for den siste finpussen. Men jeg har det så travelt, og jeg tar en kort ferie neste uke i tillegg. Derfor har jeg bedt Mars om å se på den for meg. Denne gangen kommer du i tide, takket være vårt fantastiske team."

"Takk, Vega. Jeg sender artikkelen til publisering når Mars har gått gjennom den."

Det var merkelig at Vega det siste året ikke bare hadde skånet Mars mot henne og alle andre enslige kvinner i gruppen deres. Men også fra hele avdelingen, eller instituttet, som kunne ha nesten hundrevis av potensielle kandidater. Himani trodde at ryktene om forholdet mellom Mars og Vega tidligere var startet av Vega selv. Hun ble sett sammen med ham i kantinen, på møter og på noen få nasjonale og internasjonale konferanser. Selv om han bare var på campus to-tre ganger i uken. Da Vega ba Mars om å hjelpe Flora, betydde det bare at hun hadde gitt ham opp. Og at en ny mann tiltrakk seg oppmerksomheten hennes. Det tok bare noen minutter før Flora hadde et svar.

"Sonia sendte deg e-post om hvordan du sender inn artikkelen din med all kontaktinformasjon. Informer henne før du sender den. Det var hyggelig å treffe deg, Fauna. Vi ser etter søsteren din. Jeg må skynde meg nå. Jeg er så sulten."

Hun forlot dem mens hun navigerte seg over til den andre siden av kantinen. Der hadde en middelaldrende mann nettopp ankommet med brettet sitt. Han var iført den hvite frakken til en lege. Etter å ha sagt noen ord til ham, gikk hun til matdisken, og så tilbake til ham. Flora sa til seg selv at hun ikke skulle trekke forhastede slutninger. Han kunne være en lege som hjalp henne med noen undersøkelser. Eller bare et engangsmøte over en lunsj. De jobbet jo i nærheten av sykehuset, og det manglet ikke ledige ungkarer å velge mellom. Hun klarte ikke å kvitte seg med tanken på hvorfor Vega alltid greide å finne passende menn. Men det var vanskelig å holde på dem hvis de var intelligente. *Kanskje det ligger i menneskets natur. Noen er flinke til å tiltrekke seg den rette typen mennesker, selv om de ikke gir den andre personen samme fordeler.*

Da Flora så på Vega, la Fauna hånden på Floras arm.

"Våken opp, søster. Er det noe interessant med henne? Hun elsker deg veldig høyt. Og hun behandler deg som et barn, som ikke vet noe om forlagsvirksomhet. Du har tatt deg av din mesters oppdrag alene, for Guds skyld."

I det øyeblikket satte Himani seg ved siden av Fauna. Hun ville møte Fauna personlig.

"Hyggelig å treffe deg, Fauna," sa Himani. "Jeg skjønner. Ny potensiell kjærlighetsinteresse. Jeg aner ikke hvem han er. Kanskje han er ny? Uansett, Fauna, du er heldig som fortsatt har sola som skinner og ikke noe tegn til regn. Jeg skal ikke kjede deg med alle de generelle spørsmålene, som om hva du jobber med. Spør heller meg om ting *du* lurer på, om meg og Flora, hvis du er nysgjerrig," fortsatte Himani.

"Hva betyr navnet ditt, Himani?" spurte Fauna.

"En isbre og et navn på en gudinne. Vi tre jentene er alle oppkalt etter gudinner. Du kan forestille deg meg som en snødronning. Jeg skulle ønske jeg kunne ha kraften til å forvandle en person til is med øynene mine." Hun lo kort, uten å tiltrekke seg oppmerksomhet. Kantinen var riktignok så full at ingen kunne ha hørt henne le.

Flora både tenkte og så på Vega.

"Jeg forstår ikke at hun frem til nå har vist all sin interesse for Mars, for så å slippe ham som en varm potet. Men jeg undrer meg likevel."

"I dyreriket markerer noen dyr territoriene sine. På samme måte må hun ha markert at han var hans og utilgjengelig for oss vanlige jenter. Hun hadde ingenting å tape. Jeg tror hun ikke bryr seg om hva vi tenker om henne lenger."

Om kvelden fikk ikke Flora sove. Hun tenkte på Mars og syntes synd på ham. Hun kunne huske ansiktsuttrykket hans, når han ikke var enig med dem i et møte, og likevel ikke ville krangle med dem. Det triste blikket, øynene hans som av og til fant henne og fortalte henne at han ikke følte seg vel i rommet. Det var ikke til å legge skjul på at han så mer på henne enn på andre. Han spurte aldri om noe personlig fra andre, når de noen ganger møttes for å drikke kaffe eller spise lunsj. Sonia var sjelden sammen med dem. Vega var alltid til stede på gruppemøtene. Men i det siste var hun også fraværende. Noen ganger spiste gruppen deres sammen med den gamle gruppen hennes. Når samtaletemaet ikke var interessant for ham, fant han trøst i mobilen sin. Martin og Vega dominerte samtalen hele tiden. I deres fravær var det Even og andre de som snakket nest mest. Hun og Mars var de minst snakkesalige. Men når de diskuterte teknologi, medisin, bioteknologi osv., var det Mars som ledet samtalene. Han var ikke innadvendt og sjenert, slik hun konkluderte med i begynnelsen. Men hun kunne likevel ikke konkludere med hvorfor Mars lot Sonia eller Vega herske over ham. Kanskje han som vitenskapsmann trengte en referanse fra Sonia for å få en ny jobb et annet sted? Kanskje tenkte Mars på å bli værende i den akademiske verden som adjunkt eller forsker en god del av livet? Når Flora la frem ideen sin på møtene deres, og veilederen eller biveilederen var enig med henne, hendte det at Mars tok hennes parti. Men Sonia ville ikke gi seg, for hun var den staeste kvinnen Flora hadde møtt så langt. Hun hadde et egoproblem. Hvis eksperimentet mislyktes, eller resultatet av dataanalysen var feil eller utilfredsstillende, ville Sonia foreslå akkurat det samme som Flora hadde foreslått. Og tok all æren for det. Det fortalte henne at Sonia lyttet og noterte seg det som ble sagt, for å kunne bruke det senere.

Tjueen

De private eksperimentene hennes viste blandede resultater. De sensoriske nanopartiklene Mars utviklet, ble for tredje gang gitt til en mus. Første gang klarte de ikke å oppdage de autoreaktive T-cellene i kroppene deres. Andre gang var de så følsomme at de ikke bare festet seg til autoreaktive celler, men også til noen friske T-celler. Det førte til celledød i alle tilfellene. Hadde musene blitt utsatt for sykdom på det tidspunktet, ville de ha brukt mer tid på å bli friske. Denne gangen håpet Flora på bedre treffsikkerhet. Hun kunne ikke gjøre annet enn å vente på resultatene. På dette stadiet viste de genmodifiserte T-cellene, som var en del av prosjektet, bedre resultater. I musen var det ingen tegn til de autoreaktive cellene. Men fortsatt var mengden TSH-hormon høy.

Flora ønsket ikke å fortelle teamet om denne musen, uten et bedre resultat på andre mus. Hun ga det lille mirakelet navnet Hope. Men hun var ikke i stand til å forstå hvilke andre faktorer som kunne gjøre at skjoldbruskkjertelen ikke fungerte som den skulle. Hvis ideen hennes mislyktes neste gang, vil hun kanskje få en ny sjanse. Men Sonia ville klandre henne. Og selv om Sonia aldri ville si høyt at det var hennes gode idé, ville andre gi henne æren for den. Nanosensorene hennes var et bedre alternativ enn modifiserte genetiske celler. I løpet av augustdagene fortsatte hun å jobbe like hardt som i juli. Vekten hennes gikk ned, Mars kommenterte det til og med, kinnbeina var synlige. Hun satt oppe sent og sto opp tidlig. Bare for å skjule sine egne eksperimenter tilbrakte hun formiddagene i laboratoriet, når alle andre hadde gått hjem.

En gang ble Himani med henne til laboratoriet etter klokken fire på ettermiddagen.

"Jeg har hørt at det foregår noe mellom deg og Mars. Jeg vil høre fra deg først," sa Himani. Hun hadde på seg laboratoriefrakken sin. Det antydet for Flora at hun var der for å bli, og at hun ikke ville dra uten en full tilståelse.

"Ikke noe romantisk, i hvert fall. Vi jobber med alternative metoder for å tilføre kroppen modifiserte celler. Jeg har hatt suksess i ett tilfelle så langt. Så det er håp. Men vil det kurere sykdommen? Det er der problemet ligger. Tenk på at det ikke var de selvreaktive cellene likevel. Det var et multifaktorproblem bak de autoimmune sykdommene. Da er vi tilbake til start igjen."

"Det er jeg glad for å høre. Gi dem i det minste litt tid. Hvis du lykkes, har du en god, fast jobb her hos oss. Hvis du mislykkes, er sjansene fifty-fifty i vår avdeling. Men andre steder vil gresset være grønt. Jeg har aldri hørt at vår avdeling har kommet med en innovasjon som har gått videre til klinisk utprøving av nye medisiner. Vi har bidratt til annen forskning, men ikke i stor skala. Har du spist i det siste?" Himani uttrykte et snev av skuffelse i ansiktet. Smilet og entusiasmen var halv.

"Jeg har ikke sluttet å spise, Himani. Jeg er glad for at du minnet meg på at jeg sulter. Men er du ikke fornøyd med suksessen så langt? La oss gå til kantinen og mate den sultne magen min." Det var bra at hun ikke hadde begynt å forberede lysbildene ennå. De tok av seg laboratoriefrakkene og låste laboratoriet, og gikk til kantinen.

"Jeg kom hit for å snakke om appelsiner. Men nå snakker vi om epler i stedet. Jeg er glad for at eplehøsten nærmer seg. Og en dag skal jeg fortelle den edle komiteen om deg, kjære Flora." Til dette lo Flora.

"Den dagen vil aldri komme. Jeg er ikke det du noen ganger får meg til å tro. Selv om vi lykkes, vil det likevel kreve to eller tre kliniske studier. I mellomtiden vet du ikke hvem alle prosjektlederne og forskerne som vil jobbe med det, er. De vil forandre ting underveis. Og hvem vil få den største æren til slutt? Jeg får kanskje en takk for å ha samarbeidet eller bidratt med ideer."

"Du er en pessimist, Flora. Vi vil kjempe med nebb og klør for å hjelpe deg å nå dit du vil. Svarene på alle dine problemer, min kjære, blåser i vinden eller stormen. Bare prøv å fange dem."

"Hvordan går det sosiale livet ditt? Hvordan var feriene dine?"

"Når du har en ny kjæreste, bruker du alt fritid sammen med ham. Så, sosialt er avhengig av når vi har vilje og mulighet sammen. Og ferien var super duper bra, men slitsom for meg. Tenk om jeg har lagd på noen kilo fordi jeg spiste mye på turen til Syden."

Himani svarte utførlig at de var halvveis i mål når hun var ferdig med å spise.

"Vet du at Vega endelig har flyttet sammen med sin nye kjæreste? Siden hun er i godt humør, legger du ikke så mye merke til henne. Bortsett fra på møter, hvor hun bare snakker positivt om verden og vitenskap."

"Jeg har lagt merke til hennes nye versjon. Men siden hjernen min aldri deltok fysisk på møtene, klarte jeg ikke å gjette årsaken."

"Men det er noe jeg ikke forstår, hvorfor hun inviterte oss alle og ikke deg til sommerlunsj. Som en protest mot dette boikottet jeg det. Har du forsøkt å stjele rampelyset hennes, eller noen av kjærestene hennes?" spurte Himani med et glimt i øyet.

"Jeg må ha såret henne, uten å vite det. Jeg hadde ingen anelse om denne lunsjen før Leo spurte meg om jeg gledet meg til den. Jeg så på han som en idiot. På den annen side føles det godt at jeg, Flora, en gjennomsnittlig jente, kunne være en kilde til sjalusi. Du husker hvordan hun var ute etter Mars i begynnelsen. Når han forsto henne, for så å ignorere henne. Prosjektet fikk meg til å tilbringe mer tid sammen med ham. Dette kan være grunnen." Flora visste at det lå noe mer bak sjalusien. Sjalusien måtte komme av at Sonia hadde valgt hennes forslag fremfor Vegas for å finne en kur mot leddgikt. Sonia sto Vega nærmere. En annen ting som Flora gledet seg over, var at hun fikk vite at Mars heller ikke deltok på sommerlunsjen før ferien. Han må ha gjort det for hennes skyld, det ante hun ikke. Han var ikke særlig åpen om følelsene sine. Hun lurte hun på om hun noensinne ville få innblikk i de følelsene.

"Jeg hadde aldri trodd at det skulle være kontorpolitikk og hierarki i forskningsverdenen. Men jeg tok så feil," fortsatte Flora mens Himani smilte til henne. Flora så etter og forberedte alle objektglasser. Det var på tide å legge dem i de temperaturkontrollerte skapene.

251

"Si meg, Flora, hva føler du om hele denne hendelsen? Du ignorerte det fullstendig, som om det aldri hadde skjedd. Jeg ville ha sagt det til lederen min, at det var diskriminering på arbeidsplassen, og at jeg var dypt såret. Var det din mestringsmekanisme?"

"Ja, det er bedre å ikke tenke på ubehageligheter i livet. Å ignorere dem når jeg ikke kan kjempe. Det er bare et år igjen, og så er jeg ute herfra. Ditt tilfelle er annerledes. Jeg tenkte også at hvis jeg skulle ende opp med å møte Vega eller Sonia til et jobbintervju, så ville det være bedre å fremstå nøytral. Jeg vet at du blir irritert over det. Jeg er ikke feig, bare realist. Da jeg var barn, hendte det at jeg ikke ble invitert til noen bursdager. Jeg var trist og gråt øynene mine røde. Senere var jeg glad for at disse divaene som mobbet eller ignorerte meg, viste seg å være bitre fiaskoer. En av dem endte til og med opp som narkoman. Hadde jeg blitt dratt inn i deres krets som tenåring, ville jeg ikke vært den jeg er i dag. Så, som du sier, alt skjer for noe godt i fremtiden. Selv om det ser ille ut eller føles ille her og nå."

"Huuh, jeg vil ikke tale mer om dette. Men å la være å heve stemmen gir disse bøllene mer makt. Uansett, la oss håpe at hennes nyvunne kjærlighet kan holde Vega edru en stund."

252

Flora ga Himani en klem. Deretter gikk hun tilbake til stolen sin, med en travel hjerne. Tankene hennes var et annet sted. Flora måtte holde orden på prioriteringene sine. Hun sto fast ved et veiskille. Selv om det var hennes forskning, kunne hun ikke bestemme seg for hvilken vei hun skulle velge. Hun tenkte på det døgnet rundt. Til og med i drømmene sine.

Et større problem var at sensorens behandlingsmetode var bedre enn genmodifisert behandling. Hvis de lyktes, hvordan skulle hun fortelle fakultetet sitt om suksessen? Når de hadde holdt det hemmelig til nå, kunne de kanskje søke om tillatelse. Kanskje de kunne søke om tillatelse til å utføre eksperimentene. Å gjennomføre dem åpent, og for andre, tredje og fjerde gang, med suksess, ville bare bekrefte teorien hennes. Hvis hun ikke fikk tillatelse, kunne hun beholde hemmeligheten inntil hun fant en postdoktorstilling et sted der hun kunne utføre eksperimentene igjen. Hun var ikke sikker på Mars. *Han var like ansvarlig for deres suksess som for deres fiasko. Ville han gjenskape prosjektet deres med andre postdoktorer når hun forlot universitetet etter doktorgraden? Han kjente alle metodene hennes og logikken bak sensorene hennes. Det var han som oppfant disse sensorene, basert på hennes kunnskaper om cellebiologi. Når de riktige sensorene var klare, kunne hvem som helst gi dem til mus. Plutselig ble hun grepet av en ny frykt. Hva om hun ville miste alt det harde arbeidet hun hadde lagt ned, bare fordi hun stolte på ham? På den annen side ville hun ikke ha vært i stand til å gjennomføre de nye eksperimentene uten ham. Til slutt i monologen bestemte hun seg for å la tiden gå sin gang.*

Endelig ville hun stå åpent frem med ideene sine. Ingen flere hemmeligheter. Det ville være bedre å spørre Mars om han kunne presentere dem sammen med henne, som et team. Og kunne de ta dr. Sander i fortrolighet, ville det hjelpe. Selv om andre tok æren for ideene hennes, ville den edle gjerningen med å bane vei for behandlingen likevel ikke være bortkastet.

"Hallo, du er fanget av tankene igjen, Flora. Er det noe annet som plager deg?" spurte Himani.

"Ja, veldig mye, men jeg kan ikke sette ord på dem for deg nå. Jeg skal fortelle deg det en annen gang. Det er ikke privat, bare forskningsgreier."

"Jeg forstår, ta den tiden du trenger." De forlot kantinen og gikk tilbake til laboratoriet. Og dagen gikk sakte, noe klokken på veggen fortalte dem. Mørket nærmet seg da de gikk hjem.

På veien hjem svevde tankene som en storm igjen. Det tok tid å tenke klart og samle mot til å henvende seg til Mars. Hun ville invitere ham på middag, der de kunne diskutere hennes endrede planer. Hvordan skulle hun få frem at hun ønsket å offentliggjøre ideene sine og be om tillatelse til å utføre eksperimenter basert på sensorene sine? Det var sammen med de eksisterende. Motviljen mot å sende en SMS eller e-post til Mars skyldtes at hun hadde gjort det hele hemmelig i begynnelsen. Men folk forandret seg, og det gjorde også handlingene deres. Hun la hodet på puten og sovnet. Hendene hennes grep fortsatt mobilen.

......

Neste dag, da hun var på vei opp trappen i kontorbygningen, hørte hun navnet sitt bli ropt opp bak seg. Stemmen og god morgen-hilsenen fikk pulsen hennes til å slå mange hakk raskere. Hun snudde seg mot Mars.

"God morgen, Mars. Jeg tenkte på å kontakte deg. Det er bra at jeg traff deg her. Har du det travelt? Kan jeg spørre deg om noe?" sukket hun.

"Når du spør så høflig så! Jeg var bare på vei til deg. Jeg vet at du er en morgenfugl." Han smilte lett og fulgte etter henne sakte opp trappen.

"Kan vi møtes etter jobb i dag? Det tar ikke mer enn en time. Det jeg har å sies her hvor vi kan bli forstyrret av andre. Er det mulig i dag?" spurte Flora. Hun var ikke klar over at hun bet seg i leppene, og

255

Mars stirret på henne med vidåpne øyne. Hun fulgte med på skrittene fra tid til annen.

"Jeg må sjekke kalenderen min først. Men klokken er halv åtte, og vi kan trekke oss tilbake til biblioteket hvis du vil. Det har seg slik at du har pirret nysgjerrigheten min, og jeg kommer til å være en død mann innen dagen er omme hvis du ikke avslører halvparten av mysteriet." Flora lo av ham, for hun visste at Mars elsket å flørte med henne.

"Jeg vil ha deg i live for enhver pris. La oss trekke oss tilbake til et fredelig sted." Det tok dem fem minutter å nå frem til biblioteket, som hadde stille soner passende å være hemmelighetsfulle.

De satte seg i stolene og lukket døren til lesesalen.

"Kan vi fortsatt møtes etter jobb i dag?" Hun visste at hun trengte mer tid.

"La meg sjekke." Han startet PC-en. Flora stirret på fingrene sine plassert på bordet.

"Du er heldig i dag, Flora. Jeg har ikke noe annet møte etter tolv. La oss si at vi møtes klokken fire på biblioteket på Blindern?"

"Perfekt. Jeg vil ikke kaste bort tiden din nå. Jeg vil snakke åpent om ideene våre. Jeg trenger flere mus å eksperimentere på, noe jeg ikke kan gjøre uten tillatelse. En eller to mus i kontrollgruppen kan gå ubemerket hen. Men ikke en haug av dem. Jeg kan heller ikke røre prøvene til målgruppen, som er en del av avhandlingen og prosjektet mitt. Så her er planen min. Du og jeg skal foreslå en ny behandling for Dr. Sander. Han vil være enig, siden han støtter meg. Så inviterer vi Sonia og andre personer knyttet til forskningsseksjonen til å presentere saken vår. Den eneste ekstra kostnaden dette vil medføre, er din mulighet til å gjøre nye oppgaver. Der må vi finne et godt svar på hvorfor det ikke vil påvirke arbeidsmengden din i særlig grad. Hva sier du til det?"

Professor Ford dukket opp i Floras tanker. Kanskje han kunne hjelpe henne med å finne et forskningsstipend eller en stilling ved universitetet hans hvis alt mislykkes? Slik at hun kunne fortsette forskningen sin? Dette var selvfølgelig bare ønsketenkning.

"Det ser ut som om du allerede har planlagt alt. Alt jeg trenger å si er ja. Har jeg rett?"

"Jeg mente ikke det, Mars. Kan du fortsatt si nei?"

"Hva er plan B, da?" spurte Mars mens han skrev noe på maskinen sin.

"Hvis de sier nei. Da beholder jeg hemmeligheten og tar en pause, til jeg finner en ny stilling et annet sted som postdoktor, for å finansiere levebrødet mitt. Samtidig vil jeg jobbe for å

257

overbevise de ulike universitetene om å støtte forskningen min. Hvis noen godtar det, vil jeg flytte dit. Den eneste ulempen er at jeg ikke vil kunne gjøre arbeidet ditt alene. Du er like mye en del av dette eksperimentet. Du kan jobbe med dette alene, siden du lager sensorene. Alle andre kan administrere sensorene til musene, med samme kunnskapsnivå som meg. Dermed finnes det også en plan C. At du tar all æren for ideen i fremtiden, når alt annet mislykkes. Og fortsetter å overtale toppledelsen til de gir opp."

"Jøss, et veldig edelt offer, Flora. Jeg forstår hvorfor du gjør alt dette. Men det er din idé. Jeg er forskningspartneren din. Hold deg til plan A og B. Og jeg vil være din ja-mann, siden jeg ikke har noen motargumenter. Jeg mener at du bør gjøre det kjent hva du tenker på. Jeg sa ja til hemmelighold før. Kanskje oppdager du senere at ideen din har feil. Men siden du virker trygg på ideen nå, bør vi går videre. Jeg vil likevel gjerne vite hva som har ført til at du har ombestemt deg."

"Jeg må gå nå, klokken er åtte. Jeg ville bare vite om vi kan møtes etter jobb. Da skal jeg svare på alle spørsmålene dine. Og takk for støtten din, Mars. Det betyr mye for meg." Flora strakte ut hånden mot Mars, som et avtalt håndtrykk. Mars grep hånden hennes raskt og smilte tilbake.

"Da ses vi igjen. Vi kan til og med utarbeide forslaget vårt, og i så fall kan du vel komme til kontoret mitt etter klokken fire? Leo og de andre blir ikke lenge," sa Mars, slått av en ny idé.

Klokken fire kom Flora inn på kontoret til guttene i Forskningsparken. Som forventet var Mars alene.

"Har du skremt de andre ut tidligere?"

"Nei, jeg minnet dem bare på deres plikter hjemme, rollene som fedre og partnere. Jeg er den eneste enslige mannen her." Flora lo av ordene hans, fortsatt ute av stand til å gjette hvordan han klarte å være singel.

"Er du sulten, Flora?"

"Ja, litt. Vi overlever til vi er ferdige."

"Jeg tviler på at vi blir ferdige før midnattslampen er tom for olje eller alarmklokkene ringer og oppdager at vi er her. Derfor tok jeg meg den frihet å ordne litt mat til oss. Baguetter." Han tok frem fire av dem, i forskjellige varianter, slik at Flora kunne velge.

"Det var veldig omtenksomt av deg, Mars. Tusen takk for det." Flora valgte ut en av dem, uten å lese innholdsfortegnelsen, slik hun var vant til før hun kjøpte.

Mars tilbød henne kontorstolen da han så Flora kaste raske blikk etter steder å sitte. Han hentet en stol fra Leos plass til seg selv. "La oss begynne med å forklare denne planendringen mens vi spiser. Jeg vet at du er effektiv og vil utnytte hvert sekund."

"Å, det, ikke noe mer å legge til. Jeg blir mer moden for hver dag som går. Det er bare min nyvunne visdom som snakker. Jeg føler at det er viktigere å lykkes i forskningen enn at jeg tar æren for mine egne ideer. Det jeg mener faktisk, selv om Sonia og andre stjeler dem og tar æren. At vår kur og oppfinnelse går videre til kliniske studier, er det det som teller. Hvorfor utsette forskning som er til fellesskapets beste? Og hvem vet, hvis jeg plutselig dør i en ulykke i morgen, vil ikke de nye ideene mine se dagens lys. I vitenskapens verden er mange virkelige helter ukjente."

"Flora, Flora ... Jeg er sammen med en veldig følsom jente. Tror du jeg ville latt dem stjele ideene dine? Det er vårt felles prosjekt. Det går ut over motivasjonen din, ikke la deg det. Vi trenger ikke tenke på mer enn utkastet vårt, eller når vi skal henvende oss til dr. Sander nå."

"Du kan ikke lage omelett uten å knuse et egg," dreide Flora samtalen i en annen retning. Hun hørte Himani bruke dette uttrykket en gang.

"I dag kan man få det til også, en eggformet omelett, etter å ha sentrifugert egget og deretter kokt det. Men ja, du må knuse skallen for å få det ut. La oss konsentrere oss om å skrive nå." Han åpnet ordsiden for å skrive.

"Vi begynner med søknadsteksten først, og presentasjonen kommer senere. Til presentasjonen trenger jeg mer konsentrasjon. Jeg sender den til deg for korrektur når jeg er ferdig," la Mars til. Resten av planleggingen og forberedelsene gikk med til å skrive, diskutere ordvalg, datoer osv. De innså at det ikke ville bli lett, ikke bare å overtale andre, men også å finne tid. Mars' kalender var full av møter, teknisk planlegging og programmering for prosjekt B. Det samme var tilfellet med de andre i prosjektet. Mars bidro også med rådgivning i andre prosjekter, som krevde datahåndtering og analyse.

Tjueto

To uker senere begynte høsten å spre sine ranker over bakken og himmelen. Det var dagen for presentasjonen av hennes nye idé. Til Flora og Mars' store forundring var hele prosjektgruppen til stede. Dr. Sander hadde godkjent presentasjonen. Han så ingen hindringer for at Flora kunne prøve ut sin nye idé. Han hadde i e-posten til Sonia overbevist henne om at det ikke ville påvirke avhandlingen i det hele tatt.

Da Flora var ferdig med presentasjonen sin og Mars skulle begynne sin, stilte Sonia henne et spørsmål.

"Jeg er nysgjerrig på hvorfor du plutselig vil prøve noe nytt når den første ideen din kan være like vellykket?" spurte Sonia. Det var første gang hun nevnte og ga Flora æren for sin tidligere metode for behandling av skjoldbruskkjertelbetennelse, foran alle sammen.

Flora var fortsatt nervøs etter presentasjonen. Tankene hennes svarte på alle uventede spørsmål.

"Jo mer jeg tenkte på det, jo sikrere ble jeg på at det fantes en alternativ løsning. La oss prøve den, for denne gangen er vi helt sikre på å lykkes." Et øyeblikk så hun ut som om hun var på gråtens rand.

De knusende nervene hennes tålte ikke ros. Heldigvis stilte verken Sonia eller andre spørsmål ved faktaene og metodene hennes. Alle så forbløffet på henne og skjermen. Vega sjekket kanskje mobilen sin av og på, for hun var uinteressert. Hodet lå bøyd i fanget eller stirret skummelt på skjermen.

"Har du nok tid til å prøve alt fra bunnen av, eller er det din måte å omdisponere flere midler på denne gangen? Jeg kan ikke endre budsjettet på dette stadiet. Derfor vet jeg virkelig ikke hvordan du har tenkt å finansiere dette på så kort tid?" Disse kommentarene var som et spark i magen. Flora hadde forventet negative kommentarer om metodene og ideene hennes, og ikke om økonomi.

Flora ble sakte, men sikkert rød i ansiktet. Med røde kinn og bankende hjerte svarte hun: "Denne gangen har vi planlagt i detalj hvordan vi skal gjennomføre disse eksperimentene. Vi har til og med satt av litt tid, slik at det ikke skal gå ut over de andre eksperimentene og skrivingen min. Vi kommer til å være svært effektive. Det kan jeg forsikre deg om."

"Med "vi" mener du hele teamet, eller bare du og Mars?" spurte Sonia og stirret på Mars. Som var klar til å starte sin del av presentasjonen.

"For øyeblikket er det bare oss tre. Jeg, Mars og Leo," svarte Flora. Hun hadde ikke fjernet blikket fra

Sonia siden begynnelsen av samtalen. Hun var klar over at alle så på henne med stor interesse.

"Hvorfor ikke andre? De kunne også bidra med mye mer. Eller er det en topphemmelig kode som andre ikke bør kjenne til?" spurte Sonia med et listig smil.

"Det er ikke hemmelig. Vi trodde at andre var opptatt. Og vi bør begynne i mindre skala, for å se hvor vi står og hvor mye tid det vil ta. Vi vil få et bedre bilde når vi er i gang med prosjektet. Jeg mener også at vi ikke bør blande oss inn i det eksisterende prosjektet. Det er for å se på mulighetene, og når vi er sikre på at det lykkes, kan vi inkludere andre." Flora så på Dr. Sander og deretter på Mars for å få støtte.

"Så du er ikke så sikker, men du vil likevel at jeg skal si ja til de nye ideene dine. Jeg sier ikke at ideene dine er bortkastet tid. Men vi svømmer ikke i penger for tiden. Hva sier du, Sander?" spurte Sonia, noe som fikk Dr. Sandberg til å åpne munnen igjen.

Overlege Sandberg himlet lett med øynene, ikke synlig på avstand, som om han sa: "Kutt ut pisspreiket, Sonia."

"Jeg har nevnt det tidligere, vi bør gå videre med det. De ber ikke om mer penger, og siden de bruker av sin egen tid på dette, har jeg ingen innvendinger. Hvis de lykkes med dette, blir det vinn-vinn for alle.

Selv om de ikke skulle lykkes, kan vi fortelle verden at vi tenker alternativt. Hvem vet, verden har ikke tenkt på dette før." Han nikket til Mars for å sette i gang. Mars smilte tilbake til doktor Sandberg. Og Flora kjente glede.

Deretter tok Mars over laserpennen og presenterte sin rolle og sine metoder for gruppen. Noe han hadde gjort mange ganger før. Ikke engang Flora visste at han hadde brukt mange netter på å designe nanopartikkel-sensorene slik Flora ønsket av ham. Han hadde til og med lært mer om mikrobiologi, cellebiologi og immunologi fra et medisinsk perspektiv. Det harde arbeidet hans var hans personlige arbeid, og han ba aldri om overtid. Lysten til å lære mer var enda større enn Flora hadde gitt ham æren for.

Til slutt ble det bestemt at de kunne fortsette med eksperimentene sine, så lenge de kun betalte for laboratoriebeholdningen.

Men allerede neste dag fikk Flora en beskjed fra Mars. At moren hans var syk. Han fikk tillatelse til å være borte i to uker. Dette fikk henne til å ta en pause fra laboratoriet i en periode. For å utnytte tiden bestemte hun seg for å forberede sin fjerde artikkel. Den var basert på CRISPR-eksperimentenes suksess, og til det kunne hun få hjelp av andre. Tara var mer enn villig til å hjelpe, for hun var nysgjerrig på å få vite mer om hennes personlige liv og ideer.

... En novemberdag fikk hun en beskjed fra professor Ford. ProfessorFord: "Jeg håper at alt er bra med deg. Ikke bare med studier og forskning, men også med privatlivet ditt. Jeg skriver til deg for siste gang. Grunnen er at jeg kommer til å slette profilen min her på forskeronline-forumet. Jeg rydder bare opp i det digitale rommet. Med det forsvinner også e-postadressen min.

Det er så mye som skjer i mitt eget liv. Jeg har vært for opptatt til å legge merke til pusten min. Jeg beklager at jeg ikke kunne svare deg tidligere. Selv om jeg ikke vil dele mitt personlige kontaktnummer eller e-postadresse her, vil jeg kontakte deg en dag. Jeg har i alle fall telefonnummeret ditt. Jeg lover at jeg skal prøve å komme til din disputas. Du sa at det kan bli i august neste år. Og jeg skal følge med på universitetets hjemmeside for å finne sted og tidspunkt for disputasen din.

Jeg likte samtalene våre veldig godt. Og jeg lærte mange interessante ting om deg. Det ironiske er at det hele startet med det du ønsket å lære av meg. Du ba om mine meninger om mange emner. Jeg beklager at jeg ikke var særlig hjelpsom. Det var det en grunn til. Det du spurte om, handlet om mer enn det som sto om i bøkene. En professor er bare et menneske som ikke kan huske alt. Hver gang du spør, må jeg også sjekke Internett for å finne svar. Det jeg kan fra før, kan du også. Du er ung og utvikler kompetansen din. Mens jeg bare oppdaterer det jeg må, og når jeg må. På en annen side er det utrolig å tenke på hvordan tiden flyr. Snart er det nesten to år vi har kjent hverandre digitalt. Etter disputasen vet jeg at du kommer til å gå videre som forsker et eller annet sted. Jeg er sikker på at du vil få en postdoktorstilling i Oslo. Ellers er det mange muligheter åpne for deg. Jeg ønsker deg lykke til med dette og lykke til i livet."

Jøss ... Dette kom som et sjokk på henne. Hun svarte ham umiddelbart. Omgivelsene der hun satt og skrev, var ikke mindre grå. Det var etter arbeidstid, og det var mørkt ute. Og hun satt og spiste baguetten sin, alene på kontoret sitt.

Venus94: "Takk. Du er og var en god digital venn og en god lytter. Du fikk meg til å reflektere over ting som jeg ellers ikke ville ha tenkt på. Alle samtalene våre var noen ganger latterlige, men bak skjermen kunne jeg artikulere og uttrykke tankene mine uten å bli flau. Eller være redd for å bli dømt. Husk at mottoet mitt er at vi er universet av celler, jeg ville aldri ha vært i stand til å snakke like åpent med kollegene mine. Lykke til deg også. Jeg håper å se deg en dag. Spesielt på min store dag." Hun fikk tårer i øynene da hun leste beskjeden hans igjen. Så leste hun sitt eget svar én gang til. Hun visste at det var slutten på hennes digitale reise med ham. Og en ny reise ville begynne. Hvordan følelsene hennes ble avledet fra ham til Mars, kunne hun ikke skjønne mens denne reisen pågikk. Noen ganger var hun usikker på om de bare var venner eller noe mer. Professor Ford var en vidunderlig drøm da hun trengte det som mest i sitt ensomme liv. Heldigvis for henne ble det kapittelet avsluttet av seg selv.

I stedet for å gå hjem, gikk hun til kantinen på universitetssykehuset. Hun hentet latten sin og satte seg på sin vante plass ved glassveggen. Lysene flommet utenfor. Et tynt lag med snø lå der. Det var ikke gått mange minuttene da hun oppdaget at Vega sto tett inntil henne.

"Jeg trodde du hadde gått. Jeg venter på min kjære, for han er forsinket. Vi kjører hjem sammen av og til. Kan jeg gi deg selskap mens jeg venter?" spurte Vega med et mildt smil og satte seg brått i en stol ved siden av henne.

"Ja visst. Hvordan går det med deg? Jeg er glad for at vinteren fortsatt holder seg litt på avstand," sa Flora. Ansiktet hennes var helt tomt, som om hun kontrollerte irritasjonen over å bli forstyrret. Der hun sørget over tapet av sin digitale venn.

"Jeg har det helt fint. Jeg må si at vi savner de gode dagene da alle lo og slapp tankene sine fritt ut uten filter."

"Jeg merker ingen forandring. Det eneste som har forandret seg, er at jeg har jobbet med et annet prosjekt enn det jeg ble ansatt for." Flora holdt sjokkert for seg selv. Kanskje de hadde et møte der hun ikke var invitert. Eller så klandret hun henne for at de andre stengte den morsomme siden sin bak lås og slå. Eller så lo de av henne, og derfor kunne de ikke snakke om henne når hun var der. Hun tenkte for mye nå.

"Hvordan skal du legge merke til det når du er opptatt hele tiden? Vi så deg sjelden på sosiale sammenkomster. Jeg hadde rett om deg. Du er en slags introvert. Har jeg rett?"

"Nei, jeg er ikke introvert, og jeg har humoristisk sans. Det er bare det at vi hadde så mye å gjøre at jeg ikke kunne delta på alle arrangementene, enten jeg var invitert eller ikke."

Flora kunne se at Vega nøt denne samtalen.

"Vær så snill, ikke ta dette som kritikk. Jeg observerte bare at da Mars og Leo begynte hos oss, lo de og var begeistret i lunsjpausene og andre møter. I det siste har Mars vært veldig stille, og de andre spiser sjelden sammen med oss eller blir sett sammen. Misliker du oss så virkelig at du unngår oss, Flora?"

"Nei, ikke noe sånt. Jeg har vært stresset og har bare ett semester igjen. Du kan forstå situasjonen min. Jeg er veldig interessert i å vite hvordan det var å være forsker før. Jeg har inntrykk av at forskere er de kjedeligste menneskene på planeten."

"Du har feilaktig fått inntrykk av at vi er kjedelige. La meg fortelle deg at bortsett fra å danse på bordet, er vi i stand til å le av alt mellom himmel og jord. Jeg husker fortsatt en dag da Mars underholdt oss med sitt mimiske talent. Kan du forestille deg at vi alle har en eller annen form for kreativitet eller talent? Vel, du vil bli overrasket over at han er veldig god til mange ting. Han kan til og med synge. Den dagen spilte han til og med deg. Hvordan du tygger på leppene eller pennen når du er stresset, eller hvordan du ler eller fnyser av små, små ting. Hvordan du snakker og hvordan hendene dine danser, var veldig morsomt. Vet du at du legger hodet litt på skrå når du lytter til andre, som nå? Han unngikk å mime meg og Sonia, siden vi er de eldste."

Før Flora rakk å kommentere dette, fikk hun kvelningsfornemmelser i halsen. Hadde hun vært i godt humør, ville hun ha ledd av dette. Men nå mislikte hun tanken på at Mars hadde gjort narr av henne, om så bare én gang. Hun var ikke klar til å tro på det Vega sa. Hun følte at hvetebrødsdagene i forholdet mellom dem var over. Vega var tilbake til sitt bitchete selv. Hun stilte spørsmål ved henne i det siste og overvåket henne i laboratoriet eller muselaboratoriet. Som en detektiv, når Flora var for opptatt til å følge med på sitt eget. Dette gjorde også Flora redd for at Vega kunne prøve å sette eksperimentene hennes i fare.

En dag ville hun spørre Mars, eller til og med Himani, hva det var ved henne som var verdt å le av. Nå som hun hadde følelser for Mars, likte hun ikke tanken på at Mars, av alle mennesker, behandlet henne som et latterliggjort objekt. Hennes sanne styrke var selvbeherskelse, og hun ville ikke la følelsene kontrollere henne. Men jo mer hun ba seg selv om å beherske seg, jo mer fikk hun lyst til å gråte.

Da Vega så at øynene hennes var fylt av tårer, sluttet hun å snakke.

"Går det bra med deg, Flora? Jeg mener, føler du deg bra? Du ser blek ut, selv i taklyset."

"Jeg har det bra. Jeg er veldig sliten nå. Du spurte en gang hvorfor jeg valgte tre år med doktorgrad og ikke fire. Jeg ville bli forsker og ikke professor. Nå har jeg heller ikke noe ønske om å undervise." Hun var i ferd med å reise seg fra stolen for å forlate kantinen. Forlate lokalene, hvor hun ikke trivdes, for alltid. Men Vega fortsatte å snakke. Hun sank tilbake i stolen og stirret på den tomme koppen sin.

"Jeg glemte nesten en ting. Men først vil jeg klargjøre at undervisning passer deg. Du husker ting nemlig, for det meste. Uansett tror jeg at du er god til å presentere fakta og har tålmodighet. Noe som kreves i en undervisningslinje. Så det var ikke en klok vei du valgte. Nå tilbake til det jeg gjerne vil spørre deg om. Hvorfor endrer du plutselig de eksperimentelle metodene når vi viser fremgang?"

"Jeg har ikke endret noe, den nye ideen var et tillegg til det vi allerede gjør. En slags plan B. Jeg bruker fritiden min til dette." Irritasjonen var ikke synlig i ansiktet hennes. Men hun presset koppen, og beina sprellet urolig.

"Men på grunn av dette har det skapt mer arbeid for meg og andre. Vi bruker ikke fritiden vår til dette. Nå skal Sonia og jeg i hennes fravær sende en søknad om mer tid og penger, med nye detaljer om prosjektet, til forskningsmyndighetene. Det er så mye papirarbeid som du ikke aner noe om." Hun stirret på Flora og lette etter et svar i øynene hennes.

Vega bidro aldri til eksperimentene. Hun fortalte at hun ga gruppen råd om metoder, kjemikalier og prosedyrer. Men i virkeligheten hadde hun ingen

272

anelse om hva som foregikk. Etter at Sonia fikk vite at gruppen var selvforsynt med kunnskap og innovasjon, bidro hun mindre. De var mer som irritasjonsmomenter som fant feil. Selv da var en kritiker noen ganger en større hjelp for å finne egne mangler. Alle postdoktorene og doktorgradsstudentene i de to gruppene deres hjalp assistenter og masterstudenter fra tid til annen. Teamarbeidet fungerte fint, og de lyttet til Flora, som var drivkraften bak hele prosjektet. Selvsagt foregikk det i gruppeledernes fravær.

"En ting til, siden du har litt tid til overs nå. Jeg trenger din hjelp til å skrive evalueringsrapporten til forskningsutvalget. Den må sendes inn sammen med andre artikler. De finansierer dette prosjektet, skjønner du. Og vi er halvveis i prosjektet nå. Det går ikke som du forventer, og noen er i ferd med å gi opp," sa Vega bittert og med et listig smil. Hun snakket alltid uten stans.

Flora visste at Vega ville gjøre alt som sto i hennes makt for å trekke henne ned. Og på grunn av forslaget hennes om nye eksperimenter ble Vega kastet ut av komfortsonen sin. Sonia ga Vega viktige oppgaver som belønning for hennes trofasthet. Om Vega virkelig likte utfordringer, var det ingen som visste. For hun var den mest entusiastiske kollegaen hele universitetet hadde vært vitne til.

"Hvis jeg har rett, var det Sonia som skulle sende den inn, og ikke du?" spurte Flora. Hun hadde en svak følelse av at Sonia hadde videresendt oppgavene sine til Vega, og at Vega ville videresende til andre.

"Ja, men Sonia er veldig opptatt. Det er jeg også. Siden du er selvutnevnt koordinator for gruppe B, er det kanskje best at du gjør det. Du har én uke på deg. Jeg sender deg utkastet jeg har utarbeidet så langt. Ikke si nei. Du har uansett ikke noe valg her. Vi er alle hardt presset akkurat nå. God natt og på gjensyn." Vega lo mildt.

Partneren hennes, eller personen hun ventet på, var ikke å se noe sted. Likevel tok hun avskjed og gikk et sted i en retning Flora ikke så. Hun husket bare at Vega hadde svart med god natt. En dyp depresjon bygget seg opp i hjertet hennes før tårestormen brøt løs.

Flora hadde så lyst til å kaste koppen sin på Vega. All energien bruktes på å kjøle seg ned. Hun hadde hørt verre ting om veiledere og professorer. Å skrive en rapport ville bare hjelpe henne til å lære og kunne være nyttig i fremtiden. Alt hun trengte var litt hjelp fra dr. Sandberg. Han måtte ha skrevet slike rapporter før. Mens hun gikk til trikken, tenkte hun på det Mars hadde gjort for lenge siden.

Tjuetre

Desember var så smått på vei inn, og mørket slo sine klør i alle hjørner av den nordlige halvkule. Flora tvang øynene opp for å skanne soverommet. Hun testet temperaturen utenfor dynen med beinet og trakk det tilbake under dynen igjen. Gatelyset skinte utenfor vinduene og markerte gulvet med en rett, gul linje. De myke lakenene holdt henne fast, slik at ikke engang en eventuell alarm på mobilen kunne friste henne til å forlate sengen. Det var ikke alarmen som vekket henne til slutt, det var lydene utenfor. Kanskje en traktor som ryddet snø. Minnene fra den siste dagen strømmet. Hun hadde hatt større suksess med å behandle musene som led av autoimmune sykdommer nå enn den siste måneden. Eksperimentene i laboratoriet var aldri konsekvente. Den ene dagen ga det samme eksperimentet, basert på metode én, henne et positivt resultat. Neste dag, da hun gjentok den samme prosessen, fikk hun et negativt resultat. Fordi det alltid var eksterne og andre faktorer som påvirket. På samme måte som i livet. Selv om det var ti prosent bedre, var det likevel noe. Lykken i går kveld gjorde henne varm, kald og drømmende. Det fortsatte til hun forsvant inn i søvnen. Lydene fra huseieren som bodde i overetasjen, fortalte henne at enten var hun sent ute, eller så var de tidlig ute. Hun sjekket mobiltelefonen og rykket lettet til. Klokken var fortsatt fire om morgenen.

Da Himani kom inn på kontoret samme morgen, oppdaget hun at Flora satt i stolen sin med lukkede øyne. Håret var løst, og den blå kofta var åpen. Det var kaldt på kontoret deres, men Flora lot seg ikke affisere av det. Noe som var svært uvanlig for en som skalv så sent som i går.

"God morgen, Flora," sa Himani. Hun plasserte vesken sin i skapet ved bordet, og gikk til Flora for å vekke henne, usikker på om ordene hennes hadde noen effekt på den sovende skjønnheten på kontorstolen.

"Jeg håper at du ikke har tilbrakt hele natten her. Du har fremdeles på deg de samme klærne som du hadde på deg i går," sa Himani, mens hun fulgte med på Floras forsøk på å åpne øynene. Det var en skikkelig kamp som Himani smilte fra øre til øre av.

Flora åpnet øynene, så på henne og deretter ut av vinduet, der det fortsatt var mørkt. Forvirret og forskrekket gned hun seg i øynene. Hun sov og drømte om moren sin. Som vekket henne fordi hun var sent ute til skolen. Da hørte hun etter hvert Himani.

"Jeg kom bare tidlig i dag og sov etter å ha skrevet noen sider i artikkelen. Og ... klokken er åtte nå. På tide med kaffe nå. Jeg skulle ønske jeg kunne gå hjem og sove. Jeg er ikke bare trøtt, jeg er virkelig trøtt."

"Gjør det. Eller, mye bedre, sov i ditt favorittforrådskammer, der det sjelden kommer noen inn. Det er i kjelleren, like ved den gamle lesesalen. Men før du går, en advarsel i dag. Jeg så Sonia nettopp. Uten sminke. Et faretegn. Så sørg for at du sniker deg som en katt. Hvis noen spør om deg, sier jeg at du tilbringer en del av dagen med å skrive i biblioteket."

"Du er alltid så praktisk. Takk for det. Jeg må bli ferdig med denne fordømte avhandlingen." Flora startet pc-en igjen, fra sovemodus.

"Det minnet meg om barndommen og studietiden. På skolen skrev vi essays om å redde verden, miljøet osv. På høyskolen skulle jeg finne opp maskiner som kunne kurere kreft. En slags AI-greie. Senere fant jeg ut at livet er komplekst, det var nok å finne et protein som kunne kurere søvnløshet fordi det var enklere enn å finne en kur for kreft eller å redde verden. Og mer enn nok. I løpet av doktorgraden innså jeg at det ville være et mirakel om vi i det hele tatt fant noe som helst på det medisinske området. La andre som er heldige nok, gjøre det. Nå nyter jeg bare arbeidet mitt. Uten forventninger. Stresset under utdannelsen lærte meg at byrden med å redde verden ikke er mitt, ditt eller andres ansvar. Overlevelse kommer først. Helsen din kommer i andre rekke, og alt annet kommer i tredje rekke. Så, kjære Flora, velg dine prioriteringer med omhu. Jeg gjentar det, du er helt alene med din stressbyrde."

"Jeg forstår hva du sier, men akkurat nå er det avhandlingen min som prioriteres på overlevelsesnivå. Ingen avhandling betyr ingen mer lønn. Og dystre fremtidsutsikter på arbeidsmarkedet. Jeg er bare uheldig med veilederne mine."

"Jeg er enig. Du bruker så mye tid på å prøve og feile. Vet du hvordan jeg definerer veiledere? Det finnes fire typer veiledere. Nummer én: veldig uinteressert type. Gjør hva du vil og gi meg litt fred. Jeg er her for å få lønnen min. Nummer to: de supergode. Jeg sier ja til alt, innenfor mine begrensninger. Fortsett å like meg. Nummer tre: Ekte forsker. Jeg elsker ideen om god forskning, konkurranse og diskusjon. Hjelper og er en god mentor. Nummer fire: Trollmann/heks fra Lalaland. Jeg vil ha resultater, ellers vil jeg utpresse deg, straffe deg. Min vei eller motorveien. Og Sonia er en blanding av alt dette. Det positive er at hun aksepterer ideene dine, for hun er intelligent nok til å

278

se det store bildet. Si meg, er det noe som plager deg i det siste, for eksempel et hjerteproblem?" Flora forsto på Himani at hun ikke ville gå før hun hadde tømt hjernen sin overfor henne. Hun lette etter koppen mens hun formulerte svaret sitt.

"Vel, jeg har også andre tanker som plager meg. Dårlig søvnmønster på grunn av stress. Kan du fortelle meg om du husker fra i fjor eller i år om Mars hermet etter andre?"

"Ja, bare én gang. Han var god til det. Hvorfor spør du?"

"Det er godt å vite at vi har talenter i gruppen vår. Jeg har hørt om det," sa Flora med alvorlig mine. Hun var misfornøyd med spørsmålsformuleringen sin. Hun ønsket ikke at Himani skulle stille henne pinlige spørsmål om følelsene hennes. Enhver mistanke ville føre til kryssforhør. Det var noe Flora ønsket å unngå den dagen.

"Det er ikke det, hvis jeg gjetter riktig. Men jeg vil ikke spørre nå. Du har viktigere ting å konsentrere deg om, hvis jeg ikke tar feil." Himani smilte mens hun gikk tilbake til skrivebordet og overlot Flora til artikkelskrivingen.

.....

Da den nye artikkelen var ferdig uken etter, ble den sendt til Dr. Sandberg. Den eneste

279

tilbakemeldingen hans, var en automelding. At han var på ferie, og at all korrespondanse om doktorgrader burde vente eller rettes til neste ansvarlige person. Hun bestemte seg for å vente. Hun var fornøyd med at hun denne gangen hadde dekket alt så langt med forskningen sin. Artikkelen hennes handlet om datasammenligninger mellom hennes to behandlingsmodeller. Hun forlot kontoret og gikk til kantinen. Når artikkelen ble godkjent, ville den bli lagt til avhandlingsutkastet hennes. Dermed hadde hun ikke så mye annet å gjøre enn å hjelpe andre i de pågående eksperimentene. Det var håp om at det i løpet av noen måneder ville vise seg at sensorene fungerte som de skulle. Å få bekreftet at de fungerte som de skulle, ville ta tid, noe som ikke kunne være en del av avhandlingen. Den skulle jo leveres i tide.

I kantinen var det ingen fra hennes nåværende eller tidligere gruppe. Med andre ord, ingen hun kjente til. Hun satte seg på en stol, kjøpte seg litt salat og et smørbrød og gikk inn i avslappingsmodus.

Tankene hennes gikk til samtalen hun hørte på kontoret, der Even fortalte Himani om forsinkelsen de sto overfor. Forsinkelsen skyldtes at Sonia hadde glemt å godkjenne laboratoriebeholdningene i kontodatasystemet. Det påvirket til og med Vega. Vega la all skylden på Sonia for å ha vært uforsiktig og fraværende. Ryktet spredte seg i hele Domus

Medica-bygningen. Da det nådde Sonia, ble hun rasende. Vega nektet fullstendig å fortelle det til andre. Og fant syndebukker i andre. Konflikten mellom Vega og Sonia var interessant. Men det plaget henne at Mars hadde vist liten interesse for arbeidet sitt i det siste. Selv etter halvannet års bekjentskap kommuniserte de ikke via mobil. Bare formelle og noen ganger uformelle samtaler når de jobbet sammen. Enten viste hun ikke åpenlyst interesse for ham, eller så tok han ikke hintene gjennom hennes vennlighet og kroppsspråk. Eller så holdt han avstand, med noen sprukne glimt av vennskap i ny og ne, for å være kolleger. Det var noe som ikke stemte. Hun var på nippet til å erklære ham sin evige kjærlighet. Men hun var redd for å dumme seg ut. Og det var en risikabel situasjon å jobbe i samme gruppe. Hvordan skulle hun møte ham hvis han avviste henne?

Da hun lå an til å gå, la hun merke til Leo. Han kjøpte cola.

"Hyggelig å se deg igjen i dag. Er du alene i dag?" spurte Flora. Hun gjettet at hvis han var alene i kantinen og bare kjøpte én cola, så var Mars ikke på jobb i dag.

"Ja, alene på kontoret vårt. Mars og de andre har fri i dag. Stressende dager for deg?"

"Bedre nå. Jeg venter på svar fra biveilederen min. Jeg må snart levere avhandlingsutkastet mitt til komiteen, for hele prosessen vil ta fem til sju måneder til. Når begynner du juleferien din? Og hva med de andre?"

"Jeg reiser til Spania neste uke. Denne gangen har vi kjøpt billetter på forhånd. Og uten Mars har jeg ikke mye å gjøre. Og Mars blir borte lenge, antar jeg."

"Er han også på ferie? Han nevnte ikke noe om det da jeg var på laboratoriet ditt sist." Flora lurte på hva som skjedde med Mars. Han brøt planeten uten å nevne det for henne. Og ingen snakket om ham, verken på kontoret hennes eller utenfor. Siden Vega mistet interessen for ham, var det ikke noe nytt om ham i lunsjpausene eller på andre måter.

"Jeg er ikke sikker, men han har fått tillatelse. Moren hans ble nylig utsatt for en bilulykke. Og han hadde planer om å ta to ukers ferie også i desember. Derfor tviler jeg på at han kommer tilbake før januar."

Hun gapte av informasjonen, og ble taus. Hun forlot Leo der han var, forvirret av at hun ikke sa farvel eller noe som helst.

Hun håpet å kunne vise avhandlingsutkastet sitt til Mars tidligere. Og han var heller ikke klar over de siste resultatene, som var positive. Det var heller ingen professor Ford å kontakte i disse dager. Han hadde slettet profilen sin fra nettforumet. Selv forumet var satt på pause, i påvente av at noen skulle kjøpe domenet. Himani hadde tilbudt seg å lese det, men Floras tidligere erfaringer hadde lært henne at sjansene var fifty-fifty. Hun likte Himani veldig godt som venn, men hun var en prokastinator. En som var full av råd, men som sjelden brukte dem på seg selv. Flora sendte sjelden noen privat beskjed til Mars. Hun ville spørre om moren hans, og det fantes ingen bedre anledning enn nå. Når så mange viktige personer var borte, hadde hun ikke så mye å gjøre. Annet enn å lese andres forskningsarbeider og avhandlinger. For å forbedre utkastet sitt. Stemningen utenfor passet perfekt med hennes egen. Det snødde nesten hver dag. Kjøpesentrene var fulle av juleforberedelser. Det var liv utenfor, men likevel var himmelen dyster. Hun var nesten ferdig med innkjøpene til jul, og denne gangen kjøpte hun en bok til Mars. En bok var en nøytral gave, og han ville bli glad for å få den fra en kollega. Den var en satire over samfunnet og full av humor. Han ville få den når han kom tilbake. Hun hadde lagt den nedpakket i skuffen på kontoret.

En uke før juleferien tok byggearbeidene i nærheten av bygningen pause. Neste år skulle flere kanskje flytte inn i det nye bygget i Gaustadsparken.

283

Kanskje ikke hun, med mindre hun ikke fikk en ny stilling på instituttet deres etter doktorgraden. Et sted i sine villeste ønsker og fantasier håpet hun å få fortsette som postdoktor ved Institutt for klinisk medisin, avdeling for immunologi. Ønsket forsvant imidlertid hver gang hun møtte Sonia og Vega.

Flora gikk til lesesalen i kjelleren, som sjelden ble brukt av andre. Dette rommet var ikke særlig estetisk innredet. Like ved lå et annet rom med et gammelt piano, og i likhet med naboens rom ble det bare brukt til å øve seg på musikalske og andre typer arrangementer. Eller til å søke ly for andre. Hennes triste og melankolske følelser trengte litt lufting. Hun planla å lese i fred. Derfor gikk hun inn i et rom og lukket døren. Hun var baderomssanger, men hun var ikke god til å synge. Hun spilte noen klassiske sanger. Så kom hun på at hun hadde skrevet et dikt selv, som ennå ikke var ferdig.

Skyggen din fulgte etter meg,
Da jeg gikk på den ensomme gaten.
Jeg så for meg at du plystret for meg,
Da jeg var i ferd med å trekke meg tilbake.

Jeg hører deg gå nær meg,
Lett som silke, røres bak hodet mitt.
Den dvelende lyden som følger meg,

Med regelmessige takter, tidens skritt.
Skyggen din fulgte etter meg,
Da jeg gikk på den ensomme gaten.
Ranker i kantene prøvde å holde meg fast,
Men kunne ikke stoppe mine rastløse føtter.

Jeg følte at blikket ditt fulgte meg.
Så mild som luft, så klar som stjerner.
Duften av roser som følger meg,
Med en klem av kjærlighet, og fargen til Mars.

Da hun ble utslitt av å minnes versene, ble hun sulten, og den rumlende magen fristet henne ut av den ensomme hulen sin. Oppe i etasjen fant hun ut at kantinen var stengt. Dermed gikk hun til sykehusets kantine i mørket. Klokken var fire om ettermiddagen, og det var allerede mørkt. Den hvite bakken under henne var glatt.

Etter å ha kjøpt litt enkel salat og pasta, speidet hun etter et ledig bord. Da så hun at Sonia satt der, sammen med en annen fra instituttet. Hun kjente denne kvinnen av utseende, men de hadde ikke snakket sammen før.

Sonia gjorde tegn til henne om å komme.

Hun hadde ikke noe valg, og gikk til det skumle bordet.

"Møt dr. Lange. Hun er en ledende ekspert på kvinnesykdommer," sa Sonia. Dr. Lange reiste seg fra stolen for å håndhilse på Flora. Og den vennlig fagre legen ventet på Flora, som holdt brettet med begge hender. Hun satte brettet på bordet og hilste. "Det er en glede å treffe deg. Jeg har sett deg før, men aldri fått vite hva du heter," sa Flora, mens hun satte seg på den tomme stolen. Hun var ikke sikker på om det var meningen at hun bare skulle presentere seg og så gå igjen. Eller om hun skulle slå seg ned til dem. Hun tok sjansen og satte seg til rette på stolen. Men det var en ganske pinlig situasjon, for Sonia så på henne med et underfundig smil. Som om hun hadde gjort noe pinlig. Nå var det for sent.

"Det samme med meg. Jeg har også hørt så mye positivt om deg. Men jeg har aldri fått sjansen til å møte deg. Det er du som leder thyreoidittprosjektet?"

Det var ikke et spørsmål, men en konstatering, og det sjokkerte Flora. Det var jo ikke hun som ledet det. Og den som hadde gitt henne dette inntrykket, hadde gjort Flora en bjørnetjeneste. Sonia stirret på overlege Lange og deretter på Flora. Personen som var prosjektleder, var en lojalist overfor Sonia.

"Det er dr. Vega som er ansvarlig for prosjektet. Flora er bare en doktorgradsstudent i teamet vårt. Hun skal forsvare doktorgraden sin neste år."

"Jeg forstår. Men teamet ditt gjør en veldig god jobb, må jeg si. Når skal du disputere neste år? Jeg kommer gjerne," sa Lange med et ektefølt smil.

"Jeg håper i august, hvis alt går som planlagt. Og det ville glede meg om du kunne delta. Jeg er allerede nervøs ved tanken på det."

"Er det fordi at jeg skal være der, eller er det du som disputerer den?" spurte dr. Lange begeistret.

"Bare forsvarsdelen," smilte Flora forsiktig. Hun visste at Sonia holdt øye med henne. Nesten glodde på henne.

"Flora, jeg er sikker på at du rekker det før fristen din. Alt du trenger å gjøre er å flørte mindre med gutter, særlig med dr. Sandberg. Hans lovprisning av deg har en pris. For det andre må du bruke fritiden hjemme til piano og andre aktiviteter, og ikke her. Da er det bare å sette i gang." Dette ble sagt for å fremstå som en spøk, og med et glis bred nok til å svelge en måne.

Ordene hennes gjorde Flora nummen og rød på samme tid. Hjertet hennes sluttet å slå i noen sekunder. Sjokket var så stort at ingen ord ville komme ut. Hun hadde aldri flørtet i hele sitt liv, og her ble hun beskyldt for noe hun ikke var interessert i. Flørting var bra og morsomt, men når det ble brukt til å sverte henne, føltes det som en fornærmelse. Så det var altså overlege Sandberg som roste henne. Og

Sonia mislikte det, det var tydelig. Hun fortalte dr. Lange at alt det gode arbeidet og all rosen hun fikk, var et resultat av all hjelpen fra guttene. Bare fordi hun flørtet med dem. Hun nektet med andre ord å akseptere at Flora var en god forsker, og en vellykket, intelligent og hardtarbeidende forsker.

Hjernen hennes var så full av analyse og sinne at hun glemte hvor hun var. Sulten forlot henne fullstendig. Flora ville la dem være alene. Hun skulle gjerne ha svart Sonia på sin egen måte. Ved å fortelle henne at hun burde slutte å stjele ideer og verk fra andre. Men fornuften tilbød ingen motsvar.

"Jeg kommer plutselig på at jeg skulle sjekke temperaturen i laboratoriet før jeg dro. Jeg går og gjør det først, før jeg glemmer det igjen," sa Flora og reiste seg.

"Temperaturen kan vente i ti minutter til, så kan du spise opp salaten din," foreslo dr. Lange.

Heldigvis var salaten pakket i en plastboks, så det var bare å bære den til kontoret hennes. Hun hadde sjekket temperaturen om morgenen, så det var ikke nødvendig å gjøre det igjen. Det var også en annen assistent som jobbet der i turnus.

"Det er greit, jeg spiser senere. Jeg er ikke sulten. Kjøpte den for å ta den med hjem. Ha en fin kveld. Og hyggelig å treffe deg, dr. Lange." Hun uttrykte seg forståelsesfull. Sonia sa bare god kveld, og at hun ville se henne før hun dro på ferie. Et irritert uttrykk sto klistret i ansiktet hennes, for hun ble satt i et dårlig lys av denne plutselige avreisen. Eller kanskje det bare var en oppfatning fra Floras side. Sonia var bare glad for å bli kvitt henne, og hun tolket ansiktet hennes feil.

På vei tilbake til kontoret lurte hun igjen på hvem det var som holdt øye med henne. Det måtte være Vega, selv om hun unngikk henne så godt hun kunne. Selv om hun ikke brydde seg om hvem som fulgte etter henne eller ikke, var det likevel litt stressende. Og hele veien hjem tenkte hun på hvorfor de var sjalu på henne. Hun hadde tidlig i livet lært at man skulle være forsiktig med å overgå sine overordnede. Men deres følelser var ikke hennes byrde. Hun hadde et mål, og hun måtte holde seg til dem. Alt sammen trakk henne ned. Hun stilte spørsmål ved sine egne beslutninger.

Hun analyserte at alle mennesker har ego og usikkerhet, og at de bærer det med seg hvert sekund av livet. Derfor kunne ingen akseptere en rasjonell og logisk oppførsel. Kanskje ble hun oppfattet som en trussel, og all svertingen og gaslightingen var et forsøk på å bli kvitt henne. Eller for å demotivere henne. Noen ganger kunne selv en millionær føle seg såret eller misunnelig hvis en fattig person vant tusen dollar i lotto. Folk spilte sosiale spill for å oppnå det som ga dem glede. På bekostning av samfunnets langsiktige forbedring. Selv om konkurranse var sunt, trengte den likevel å ha balanse. Uten konkurranse ville ikke et samfunn utvikle seg, men med for mye ble folk sjalu og bitre.

Samme kveld mottok hun svar fra Mars, som takket henne for hennes ønsker om at moren skulle bli frisk. Han skrev ikke hvordan det gikk med henne, men uttrykte ønske om å treffe henne etter ferien.

Tjuefire

Flora reiste tidlig for å besøke foreldrene sine i desemberferien. Moren var stabil med tanke på symptomer og smerter. Og faren skulle være hjemme en del av ferien. Han skulle tilbringe tre dager sammen med vennene sine på hytta til en av dem. Søstrene skulle ta seg av moren. Det var ikke noe å gjøre på avhandlingsutkastet eller forberedelser til studiene. Det var bare å vente på svarene fra dr. Sandberg og på at Mars skulle komme tilbake. Det var en god følelse å nyte ferien sammen med familien. Hun så mange filmer og snakket med skolevenninne sine på alle mulige digitale kanaler. Etter lang tid følte hun seg avslappet og samtidig rastløs. Hun ville tilbake til universitetet. Og hun visste den egentlige grunnen til det.

Hun gikk til og med på shopping med søsteren sin. I løpet av to år ble garderoben hennes fullstendig skiftet ut. Flora hadde ikke lenger skjødesløs påkledning. Nå brukte hun nesten en halv dag eller mer på å bestemme seg for hva hun skulle ha på seg, og hvordan hun skulle sminke seg. Hun tok imot råd fra alle som ville hjelpe henne. Resultatet var at hun til og med fikk komplimenter fra dem som sjelden snakket med henne. Både på universitetet og fra naboene som hadde kjent henne siden barndommen. Hun husket at hun i fjor, på denne tiden, hadde snakket med professor Ford. Etter halvannet år med kommunikasjon og lett flørting forsvant Ford ut av livet hennes, og hun glemte nesten at han eksisterte. Helt til nå. Det var han som hadde gitt henne lysten til å ta seg best ut. Det var han som fikk hjertet hennes til å banke. En ukjent helt, og et mysterium som en dag i fremtiden skulle oppklares. Tiden fløy fortere enn forventet, og snart ville det gå et år til. En ny milepæl i livet hennes var om hun klarte å lykkes med det som var planlagt.

Da Flora kom tilbake til universitetet to dager etter nyttårsaften, gikk hun rett til muselaboratoriet. I år var hun forsiktig. Hun kontaktet til og med noen av laboratorieassistentene som hadde ansvaret i juleferien, for å forsikre seg om at de hadde tatt alle målinger og gitt musene mat. Fjorårets ulykke var fortsatt friskt i minne.

Hun måtte snart bli ferdig med avhandlingen sin. Heldigvis var doktor Sandberg tilbake og bekreftet at han snart ville komme med sin tilbakemelding på den fjerde artikkelen hennes. Han ville vite det siste om eksperimentene hennes. Men Flora ville fortelle det til Mars først, og deretter noen andre. For i den medisinske forskningen var ikke alt konsekvent. To pluss to kunne være fire en dag, og seks en annen dag. Som om noen ukjente krefter påvirket resultatene fra dag til dag. Han håpet at feriene hennes var bra. Spørsmålene hans fikk henne til å tenke på Sonia igjen. Dr. Sandberg var høflig og hyggelig mot henne. Hvordan kunne noen beskylde ham for å flørte, og til og med henne? Heldigvis møtte Sonia henne bare én gang etter det. Og da hun ønsket henne god jul, føltes det som om Sonia aldri hadde såret henne tidligere.

Himani informerte henne allerede samme dag om at Mars fortsatt var på permisjon. Hun ante ikke når han ville komme tilbake. Nyttårsmeldingen fra Mars nådde aldri frem til mobilen hennes. Noe var galt, og det var ingen god start på året. Det ville bety en forsinkelse i avhandlingen hennes på grunn av forsinkelsen med å få hans godkjenning og tilbakemelding.

Bare for å føle seg vel og for å fjerne følelsen av kjedsomhet, depresjon og ensomhet, gikk hun ut av bygningen. Da hun sto ved trikkeholdeplassen, bestemte hun seg for å ta en tur på kjøpesenteret, som hun aldri hadde vært på før. Hun trengte flere kjoler, og foreldrene hadde gitt henne litt penger, slik at hun kunne kjøpe hva hun ville.. Det var mørkt ute og femten centimeter snø på veiene. Den ble ikke fjernet. Snøen avskrekket ikke en person som var fokusert på å tømme lommene sine for ting hun ikke trengte. Det var nemlig januarsalg overalt. Målet hennes var Storo kjøpesenter. Som vanlig var det overfylt. Det tok henne tid å bevege seg fra den ene butikken til den andre. Ubesluttsomheten saknet bevegelsene. Men da dagen var omme, bar hun tre plastposer med klær. Sliten og sulten gikk hun til en tilfeldig kaffebar. Etter å ha bestilt en latte og et kakestykke fant hun et tomt bord i korridoren. Shoppere og vandrere gikk tett inntil bordet hennes, og det var det eneste ledige bordet hun kunne finne. Det hendte at kroppen eller veskene deres rørte ved bordet hennes og fikk latten hennes til å riste. Det runde, lille bordet sto ikke stødig. Derfor holdt hun øye med andre bord som kunne bli ledige. Salg tiltrekker seg folk og bidrar til landets økonomi, selv om folk kjøper ting de egentlig ikke trenger. Hun hadde ingen anelse om den nøyaktige statistikken over forbruksvaner. Men hun antok at mer enn halvparten av de tingene som ville forlate butikkene nå, ville ende opp på bruktmarkedene. Eller bli glemt i skapene, til de en dag skulle ryddes.

Fortapt i disse tankene nøt hun latten sin. Så skjedde det noe uventet. En stemme fikk hjertet hennes til å hoppe og hendene til å søle latte over på jakken og buksene.

"Unnskyld, det var ikke meningen å skremme deg," sa Mars mens han hentet noen papirservietter.

294

Flora fylte på noe ekstra da hun bestilte latten. Hun tørket av flekkene på jakken med den ene papirservietten og unnskyldte seg for klossetheten sin. Mens Mars tørket av bordet. De satte seg og fortsatte samtalen, etter lite fiasko og kaos.

"Godt å se deg, Flora. Hvordan var ferien din?" "Hadde en fin og avslappende ferie denne gangen. Hva med deg, da? Og hvordan går det med moren din?" Flora satte pris på at han husket å spørre om det han glemte tidligere.

"Hun er bedre nå. Hun er i stand til å gå med krykker. Det kom som et sjokk for oss. Faren min tok fri fra jobben for å være hjemme. Jeg kommer tilbake til kontoret i neste uke. Og jeg beklager at jeg ikke svarte på nyttårsønskene dine. Det var omtenksomt av deg.

"Godt å høre at hun er på bedringens vei. Og at du er tilbake. Vi har alle savnet deg."

Mars smilte. "Jeg har også savnet alle på jobben."

"Det var egentlig en høflig måte å si at vi er avhengige av deg på. At vi trenger hjelpen din, for «ingen er en øy»".

Etterpå snakket de om moren hans, og om hvordan ulykken hadde oppstått. Om sykepleierne som hjalp henne. Han var full av lovord om helsesektoren. Og stolt og glad over at han selv bidro til utviklingen av fremtidens medisiner og behandlinger. Da Flora var ferdig med kaken og latten, gikk de ut av kjøpesenteret. Mars takket nei til forfriskninger. Han hadde kjøpte noen kjøkkenartikler. Han viste henne handleposen. Til nå hadde hun ikke engang lagt merke til at han bar på noe.

Da de kom ut, var himmelen tykk av snø. Snøteppet gjorde det vanskelig å se hvor de befant seg i mørket.

"Bli med meg og se hvor jeg bor. Du bor jo like i nærheten av boligblokken min. Da kan vi lette tankene vi bærer på," foreslo Mars og banet vei.

Flora vurderte noen unnskyldninger for å avslå tilbudet. På den andre siden ønsket hun å komme ham nærmere og lære mer om ham. Samtidig viste kroppssignalene hennes motvilje, noe han måtte være i stand til å lese. De sto allerede utenfor leilighetsbygget. Den lå svært nær kjøpesenteret. Hun fulgte etter ham som en jernkule tiltrukket av en magnet, men holdt likevel avstand. Som om kulen hadde fått noen ekstra anti-magnetiske krefter for å holde avstanden.

De tok heisen til tredje etasje og gikk inn i leiligheten. Leiligheten inneholdt et åpent og rent rom med et innebygd skap til jakker og sko, stue med åpen kjøkkenløsning, og to store malerier på veggen.

Ellers stod fulle bokhyller ved veggen. Det tiltrakk Flora umiddelbart. Det var alle typer bøker, fra romaner til medisinske bøker. Fagrelaterte bøker og tegneserier. De var innrettet etter sjanger og ikke etter estetikk. Da hun så at Mars holdt øye med henne, snudde hun seg.

"Du er heldig som har et eget minibibliotek. Står noen på leselisten din, eller har du lest alle?"

"Noen står fortsatt på listen min, de fleste av dem har jeg lest, og noen husker jeg ikke engang hva som stod i. Skal jeg lage kaffe eller te til deg? Jeg har til og med vin, hvis du vil ha?" spurte verten. Stemmen lød stolt på grunn av den lille samlingen.

"Nå holder det med vann. I dette været kan det hente jeg bruke litt lenger tid på å komme hjem. Jeg har noe å fortelle deg."

"Om forskningen din? Eller om noen på universitetet?"

Mars viste henne sofaen og fulgte hennes eksempel ved å plassere seg i den andre enden av den beigefargede sofaen. Stuen var malt lyseblå og hadde hvite gardiner. Kjøkkenet og flere møbler var også i hvitt. Dette hadde en beroligende effekt.

"Det er at vi er på riktig vei. Partiklene våre virker på noen mus. De blir kurert. Ikke alle viste samme grad av positiv effekt, men ingen mus døde eller ble verre. Alle viste en viss forbedring, og noen ble kurert for tyreoiditt. Jeg vil fortsatt overvåke dem. Anti-TPO-verdiene og blodverdiene var normale den siste måneden. Men jeg er ikke sikker på hvor effektiv denne behandlingen vil være på mennesker. Vi kan ta ultralyd av skjoldbruskkjertelen til mus, siden de er så små. Siden vi ikke hadde noen maskin med oss. Jeg viste dataene til dr. Sandberg i går, og han var fornøyd. Men jeg vil at du skal fortelle det til andre på vårt neste møte. Jeg kommer selvfølgelig med mine funn. Jeg skal vise deg i detalj i muselaboratoriet vårt hvordan ting er," sa Flora i ett kjør.

Entusiasmen var tydelig i stemmen og ansiktet hennes. I neste øyeblikk døde entusiasmen ut. Som om hun innså hvilke vanskeligheter som lå foran henne.

"Hvordan skal jeg forsvare avhandlingen min med bare logikken min å støtte meg på? Jeg har ikke tid eller mulighet til å vise hva som faktisk gikk rett og galt. Selv Crispr-metoden viser gode resultater. Himani hoppet av glede da jeg fortalte henne det. De har ikke hatt stor suksess med leddgiktforskningen, der de bruker Sonias metoder. De er basert på suksesshistorier fra hele verden. Tara mener at vi lykkes i noen tilfeller fordi vi retter oss mot celler i de innledende stadiene. Og vi bruker nanopartikler i stedet for genterapi. Genterapi har vist så mange positive resultater innen kreft og andre sykdommer. Men for leddgikt klarer vi ikke å knekke koden. Det er like komplisert som vi kvinner er."

"Det står ille til med leddgikt. Det må nok være mange forskere i verden som tenker som deg. Likevel har vi ikke ennå hørt noe nytt om kliniske forsøk med dine metoder fra andre land. Noen kan være hemmelige. Vær positiv, Flora. Ha tro på dine evner. Når du er ferdig med avhandlingen din, overtaler vi dem til å gi lov til å gå videre med kliniske studier på universitetssykehuset. Selv et lite utvalg ville hjelpe. De vil trenge deg som postdoktor for å fortsette, beroliget Mars. Det er bare å fortsette å prøve, og sjansene for å lykkes til slutt øker, så lenge krig og naturlige årsaker ikke legger hindringer i veien.

Selv om Flora smilte lykkelig, var hun fortsatt i tvil. De hadde ikke maskiner til å vurdere og behandle alle testene som krevdes på mennesker. Hun ante ikke om hun kunne sende blodprøver av mus til private laboratorier for full kontroll uten å bli sanksjonert. Vitenskapelige metoder hadde kontroller og tilbakeslag, av mange grunner.

"Uansett, gratulerer, Flora. Du fortjener en stor applaus for det du har oppnådd på så kort tid. Fordi du ikke er redd for å ta kontrollerte sjanser." Han reiste seg og gikk bort til der hun satt. Han strakte ut hånden for å gi handshake. Da reiste hun, og plutselig befant hun seg i hans favn.

"Takk. Det betydde mye for meg. Og uten deg hadde jeg ikke klart det. Det er vår felles innsats," sa hun, omfavnet. Da så hun at det ene hjørnet av stuen var gjort om til kontor. Han hadde til og med et mikroskop. Hun ble svært imponert av ham. Etter å ha sluppet henne satte han seg i sin opprinnelige posisjon. Men han smilte til henne, og øynene søkte hennes.

En stund følte hun at hun hadde funnet den hun alltid hadde drømt om. Hun glemte alle tidligere negative og positive følelser overfor ham. Hans imitasjon av henne ble opphevet. De var skuls. En gang lo hun tross alt av ham, til hans misbilligelse.

"Du har et par intelligente øyne, Flora," sa Mars.

"Takk skal du ha. Folk tror som regel at jeg er intelligent bare fordi jeg tar en doktorgrad," kommenterte Flora lystig. Hun satte seg.

"Vel, det å ha en grad og litt kunnskap gjør ingen intelligent. Kort sagt er kunnskap ikke intelligens. Å ha evnen til å bruke den effektivt er intelligens. For meg er det dessuten mer, det er en sammensatt ting. Jeg er ikke så flink til å gi folk komplimenter, det krever intelligens."

"I henhold til din definisjon kan jeg kan si at du har et par dype, intelligente øyne. Hvor havet er dypt, er det mørkegrønt, samme som øynene dine," svarte Flora. "Jeg gir også sjelden komplimenter."

Mars lo høyt.

"Men hvordan kan man dømmes ut fra øynene?"

"Øyne som tilfeldigvis ser og analyserer alt. Øynene er hjernens første filter. Som du gjorde med samlingen min her. De var varme og glødende da du skannet dem. Så reflekterer de tilbake det du tenker. Du trenger ikke ord for å fortelle verden hva du er."

"Hvis du kan lese tankene mine, så er det en farlig egenskap." Flora smilte.

"Jeg mener det jeg sier. Mine observasjoner av verden har fortalt meg at dumme mennesker lager mest bråk. Fordi folk er halvdøve. I støyen deres går ordene til intelligente mennesker tapt. Gjennomsnittlige mennesker kompenserer for sin intelligens med hardt arbeid. På samme måte som sjarmerende mennesker med gode kommunikasjonsevner blir likt og lagt mest merke til, men det betyr ikke at de er intelligente. I de fleste tilfeller er de det motsatte."

"Betyr det at jeg er intelligent og ikke sjarmerende? Jeg trodde jeg var ganske sjarmerende av og til," smilte Flora. Mars reiste seg og hentet en kopp te til Flora. Han ventet på at vannet skulle koke.

"Du er kjær for dem som liker deg. Sjarme kan være avgjørende i livet. Man kan være både intelligent og sjarmerende noen ganger. Her er teen din. Jeg håper du vil like smaken av kamille og honning. To forskjellige smaker."

Vennskapet deres blomstret som knopper om våren. Enhver ekstra anstrengelse ville ha føltes som å vanne gresset i regnvær. Motviljen og sjenansen mot å være nær hverandre fordampet langsomt som damp på den våte bakken under solen.

Det kraftige snøfallet utenfor viste ingen nåde. Det var mørkt og opplyst av gatelys på samme tid. Og den hvite snøen lyste opp natten sterkere.

Tjuefem

Februar kom tidligere enn forventet. Det var bare en illusjon, følte Flora. Hun var så opptatt med eksperimentene og skrivingen. At da dagen ble til natt og omvendt, la hun sjelden merke til det. Hun transporterte bare kroppen sin fra hjemmet til universitetet og tilbake igjen, tjuefire timer og syv dager i uken. Bare hun gjennomførte det siste semesteret, ville den stressende perioden i livet hennes være over. For alltid. De andre i gruppen hørte om suksessen hennes. De ville vite mer om sensormetoden hennes, og om hvorvidt den kunne brukes i andre behandlinger.

Flora ble invitert av universitetet til å presentere dataene sine og historien om suksessen. Men Sonia avslo forespørselen, ettersom forskningen ikke kunne offentliggjøres før hun hadde disputert og fått patent på det potensielle kliniske forsøket. For første gang var Flora takknemlig for at Sonia hadde hjulpet henne.

Det var noen som stilte spørsmål ved metodene hennes fordi de var nysgjerrige eller sjalu. Hun ante ikke hvordan nyheten spredte seg, men det burde ikke ha blitt spredt så tidlig. Det fikk henne til å innse at i den medisinske forskningsverdenen var det for tidlig å feire. Det som fungerer på mus, fungerer kanskje ikke på mennesker på grunn av hundrevis av andre faktorer som hormoner og cytokiner. Lykken varte bare i noen dager. Mars viste igjen tegn på å være reservert. Han var høflig, men ikke særlig vennlig og nær, slik han var den kvelden han inviterte henne. I møter oppførte han seg helt uberørt av samværet med henne. Hun hadde en mistanke. At noen hadde fortalt ham noe som gjorde ham misfornøyd med henne. Det kunne være hvem som helst, eller han følte seg oversett. Og folk ga henne æren for suksessen og glemte hans rolle i det. Selv om hun korrigerte dem. Men hun følte seg utslitt. Hun kjempet en kamp blant hensynsløse folk. I løpet av en uke følte hun at hun bare kunne forlate universitet uten å disputere avhandlingen.

En dag gråt hun av lykke og sorg over mikroskopet. Flere og flere mus ble friske av den induserte Hashimoto- og Grevs sykdom. Og selv i lykken tenkte hun over hvorfor Mars var blitt så fjern ut av det blå. Hun konkluderte nemlig med at han var fjern, og hun trengte å rense luften mellom dem. Tankene hennes hoppet fra den ene følelsen til den andre. Hun var i sitt vanlige laboratorium, alene. Klokken var rundt tre på dagen. Området var dekket av snø og is. De golde trærne og bygningene kunne sees fra vinduene rundt. Alt var lysere og hvitere i fargen. Inkludert labfrakken hennes. Solen og skyene lekte gjemsel som vanlig.

"Flora, det finnes bedre steder å gråte enn over mikroskoper," sa en stemme bak henne. Hun løftet hodet og så at Mars kom inn.

Hun begynte å le mellom tårene. "Som hvor da?"

Han smilte i det minste, og det var en forandring fra den triste profilen han viste i det siste.

"Som skulderen min. Hva har skjedd som gjør deg trist? Du har vært i godt humør i det siste."

"Hvorfor har du unngått meg, da?" spurte Flora rett ut. Hun kunne ikke være formell hele tiden.

"Å ... jeg ante ikke at det gjorde vondt. Jeg er lei for det. Det var ikke med vilje. Du var opptatt, og jeg ville gi deg tid." Det beroligende smilet hans fikk Floras hjerte til å smelte. Hun visste ikke om hun skulle gråte mer eller være glad for at Mars var tilbake i sitt gamle humør.

"Bare vent her. Jeg har noe til deg. I mellomtiden kan du se i mikroskopet." Hun forlot laboratoriet og skyndte seg bort til kontoret sitt. Der satt Himani og Even og pratet om hvor langt de hadde kommet i forskningen. De skulle presentere status på dagens møte. Da Flora så dem, stoppet hun opp. "Jeg glemte bare vesken min," sa Flora.

Boken hun hadde kjøpt til Mars, lå nemlig pakket ned i plastposen. Den var heldigvis ikke særlig synlig. "Hvorfor har du det så travelt, Flora? Du kom som en vind og stakk av som en storm," sa Even. Dette fikk Flora til å le. Himani smilte.

"Vår Flora er etterspurt nå," kommenterte Himani. Flora vinket farvel med hånden og forlot dem i samme stående stilling som da hun steg inn i rommet. Da hun kom inn i laboratoriet igjen, ventet Mars på henne. Han satt på stolen ved skrivebordet i hjørnet ved vinduet. Han var opptatt med telefonen sin. Han så ikke at hun kom inn.

"Denne kjøpte jeg til deg i julegave. Jeg håper du vil like den." Hun rakte ham boken. Det var en fornøyelse å se ham fjerne posen fra boken uten å si noe. Hun var glad for at han ikke sa at det ikke var nødvendig. Han studerte omslaget på boken nøye.

"Takk, Flora. Jeg skal lese den og verdsette tanken på at du har tenkt på meg." Han ga henne en klem. I det samme hørte hun skritt på vei innom laboratoriet, og før hun rakk å se hvem det var, gikk skrittene i en annen retning. De forble alene.

....

Dr. Sandberg fortalte henne at han hadde gjort noen mindre endringer i avhandlingen hennes. Og han hadde sendt den videre til Sonia for endelig godkjenning. Hennes upubliserte artikkel var inkludert i avhandlingen. Den ville bære hele prosjektet. Han var sikker på at Sonia ville godkjenne den, og sendte den videre til doktorgradskomiteen.

Drømmen hennes var å sende sin fjerde artikkel til det medisinske forskningsmagasinet PubMed. Hun hadde til og med kontaktet redaktørene for denne publikasjonen. Og inkludert alle fra gruppen sin som medforfattere. Mars og dr. Sandberg fortjente det, og til en viss grad også Tara og Martin. Med tungt hjerte inkluderte hun Sonia og Vega. Håpet hennes var at det ville få Sonia til å godkjenne artikkelen raskere uten kommentarer.

Neste dag møtte Flora Tara i kantinen. Hun klaget over vektøkningen sin. Derfor bestilte hun flere ferier i utlandet. Bekymringene over å ikke ha en sommerkropp plaget henne. Klokken var nesten tolv, og Flora døde snart av sult. Magen rumlet så høyt at Even ba henne om å gå og spise noe. Hun var så opptatt av å lese noen forskningsartikler som lignet på artikkelen hennes. Som hvor langt de hadde kommet i forskningen sin. Og alle bidro litt til hverandres suksess. Uten det første skrittet var det andre skrittet ikke mulig.

"Kan vi ikke bruke ekspertisen din resten av semesteret til å finne en fedmemedisin," sa Tara lattermild. De satt rundt et bord i et hjørne der de ikke ble overhørt av andre.

"Takk for komplimenten, Tara. Men jeg er ikke så stor eller intelligent som dere alle kan ha trodd om meg i det siste. Det var bare flaks at ideene mine fungerte. Kanskje det bare var en tilfeldighet. Jeg ville ikke ha lyktes uten Mars' hjelp. Og dere bidro også da vi brainstormet. Angående bekymringene dine ser du flott ut. Du er ikke overvektig i det hele tatt. De fleste liker og elsker å være tykk."

"Du prøver å være snill og ydmyk, gjør du ikke? Hva er dine planer forresten" spurte Tara. Floras kroppslige bemerkninger beroliget ikke Tara. Hun var overbevist på å at hun var overvektig og lite tiltrekkende. Flora fortalte henne alt om hennes fremtidige planer og hvor stresset hun var. Hun grudde seg til disputasen da hun tenkte på den.

"Jeg forstår det godt. Da jeg var på din alder eller i din posisjon, følte jeg det på samme måte. Veilederen min var god og samarbeidsvillig, men jeg var likevel redd for doktorgradskomiteen. Jeg fikk hjelp av alle til å forberede meg til disputasen, tre måneder før føltes det derfor mer som om jeg bare forberedte meg til en eksamen. Jeg fant smutthullene i avhandlingen min og så for meg alle mulige spørsmål og svar fra opponentene." "Jeg skulle ønske jeg hadde bedre veiledere som kunne gi meg tid og veiledning. Fortell meg om mannen din. Hvordan møtes dere?" "Vi var i samme gruppe, og vi var begge doktorgradsstudenter. Den eneste forskjellen var ett år mellom start og slutt. Vi var heldige som vanlig. For alt stemmer ikke alltid for alle. Noen ganger er det alder, kjemi, tilgjengelighet, og mest av alt interesse for hverandre. Folk jeg har studert og jobbet med er for det meste ikke min type, eller så var vi bare jenter i gruppene våre. Se på deg og Mars. Jeg føler at det er noe du ikke vil fortelle meg. Men jeg er tålmodig." Taras smil fikk Flora til å rødme litt. "Jeg liker ham, men jeg er usikker på om han har romantiske følelser for meg. Noen ganger viser han interesse, andre ganger ikke. Tiden vil vise hvilken vei vennskapet vårt vil føre oss." Flora hadde ikke lyst til å fortelle eller tilstå sannheten om dem til noen kollegaer ennå. Alle mistenkte at det var noe på gang mellom dem. Men hun hadde en følelse av at selv Mars ønsket å holde lav profil før doktorgraden hennes var ferdig. Han var jo også team-partneren. Og så var det Vega, som aldri var glad i deres lykke, eller kanskje hun bare var slik.

"Jeg skal fortelle deg en historie fra fortiden min. Om feilene jeg gjorde. Da jeg tok bachelor, var det en gutt som jeg likte veldig godt. Men jeg ville vise ham at jeg var vanskelig å få. Jeg hadde lært av andre jenter at det fungerte for dem, og at de ble mer verdsatt. Når du sier ja og er lett å få, da verdsetter ikke menn deg. De elsker spill. Det de aldri fortalte meg, var at for å bli plassert på en pidestall og tilbedt som en prinsesse, bør du være en stor skjønnhet. Når du er ung, overvurderer du deg selv. Jeg spilte spillet. En stund fulgte han etter meg. Så begynte han å ignorere meg. Da jeg innså min feil, var det for sent. Han datet en annen jente. Hun som rådet meg til å spille dette spillet. Det jeg lærte av denne hendelsen, var at man aldri skal stole på noen så lett. Lytt heller til hjernen og logikken din. Vi mennesker er klar over vår verdi i samfunnet. De som er selvsikre, vinner til slutt, om ikke alltid. Men den gangen tapte jeg. Og vi må begge være like selvsikre i vår vurdering av oss selv. Han var bare forelsket i meg. Men kjærlighet tar tid, og den styrkes med nærhet til hverandre og respekt for hverandres personligheter." Tara stoppet opp i fortellingen.

"Jeg forstår hvorfor du forteller meg dette. Jeg vil ha en naturlig utvikling. Hvis Mars noen gang erklærer meg sin evige kjærlighet, vil jeg si ja uten å blunke. Det lover jeg. Jeg vil ta én ting om gangen.

Det er bare en unnskyldning fordi jeg er usikker å erklære min kjærlighet til Mars fordi det krever mye å ikke tenke på ham hele tiden. Akkurat nå er det avhandlingen min som er viktig."

"Jeg er enig med deg. Er du ikke redd for å miste ham til en annen? Når han spiser her i kantinen, er han aldri alene. Omgitt av sine egne kolleger eller noen ansikter jeg ikke har sett, eller som jeg ikke vet navnet på." Det var en ekte bekymring i stemmen hennes.

Dette gjorde selv Flora bekymret. Men hun visste at hun i stress ikke kunne håndtere andre tanker. Hun hadde mistet professor Ford, og hvis hun nå skulle miste Mars, ville det bli en gresk tragedie. Noe både naturlig og ubehagelig var at alle ubevisst eller halvbevisst dannet seg meninger om hverandre. Hun ville være i fred i sin egen boble. Ikke bli matet med ideer om hva hun burde gjøre. Hun likte Tara, og hun tok det ikke ille opp, og likte at hun tenkte på henne. Rådene var tegn på vennskap, selv om hun ikke ba om dem. Hadde noen hun mislikte eller hatet, kommet med forslag, ville hun ha gjort det motsatte av det som ble foreslått. Bare for å bevise at vedkommende tok feil. Dette var en universell atferd blant mennesker, eller kanskje dyr. De gjorde opprør bare for å styrke egoet sitt.

Da Flora var i ferd med å forlate kantinen som en dronning, satte hun seg, slapp brettet og så på mobilen, som om livet hennes var avhengig av den. Hjertet hennes slo fortere, og blodet strømmet enda fortere opp til hjernen via ansiktet. Tara hadde lyst til å le av reaksjonen hennes. Men hadde en viss forståelse for det. Det var Mars og Sonia som lette etter et ledig bord. De holdt brettene sine med mat. Flora satt med ryggen mot bufféområdet i kantinen og inngangen, så hun ante ikke hva som foregikk. I håp om at de ikke hadde sett henne, fortsatte hun på mobilen. Tara reiste seg med brettet sitt.

"Jeg burde også gå," sa Flora. Hun ante ikke hvorfor hun oppførte seg som en sjenert tenåringsjente.

Mens de gikk forbi bordet der Sonia og Mars satt for å sette brettene på trallen, hilste de på dem.

"Jeg vil gjerne treffe deg i morgen på kontoret mitt. Jeg har sendt deg en invitasjon," sa Sonia til Floras rygg. Dette fikk Flora til å snu seg og svare bekreftende.

"Hva er det de snakker om nå, mon tro?" spurte Tara da de var ute av kantinen.

"Det har vel ikke noe med meg å gjøre. Eller kanskje hun ville vite hvor mye Mars bidro til forskningen vår. Hun ville gjerne gjøre ham til en helt. Hadde det ikke vært for dr. Sandberg, ville hun ha gjort det. Sander ville gjerne fortelle det til hele verden før hun fikk vite det. Jeg skal møte ham også. Han hjelper meg med å forberede forsvaret. Han forstår at vår behandling har smutthull, men han mener at det er en frittstående behandling som er mindre påvirket av andre faktorer som hormoner, cytokiner, osv., enn tradisjonelle medisiner. Han er imponert, rett og slett. Mars har bidratt mye praktisk og teoretisk."

"Du dømmer Sonia hardt, min kjære. Jeg liker henne ikke. Men jeg forstår ikke hvordan hun kunne sette prosjektet ditt i fare. Og det kan skje at noen av og til misliker oss. Sånt skjer. Hun liker prosjektet godt, og det vil også gi henne berømmelse. Slapp av og konsentrer deg bare om arbeidet ditt. Lat som at hun er kapteinen. Med din intelligens kan du oppdage flere oppfinnelser innen helse sektoren med tiden."

Ansiktet til Flora var så følelsesladet da Tara ga henne en stor klem i korridoren. Derifra skulle de gå til hvert sitt kontor. Flora fikk tårer i øynene.

"Jeg skal være sterk og ikke hengi meg til grunnløse tanker. Takk, Tara."

313

Tjueseks

Med starten på mars og den offisielle starten på våren, viste alle tegn på håp og glede. I Norge kom ikke våren før i mai. Men datoer og kalendere spilte en rolle når man telte dager å glede seg til. Flora følte seg i år som en liten jente som hadde noe godt i vente. Hvis hun klarte å få til doktorgraden sin, hadde hun lovet søsteren Fauna å reise til Sør-Europa som belønning. Hun så på ansiktene rundt henne, på trikkeholdeplassen, som kanskje håpet på sommer og varme bølger. Da kunne de bade i havet. Noen var bare glade for synet av fargesprakende blomster i nærheten av der de bodde, og iskrem når det var varmt nok til det. Vårdagene var fulle av sol og like mange regnværsdager innimellom.

Møtet med Sonia på Universitet var ikke så skremmende som hun forventet. Sonia var veldig formell, om veien videre med hennes siste semester og avhandling. Hun kom med en mengde endringer som skulle gjøres i avhandlingen og artikkelen. Siden begge var relatert til hverandre. Dette gjorde Flora trist, men glad på samme tid. Det ville være siste sjanse til å jobbe sammen med Sonia. Med mindre hun fikk en postdoktorjobb i gruppen hennes senere, eller et annet sted på universitetet. Hun trengte virkelig en postdoktorstilling som et springbrett til en fast jobb som forsker, hvor som helst i fremtiden. Hvis de gikk videre med kliniske studier, kunne det hende de trengte henne. Eller kanskje ikke, for Mars alene kunne og ville lede prosjektet videre. Ideene hennes var tilgjengelige for dem i detalj. Og hun hadde gjort ferdig sine bidrag. Hennes hemmeligheter var ute i det fri. Det var ingenting annet enn hennes erfaring og kunnskap som kunne gi henne en postdoktorstilling. Personligheten hennes var tiltalende og gjennomsnittlig. Ikke den sjarmerende og utadvendte typen som ville gjøre henne attraktiv på arbeidsplassen. Men de fleste forskere var jo introverte. Vega var et annerledes tilfelle. På den annen side ville sjansene for å få samme stilling andre steder åpne seg etter doktorgraden, kanskje ikke innen medisin, men innen andre bioteknologiske eller biologiske fagfelt. Kanskje i næringsmiddelindustrien eller skjønnhetsindustrien. Dette ga henne en viss trøst. Hvem vet om hun en dag kom til å jobbe sammen med professor Ford. Han var ikke helt glemt.

Nå ble det hele litt forsinket, og i neste møte med Sander skulle de diskutere de foreskrevne endringene i utkastet. Ting gikk sjelden som planlagt eller ønsket. I mellomtiden ba hun de andre i gruppen om å komme med forslag. Hun la ved utkastet til

315

artikkelen i e-posten hun sendte til dem. Men ingen svarte på e-posten hennes. Hun håpet at Mars ville hjelpe henne mest. Men han foreslo bare at hun ikke skulle gjøre noen endringer, og at hun burde stole mer på seg selv.

Da de møttes til gruppemøte neste dag, kom Vega heldigvis for sent. Andre ga bare vage forslag, som om de ikke hadde lest e-posten hennes med artikkelen. Og Mars var vennlig og hyggelig som vanlig, men så sliten ut. Flora antok at han måtte ha problemer med andre prosjekter eller kanskje moren sin. Hans oppførsel var en gåte for henne. Hun lette etter unnskyldninger for å kontakte ham og være direkte, men tiden var ikke på hennes side. Dager hun var stresset, husket hun ikke å kontakte ham før sent på kvelden, eller når hun så ham i bygningen deres. Men så var han heller aldri alene.

En dag da våren skinte, møtte Dr. Sandberg henne. Hun jobbet i laboratoriet i første etasje, og ikke i muselaboratoriet. Selv Sonia gikk sjelden inn i muselaboratoriet. Bare Vega, som var en stor vitenskapskvinne som elsket mus, var ofte der.

Det var sol ute, og snøen smeltet sakte. Dr. Sander Sandberg var veldig sint på Sonia fordi hun hadde sendt utkastet til avhandlingen tilbake til ham og Flora for å få den endret. Det var han som hadde gjort de siste endringene, og Sonia hadde ingen anelse om det. Det føltes som om en lærer hadde gitt en F på en hjemmelekse som barnets far hadde gjort.

Etter noen generelle spørsmål gikk han gjennom dataene fra begge typer eksperimenter og leste linjene i utkastet hennes som var merket med Sonias kommentarer. Det føltes som om nesten halve arbeidet var rettet. Sander bannet mye den dagen. Den nye fristen for å levere til doktorgradskomiteen var om to dager.

"Det er mange veier til Rom. Jo mer vi går gjennom dataene dine, jo flere ideer får vi. Og det kan gjøre oss og andre forvirret. La det være slik når det gjelder data. Bare endre språket for å vise at du har gjort det du ble bedt om. Sonia vil ikke lese det igjen, da hun må sende det videre til komiteen i morgen. Din sensoradministrerende metode for å kurere tyreoiditt er mer vellykket enn din genmodifiseringsmetode. Og det gjør hele artikkelen interessant. Du sammenligner disse to metodene, og vi vet fortsatt så lite om hvordan kroppen vår fungerer. Etter min erfaring er det første gang to vellykkede metoder sammenlignes på denne måten for en type auto immun sykdom."

Selv om han snakket entusiastisk, var det mangel på det i ansiktet og kroppen hans. Kroppsspråket hans var som om han ville være et annet sted.

Så diskuterte de hvordan og hva som kunne gjøres, og ettermiddagen forsvant da han plutselig kom på at han måtte dra før klokken tre. Han så på klokken og ble lettet. Men gjespingen var i ferd med å komme ut av kontroll. Som spesialist hadde han vakter på sykehuset og mindre tid til å undervise studentene sine. Flora var takknemlig for at han tok seg så mye tid til henne. Hun hørte han ikke hadde gjort det for noen annen student. Dette fortalte henne hvor viktig arbeidet hennes var for ham og andre.

"Jeg håper du har sovet godt, dr. Sandberg?" spurte Flora ute å tenke.

"Det er bare det at jeg ble kastet ut av huset mitt og fant tilflukt hos foreldrene mine. Der har mitt gamle rom blitt gjort om til et syrom med en enkeltseng. Kan du forestille deg å sove i en ny seng?"

Da han så det alvorlige ansiktsuttrykket hennes, med munnen åpen av forbauselse, humret han.

"Det er bare kona mi, min fremtidige ekskone, som ikke kunne tåle en natt ekstra. Det ville ta tid før jeg kunne finne et sted å leie eller kjøpe. Jeg vurderer det fortsatt. Slik er livet. Man kan aldri forutse hva som vil skje neste dag, måned eller år. Barna synes dette er leit, men de er gamle nok til ikke å merke så mye forskjell. Jeg skal fortsatt kjøre dem til trening.

Vær glad for at du fortsatt er singel, og nyt det så mye du kan."

"Jeg er lei for å høre det. Men du vil helt sikkert finne en løsning i løpet av de kommende dagene." Dette var alt Flora kunne si. Hun hadde aldri trodd at han ville diskutere privatlivet sitt med henne. Eller at han visste at hun var singel. Hadde det ikke vært for den ukjente avtalen klokken tre, ville han gjerne ha snakket mer om sin forestående separasjon og skilsmisse. Det forklarte henne også hvorfor han brukte så lang tid på å svare henne i det siste.

"Og når det gjelder avhandlingen min, så skal jeg fortsette å jobbe med den til i morgen. Jeg håper jeg blir ferdig i tide. Med en viss suksessrate ville det se bra ut, tror du ikke? Og god kveld, dr. Sandberg." Hun takket ham.

"Ja, det ser bra ut så langt, og det så bra ut tidligere også. God kveld og lykke til med publisering og innlevering."

Da dr. Sandberg gikk, kom Himani inn i laboratoriet. Som om hun ventet utenfor på sin tur.

"Jeg tenkte på deg. Jeg møtte nettopp Mars nede. Og da husket jeg at du en dag spurte meg om talentene våre, hvorfor spurte du om det?" spurte Himani og så forvirret på Flora. Det stod stille for Flora.

"Nå husker jeg. Det hadde noe med Mars å gjøre. Jeg likte ikke det Vega fortalte meg om at Mars gjorde en mimikry ut av meg foran de andre, og at alle lo. Jeg likte ikke å bli latterliggjort. Synes du at jeg snakker med hendene og fnyser mye under presentasjoner eller generelt?" spurte Flora.

"Det gjør vi alle uten å vite det. For deg er det bare normalt. Jeg kjenner ikke til hva slags underholdning Mars utførte, eller når det skjedde. Jeg husker at Vega en gang etterlignet deg, og hun var virkelig dårlig til det. Men vi lo av henne, fordi hun feilet. Hun ville aldri forstått hva vi lo av. Så ba hun Mars om å vise hva han kunne. Han hermet etter noen kjendiser. Han var flink. Hvis hun altså fortalte deg at Mars latterliggjorde deg, så har du meg som vitne hvis du vil konfrontere henne. Si til henne at jeg fortalte deg sannheten."

"Å! ... nå forstår jeg. Takk, Himani. Du er en engel." Det var en lettelse. Tidligere mente hun at man ikke skulle bekymre seg for rykter og løgner. Denne bekreftelsen gjorde henne bare enda mer overbevist.

......

Om kvelden ringte søsteren hennes. Hun var i ferd med å legge seg tidlig. Klokken var ikke engang åtte om kvelden. Men hun var mentalt utslitt. Mellom lakenene var det varmt og koselig. Hun kunne høre barna til huseieren løpe ovenpå. De måtte gjøre opprør mot foreldrene for å få sove. Her hadde hun mer enn lyst til å lukke øynene og glemme hele verden. Og ikke engang den støyen kunne hindre henne i å sove. Men hun bestemte seg for å ta telefonen. Ellers ville søsteren fortsette å ringe henne.

"Hei, Flora. Jeg vet at du har det bra, som vanlig. Jeg har sendt deg noen lenker til alle de hotellene jeg likte. Alt du trenger å gjøre er å velge det du liker best. Du skjønner at hvis vi bestiller nå for september, kan vi få et veldig godt tilbud," sa Fauna på mobilen.

"Kjære søster, det er for lenge til september. Tenk om datoen for avhandlingen blir utsatt, da?"

"Vi kjøper forsikring. Og for det andre er det best å bestille ferie på forhånd. Tro meg, du vil elske alle forslagene."

"Ok, jeg skal svare deg i morgen. Men hvordan går det med deg?"

"Fint, som alltid. Har du mottatt noen kommunikasjon eller signaler fra Mars?"

"Hehe ... noen svake signaler som jeg ikke klarte å tyde. Men for å være alvorlig, så gikk vi gjennom det endelige utkastet sammen for tre timer siden. Først ville han at jeg skulle bruke hjernen, så myknet han litt. Som om noen hadde hypnotisert ham til ikke å hjelpe meg."

"Trenger denne røde dvergplaneten en fremmed fra jorden til å skjelle ham ut?"

"Nei. Han er fornøyd i sitt eget selskap. For det andre er han ikke en dverg."

"Jøss, så saken har gått så langt at du har begynt å beskytte ham. Jeg skal ikke erte deg mer hvis du kan sende meg svaret. Og ring mor og si at du skal tilbringe hele sommeren sammen med henne. Du er jo ferdig med laboratoriearbeidet og fast stilling til den tid."

"Jeg ringer henne i dag, det lover jeg. Du skjønner, når jeg er på universitetet, glemmer jeg helt verden utenfor. Tilbringer du også somrene hos foreldrene dine?"

"Nei, bare noen dager. Du har jo glemt at jeg har en kjæreste. Og vi snakker om å gifte oss neste år."

"Gratulerer. Det var raskt i forhold til min tidshastighet. Og tid er relativt." Flora lo av den interne spøken sin. Som barn var hun treg og brukte lengre tid på å bli ferdig med oppgavene sine. Det var bare en fase i livet hennes da hun levde i drømmeverdenen sin. Hun skrev historier og så på animasjoner hele dagen. Det var ikke noe press på skolen, og foreldrene hennes var overbærende med jenter.

"Vi har kjent hverandre i tre år nå. Så det er perfekt. Bare så du vet det, så har vi til og med planlagt ferie til sommeren i år. Vi skal til Kos i Hellas. Det er veldig koselig på Kos. Hvordan går det med kollegene dine? Spesielt forskerdronningen, dr. Vega?"

"Da hun flyttet sammen med sin nye partner, var hun hyggelig mot oss alle. Da hvetebrødsdagene var over, var hun tilbake til sitt opprinnelige jeg. Hun kommer inn i rommet som et spøkelse. Vi må passe på at vi ikke står med ryggen til dørene eller vinduene når vi snakker sammen. Og dette gjelder uavhengig om vi snakker om henne eller et hvilket som helst tema. Jeg har en mistanke om at det var hun som fulgte etter meg til lesesalen i kjelleren. Og fortalte andre at jeg satt der og spilte piano. Det er veldig sjelden at det skjer. Jeg er doktorgradsstudent og ikke en vanlig 08:00 til 15.30-ansatt. En gang sa hun til Sonia at hun måtte snakke med meg, for jeg var svært deprimert. Fordi jeg var på mobilen hele tiden. På laboratorier og på kontoret. Å være på miniskjermen og ikke behandle prøvene mine var et tegn på at noe var galt. Nok om henne nå. Er du fornøyd med kollegene dine, Fauna?"

"Joda, ingenting å klage her. Hun Vega er en kjerring, dessverre. Jeg er glad for at du snart er ute derfra. Jeg håper at du ikke vurderer å søke postdoktorstilling der?"

"Jeg har ikke så mye valg. Sjansen er veldig liten for at jeg skulle få den stillingen. Da må de skape en ny. Alle holder rundt de midlertidige stillingene sine med et hardt grep. Men hvis jeg skulle få en relevant stilling på universitetet, ikke nødvendigvis på instituttet vårt, så vil jeg ta den."

"Du er sjefen i livet ditt. Uansett, ikke glem å ringe mamma. Jeg ringer deg igjen i morgen. Akkurat nå har jeg andre ting å huske på. Glad i deg, Flora. Ha en god natt." Med disse ordene ble det stille i rommet.

Så ropte Flora på moren, i håp om at hun ikke sov allerede. Da hun svarte, var stemmen hennes langsom og tung som vanlig. Som om hun hadde smerter, og det tok mye krefter å snakke. I disse dager snakket moren om gode, gamle dager, da hun var frisk og jentene var aktive. Minnene fikk henne til å smile over hele ansiktet.

Hun elsket sin mor høyt, for hun var både mor og far for dem. Hun kjørte dem overalt og kompenserte for farens fravær. Han var borte mesteparten av tiden. Det var en tid da jentene lurte på hvor faren var. Likevel holdt foreldrene sammen. Så lenge far viste seg fra tid til annen, var det ok for dem. Han tok dem med på ferier til utlandet. De satte pris på den tiden. Men det var så trist at da mor ble syk og fikk diagnosen kronisk leddgikt, fortsatte han med den samme rutinen. Det tok tid før han innså at moren var hjelpeløs. Som voksne hadde Flora og Fauna en mistanke om at de kanskje hadde ukjente halvbrødre eller -søstre et eller annet sted i verden. Men så langt hadde ingen kontaktet dem eller moren og hevdet noe slektskap.

Etter denne telefonsamtalen tenkte Flora at hun kanskje ville reise hjem etter at doktorgraden var ferdig. For å hjelpe moren sin. Hun klarte ikke å finne en kur mot leddgikt, slik hun hadde drømt om. Men i fremtiden ville noen andre gjøre det. Det måtte finnes tusenvis av Floraer i verden som drømte om et mirakel. Med ny teknologi som utvikles hver dag, ville det bare være et spørsmål om tid før de ville høre om det.

Tjuesju

Noe forsinket, men fortsatt full av håp, sendte Flora sin fjerde artikkel til PubMed, hvor hun hadde håp om at den ville bli publisert. Sonia hadde ingen innvendinger om det.

Men en morgen fikk hun en e-post fra PubMed om at de hadde mottatt en anonym klage på artikkelen, om at personen bak ideen ikke ble kreditert i artikkelen. Dermed trengte de tid til å undersøke litt, før de kunne svare henne.

I sinne brast hun i gråt, og gråt til hun var tom for papirservietter. Så stampet hun med føttene, for hun kunne ikke finne et ekstra håndkle i nærheten av sengen. Heldigvis var hun hjemme. Hun ante ikke hvem som hadde gått bak ryggen hennes og forsøkt å sette publiseringen i fare. Det var ikke Mars, tenkte hun. Plutselig steg en frykt opp i hjernen hennes, og hjertet hennes hoppet så brått at hun følte at hun ikke fikk puste. Ville noen prøve å sabotere avhandlingen hennes? Hun hadde hørt om tilfeller der noen i doktorgradskomiteen som mislikte en veileder eller en student, skapte problemer under disputasen. Det var et tilfelle der opponenten var djevelen.

Hun videresendte e-posten fra PubMed til Sonia og dr. Sandberg umiddelbart. Sonia ble virkelig sjokkert over at en person såpass raskt forsøkte å advare om publikasjonen. Hun var villig til å undersøke hvem som hadde gjort det. Men hun kom ikke med noen forslag. Men Sander var behjelpelig. Han foreslo at han skulle skrive til PubMed og oppklare. Eller at hun skulle informere dem om å returnere den, fordi hun skulle sende til en annen publikasjon. Og denne gangen holde det hemmelig at hun sendte artikkelen til en annen og når. Hun likte tanken på å tilbakeføre den, siden det ville være bedre å få den publisert et sted før Disputasen. Da kunne hun i det minste fortelle det til opponentene. Det ble frarådet å sende forskningsartikler til flere publikasjoner samtidig. Noen viktige medisinske publikasjoner tok ikke engang imot manuset før man kunne bekrefte at det var sendt eksklusivt. Dermed følte hun seg fengslet på grunn av noens grusomme spøk mot henne. Innerst inne visste hun hvem som kunne ha gjort det, men hun hadde ingen bevis å vise til. Hun ville fortelle Mars personlig hva som hadde skjedd. Men hun følte seg så dårlig at hun hadde lyst til å kaste opp, så hun ringte legen sin i stedet samme morgen. Det var en lettelse for henne å få en akutt time hos legen.

Legen anbefalte henne en ukes sykemelding. Det føltes så riktig. Selv da hun hadde influensa en gang, jobbet hun hjemme med skrivingen sin. Hun irriterte andre da hun hostet på kontoret og i møter.

Hun sendte sykemeldingen til universitetet, og informerte Sonia om dette, og om at hun ville komme for å hente PC-en hun hadde glemt dagen før. Egentlig det var ikke bare på grunn av det, men for å se om hun kunne få tak i Mars på kontoret hans. Hun var ikke sikker på om han var på universitetssykehusets kontor eller på sitt vanlige kontor. Han hadde faste dager, men han fulgte ikke den faste rutinen. Hun vurderte å sende SMS på forhånd for å avtale med ham når hun kom på campus.

....

Flora var på vei ut fra kontoret da hun ble stoppet av Sonia i korridoren. Hun ønsket å snakke. Flora gikk inn på kontoret hennes, som alltid ga henne dårlige vibber, og satte seg i en stol ved mahogniskrivebordet. Sonia forhørte seg om hvordan hun hadde det. Hun satte seg på tronen bak skrivebordet og fortsatte.

"Jeg er lei for å høre om helsen din. Hvis du ikke føler deg bra, selv om du ikke ser så dårlig ut, burde du ha blitt hjemme," sa Sonia med tørr stemme. Hun ville heller formidle at Flora bare er psykisk syk, fordi hun ikke klarte å håndtere en avvisning. Hun var lege og hadde lang erfaring med sykdommer. Derfor burde hun være den siste til å stille spørsmål ved hennes helse, spesielt det som skyldtes stress og sorg. "Om spørsmålet ditt om hvem som kan stå bak forsinkelsen av artikkelen din, bør du huske at det er veldig vanlig at enhver publikasjon kan avvise en god artikkel. Derfor bør du ha svært lave forventninger fra starten av. Så langt har jeg ingen grunn til å mistenke noen i vårt team eller til og med i instituttet. Det kan være hvem som helst. Som en gammel venn av deg, eller til og med en misfornøyd eks som du eller noen betrodde seg til. Jeg benekter ikke at noen fra universitetet kan ha sendt klagen til PubMed. Men jeg har ingen bevis så langt. Alt du kan gjøre nå, er å vente og se."

"Jeg fortalte ikke om artikkelen min til noen utenfor gruppen. Ikke engang til søsteren min. Og jeg har ingen eks, verken misfornøyd eller fornøyd."

Hun kunne se at Sonia nøt ubehaget.

"Dr. Sandberg foreslo at jeg skulle kalle tilbake artikkelen min. Og sende den til andre. Jeg har to på listen min," fortsatte Flora.

"Når han er så villig til å hjelpe deg, så lytt til ham da. Men mitt råd er at publisering i PubMed er bra for avhandlingen og karrieren din. Det er få like kjente tidsskrifter." Tonen og stemmen hennes tydet på at svaret irriterte henne. Til og med gjorde henne sint. Hun ønsket det beste for prosjektet sitt. Så hvorfor skrev hun ikke selv til PubMed og oppklarte. Hennes ord ville veie tungt. Man kan ikke ha begge deler. Flora ville at hun skulle slutte å redde sin kjære Vega og gjøre noe med kjæledeggeprosjektet. Men hennes uvilje mot Flora var større enn prosjektet hennes.

"En ting til. Hvis du visste at du ikke takler stress, hvorfor ble du med på det stressende prosjektet i det hele tatt?" spurte Sonia ut av det blå. Stemmen hennes nådde et høyere desibelnivå for hvert minutt. Det var et kjent faktum i gruppen deres og i andre grupper der Sonia var arbeidsleder, at Sonia mislikte når folk var borte. Enhver form for permisjon kunne få henne til å miste balansen og tålmodigheten. Det måtte ikke gå utover prosjektet. Men de samme reglene og standardene gjaldt ikke for henne.

"Jeg er vennen din her. Jeg ante ikke at du viste tegn på sammenbrudd. Timingen er ikke god, for du har ikke mye tid. Det er bare noen måneder igjen til disputasen din. Det er en veldig stressende periode for oss alle. Det er mulig å utsette disputasen. Men det blir for sent når datoen for disputasen er fastsatt. Prosjektet vårt har vist en veldig god suksessrate. Jeg vet at du er ferdig med eksperimentene dine og venter på svar fra komiteen for godkjenning. Vær glad for det. Du er heldig som ble ferdig i tide. Jeg er veldig grundig i vurderingene mine, og alle studentene mine har levert kvalitetsarbeid. Det betyr mer tid. Nå har jeg nettopp godkjent det Sander foreslo. Så får de andre hyenene på dommedagen avgjøre det."

Flora ble forvirret over denne talen, fordi det var ikke noe sammenheng i hva hun sa. Sonia stirret på hennes halvt åpen munn. Flora tenkte at detaljene og de skjulte truslene var unødvendig. Hva hadde det med sykemeldingen hennes eller den upubliserte artikkelen å gjøre? Hun var fornøyd med at tiden fløy av gårde. Hun tok farvel med Sonia og forlot tilsynsførerens hule.

I korridoren sendte hun beskjeden til Mars om at hun ville treffe ham, og om hvor hun kunne finne ham. Da hun ikke mottok svar med en gang, ringte hun ham.

Han var på universitetssykehusets kontor, og hun var velkommen til å bli med. Det var bedre, for da ville det ta kortere tid, og så kunne hun dra hjem og hvile. Hun hadde hodepine fra før og fikk ubehag i magen etter møtet med Sonia.

"Du ser blek ut, Flora. Er alt i orden med deg?"

"Jeg er glad for at du kunne se at jeg ikke har det bra. Men Sonia er ikke enig i diagnosen min. Jeg er sykmeldt i en uke nå."

"Ta vare på deg selv, Flora. Jeg var bekymret for deg, og for at det bare var et tidsspørsmål før du ville føle deg utbrent på ordentlig. Hva kan jeg gjøre for å hjelpe deg?"

"Ingenting for øyeblikket. Jeg vil trenge din hjelp til å forberede svarene når avhandlingen min blir godkjent. Men hvorfor jeg er sint og utslitt, det er en annen sak."

Etterpå fortalte Flora ham alt om den anonyme personen som hadde sendt brevet til PubMed. De satt i en sofa på det store kontoret hans. Leo var ikke til stede. Dette rommet måtte være et tidligere konsultasjonsrom eller et møterom for pasienter og deres familier.

"Jeg er lei for å høre hva som skjedde. Stol på instinktene dine. Hvis du har noen i søkelyset, så har du rett om den personen. Jeg vil ikke be deg om å lytte til det Sonia foreslo, men jeg er enig med Sander. Vent til du får en bekreftelse fra PubMed på artikkelen din er trukket tilbake. Så kan du sende det hvor du vil. Og informer Sonia og Sander etter at du har sendt det."

"Men hvis Sonia forteller andre hvor jeg har sendt det. Da vil den skyldige i dramaet vårt handle igjen og sette det i fare på samme måte," sa Flora. Hodepinen verket mer og mer. Kanskje hun burde ha tatt paracet.

"Det kan skje. Da må vi oppføre oss som detektiver. Til din lettelse vil jeg gjerne innrømme at jeg har loggene fra alle brainstormingene og møtene våre. Vi har bevis på at det var din idé, og at ingen noen gang har foreslått det i våre felles paneler offline og online. Den eneste ulempen er at hvert eneste minutt av disse møtene kan endres senere. Og de kan vise hvem som endret teksten og når, men ikke hva som ble endret i dokumentene, det er ikke mulig å vise. For det andre ligger bevisbyrden også på deg, som må bevise at det var din opprinnelige idé fra starten av."

"Jepp. Når vi jobber som et team, forsvinner individuell innsats under det felles beste. Ideer oppstår sjelden i et vakuum. Uansett hva andre sier, så var det vår felles innsats. Jeg har ikke krefter for å kjempe for å bevise. Jeg sender den til en annen tidsskrift eller publikasjon. Nå lengter jeg etter sommer og ferie," forklarte Flora.

De snakket sammen i en halvtime til, da hodepinen hamret. Uten mat og vann ble den kanskje bare verre. Etter å ha tatt avskjed bestemte hun seg for å hvile og kontrollere tankene sine.

....

Fraværet fra universitetet fikk et uønsket resultat. Sinnet hennes fikk mer og mer uro. Flora

333

prøvde alle teknikker for å slappe av, som yoga og meditasjon. Og alt som ble foreslått på internett. Men hun oppdaget at hun var immun mot alle forsøk. Hun fikk mange meldinger fra kolleger og Mars. De var bekymret for helsen hennes, både fysisk og mentalt. Men ingen fra de to som var kildene til problemene hennes. De kjedelige dagene var ikke lette å håndtere, siden hun var vant til hardt arbeid. Selv lesing kunne betegnes som hardt arbeid for en forsker. Hun måtte lese enorme mengder og gjøre notater, og hun var redd for å gå glipp av viktig informasjon.

Tilbake på universitetet, etter at en uke var over, var hun mer enn velkommen. Og hun hadde bestemt seg for å unngå Vega. Sonia var fortsatt nødvendig, som hennes veileder. Hun var blitt bedt om å delta på nesten alle disputaser innenfor fagfeltet for å få erfaring.

21. mars dro Flora til Mars' kontor for å gi ham en overraskelse. Han var der sammen med andre, og etter å ha ønsket de andre en god dag, spurte hun om han ville bli med ut i lobbyen. Han så først forvirret ut, men fulgte ut uansett.

Da de var utenfor hørevidde, i korridoren, sa Flora: "Du vet hva det er, ikke sant?" Han bare smilte.

Snart var de i lobbyen, like ved resepsjonen. De satte seg ved sofaen, og Flora tok frem en pakke. "Gratulerer med dagen, Mars. Du har fylt trettifire år." Flora gjettet på alderen hans. "Tusen takk. Det var ikke nødvendig. Jeg setter stor pris på hva det enn er. Det føles ikke ut som trettifire ennå, men tiden vil vise." Han åpnet den og fant flere kjøkkenkluter i nyanser av blått, og smilte. De var heklede og håndlagde.

"Har du laget dem?"

"Ja, jeg det gjorde i løpet av den ene uken jeg var sykmeldt. Man må lære nye ting." Han ble så rørt. Han klemte henne, uten å bry seg om hvor de var, eller hvor lenge han holdt henne. Til slutt brøt Flora ut av den varme klemmen hans.

"Jeg er glad for at du likte dem. Hva om jeg inviterer deg på kaffe og kake i vår berømte sykehuskantine etter klokken fire? Bare hvis du ikke allerede har planlagt noe i dag."

"Jeg skal faktisk dra tidlig for å feire med foreldrene mine, men vi kan fortsatt rekke det rundt tre i dag."

"Fantastisk. Takk, Mars." Hun ville si at han gjorde dagen vellykket, men lot være. Hadde han fortsatt vært en kjær venn av Vega, ville Vega ha organisert en stor kakeseremoni for ham i bygningens største auditorium. Men noe slikt var

335

dessverre ikke planlagt. De snakket litt mer. Hun fortalte ham om sin fjerde artikkel. Til slutt hadde hun fått svar fra PubMed om at de kom til å publisere artikkelen hennes likevel. De hadde ikke tenkt å returnere den, og de likte den. Naturgudene smilte i hvert fall til henne nå.

.....

En dag før påskeferien var hun alene i bygningen. Det var noen på andre institutter som fortsatt jobbet, blant annet noen medisinerstudenter og tannlegestudenter. Alle i hennes gruppe og i Himanis gruppe var bortreist. Hun hadde hørt at kantinen bare var åpen til klokken 12 den dagen. Derfor skyndte hun seg dit for å kjøpe noe til middag og kvelds. Ellers var sykehusets kantine alltid åpen. Det snødde ute i april, så det var ikke særlig ideelt å gå ut i snøen for å krysse veien til den andre bygningen.

Det var to ansatte i kantinen. Den ene var en jente som hun hadde sett i alle disse tre årene, og som hun også hadde hilst på. Men hun snakket aldri med henne. Hun smilte alltid og visste til og med hva hun het. Da hun hadde tømt smørbrøddisken deres ved å kjøpe alle tre smørbrødene, satte hun seg ved bordet nær buffeten, som var tom i dag.

Flora hadde hele kantinen for seg selv, og prøvde å nyte stillheten den dagen. Perfekte omgivelser for å gå seg vill i tankene. Hun likte det slik, mens hun nøt latten sin. Så kom jenta fra kantinen og spurte om hun kunne sitte sammen med henne.

"Selvsagt. Jeg er Flora fra forskningsgruppen. Jeg tror du allerede vet hva jeg heter," sa Flora med en introduksjon som jenta ikke hadde bedt om.

"Jeg vet mer om deg enn du vet om meg. Mitt navn er Iris. Skal du jobbe i ferien?"

"Bare to dager, siden jeg har laboratorieoppgaver." Flora smilte. Den gode følelsen av at ferien var i vente. Livet bare forsvant mellom arbeidsdager og ferier for dem som jobbet. Akkurat som i solrike dager og regnværsdager.

Så ble det stille. Iris lette etter ord til samtalen.

"Jeg er glad på dine vegne, for at du har gjort en god jobb innen forskning. Eller hva du nå driver med. Jeg hører flere ting her i kantinen. Folk snakker når de kjøper ting, som om vi er vegger uten ører."

"Takk skal du ha. Jeg hadde ingen anelse om at jeg plutselig er blitt berømt."

"Ja, vi vet mye mer enn andre antar. Jeg tror på deg. Du har et så uskyldig ansikt."

"Hvorfor tror du jeg har gjort en god jobb," spurte Flora nysgjerrig.

"Det spiller ingen rolle hvem som sa hva, men folk her diskuterte om du stjal ideene dine fra andre. Noen sa av andre internasjonale forskere. Og noen sa at det var ditt arbeid, men at ideen ikke opprinnelig var din."

"Å, hva mer snakket de om arbeidet mitt? Jeg er sikker på at du vet hvem."

"Jeg kan se henne for meg, men kan ikke navnet hennes. Hun som påstår at hun er den beste forskeren her, og hvordan hun stirrer på deg på avstand når du og hun er her samtidig. Vi vet alle hvordan hun stirrer. Vi kaller blikkene hennes for gjennomtrengende piler. Hun stirrer også på andre som hun ikke liker."

"Og hva hun sa?" Flora visste hvem hun snakket om. Hun husket hvordan en setning ble gjentatt i ulike former i hvert møte eller hver sammenkomst. Denne kunnskapen skulle deles fritt og ikke holdes hemmelig.

"Det samme vanlige, at folk undervurderer henne. At folk stjeler ideene hennes, siden hun elsker å dele dem hele tiden. Og hun saksøker dem aldri for tyveri, eller klager, siden hun er veldig sjenerøs og tror på en konfliktfri arbeidsplass. Jeg tror at folk som sier ja til henne hele tiden, ikke jobber tett med henne. Hun kan være veldig overbevisende noen ganger. Jeg har sett henne siden jeg begynte å jobbe her for fire år siden."

Dette var ikke noe nytt, og Flora slapp derfor skuldrene. Da hun så at en ny kunde hadde kommet inn i kantinen og sjekket menyen, sa hun lykke til og farvel i en fart og gikk. Hun tørket seg om munnen med en papirserviett og forlot kantinen etter å ha spist opp et smørbrød.

Laboratoriet var stille, og det var kontoret hennes også. Hun kunne ha sovet der, hvis det hadde en sofa. Slik luksus var utilgjengelig for dem. Men etter å ha spist følte hun seg lat og søvnig. Hvis hun bare kunne hvile på Sonias kontor? Men det var ikke verdt risikoen. Hun pakket sakene sine og dro hjem tidlig den dagen. Under hele hjemreisen stormet det i hjernen av tanker.

Tiden gikk veldig fort, og snart var det juni. Hun var forberedt på den store dagen i august. Hun fikk noen praktiske problemer, som å finne en sommerjobb på kort varsel. Lønnen hennes ville ta slutt i august. Å betale husleie i september krevde alle sparepengene hennes. Og hvis avhandlingen ble forsinket eller hun strøk, måtte hun fortsette uten lønn fra universitetet. Men for å overleve måtte hun klare seg selv. Mor var klar til å finansiere husleien i noen måneder. Men det var ikke bra. Hun søkte på småjobber som kassadame på alle slags butikker, og alt hun kunne få på kort varsel. Planen var å bo hos foreldrene til begynnelsen av august og jobbe i Kristiansand. Deretter skulle hun finne en postdoktorstilling hvor som helst i verden etter disputasen. Etter andres råd sendte hun CV-er til alle universiteter, statlige og private medisinske institutter som jobbet med forskning. Det var få utlyste postdoktorstillinger på markedet.

....

Vel hjemme var hun glad for at hun endelig var kommet bort fra det vanvittige folkelivet. Heldigvis fikk hun en liten jobb i sportsbutikken. Det var en deltidsjobb, og dermed fikk hun mer tid til moren. Været var behagelig, med solfylte dager.

Kort tid etter at hun startet på dagvakt på butikken, fikk hun en melding fra Mars om at han var på reise med vennene sine til Santorini. Han sendte henne en detaljert versjon av reisen, om hvor varmt været var, og hva han gjorde etter at han hadde landet. Han ville også vite hva hun gjorde. Hele dagen gikk til å stå bak kassadisken og skrive på mobilen. Det kom sjelden folk, ettersom de fleste i nabolaget var bortreist.

Da skiftet hennes var over om kvelden, var solen helt forsvunnet, gjemt bak skyene. Himmelen var blitt grå, og alle nyanser av dem gjorde seg til kjenne.

De var glade og muntre, ropte og kastet lyn mot jorden. Mens disse scenene utspilte seg rundt henne, var tankene hennes et annet sted. Flora hadde ikke hastverk med å komme hjem, for det var bare en kort spasertur unna. Hun pleide å gå hver dag til og fra skiftet. Noen dråper ble sendt på forhånd, som bare dempet jorden. Den mest fantastiske parfymen på planeten, lukten av moder jord, nådde neseborene hennes. Regnguden måtte ha våknet i dag, som ønsket å møte sin elskede gudinne på jorden. Regn spredte ut et forheng av vanndråper for å gjøre avstanden mellom dem kortere. Først sakte, så som et fossefall, kom regnet til jorden. Regndråpene traff bakken med et ekko. Regnet falt over gresset, fjordene, fjellene og over hustakene på jakt etter sin elskede. Dagens varme var borte og absorbert av vanndråpene. Mens regnet falt, fløy fuktigheten fra bakken opp for å møte skyene.

Kvinnen, som en gang var ensom og nå bare en åndsfrende, kjente hjertet danse av glede. Dette universet av celler kunne føle vannet på øyelokkene hennes. Vannmolekylene omsluttet hele universet hennes. De dunkende dråpene på de harde overflatene var like høye som hjerteslagene hennes. Hun holdt telefonen og vesken tett inntil brystet og fortsatte hjemover. Hun kjente vannet trenge inn fra topp til tå, i den fullstendig gjennomvåte kroppen. Det var ingen grunn til å søke ly. Føttene hennes gikk parallelt med regnets føtter på de steinete gatene. Regnet fortsatte, og en kopp med varm sjokolade gjordes klar. Det fantes ikke noe mer romantisk enn å se på verden utenfor henne gjennom regngardinen. Innimellom fortsatte den vennskapelige krigen mellom jorden og himmelen. Lyset før tordenen, og stillheten før stormen. Hvem kunne ikke være lykkelig på et slikt sted. Bøndene etter tørken, og vegetasjonen etter den uttørkede og tørste jorden. En formålsløs vandrer i ørkenen, som var i ferd med å miste troen på mirakler. Akkurat som henne.

Samme dag fikk hun beskjed om at avhandlingen ville bli sendt til trykk i begynnelsen av august. Det var i slutten av mai hun fikk vite at doktorgradskomiteen endelig hadde godkjent avhandlingsutkastet. Nå kunne det ikke gjøres noen endringer. Takket være innsatsen til dr. Sandberg, som representerte Sonia i hennes fravær, klarte han å overbevise komiteen. Som hadde tatt ferie i mai.

Tjueåtte

Tilbake på universitetet i august ventet hun bare på sin store dag. Hun kunne fortsatt bruke kontoret sitt som vanlig. Men det gikk rykter om at Sonia vurderte å ansette en ny doktorgradsstudent som skulle erstatte henne i prosjektet hennes. Det var allerede en ny student i det tidligere prosjektet om leddgikt. Etter en herlig tid sammen med søsteren og familien føltes det som å bli sendt til krigsfronten igjen.

Tiden gikk så sakte at selv ett minutt føltes som en time. Å sjekke mobilen fra tid til annen, når det ikke var noe ur på veggen, var hennes daglige rutine. Hun følte seg hjelpeløs og ute av stand til å konsentrere seg om noe som kunne gi henne glede. Nervøsiteten for de kommende eksamenene var i ferd med å ta knekken på den mentale balansen. Det fantes øyeblikk da hun kunne le og smile sammen med andre. Eller når hun var så oppslukt av forberedelsene at hun glemte hvorfor hun studerte. For temaene og tekstene var interessante nok.

Ti dager før disputasen fikk hun endelig temaet for prøveforelesningen sin. Den første som spurte om hvilket tema hun hadde fått, var Himani, som var i ferd med å dø av nysgjerrighet. Hennes første reaksjon var at bedømmelseskomiteen var tøffere mot Flora enn i hennes tilfelle. De la planen på kontoret sitt.

"Noen ganger lurer jeg på hvorfor jeg gjør alt dette. Hvorfor jeg utsetter meg for alt dette stresset? Er dette meningen med livet?"

"Jeg vet ikke helt, men ifølge de romantiske bøkene er det å temme et rikt eller berømt, kjekt villsvin til en gentleman," sa Himani. De lo begge to. Flora visste at Himani leste noen romantiske komedier for å få litt avveksling i disse dagene, som en fluktrute fra en stressende hverdag. Både på universitetet og hjemme.

"Noen ganger har jeg lyst til å ta en lang pause fra alt," svarte Flora.

"Hvis du er redd for resultatet av disputasen din, så ikke være det. Du kan fortsatt få en ny sjanse. Jeg aner ikke hvor mange sjanser man kan få. Og alt tar slutt en dag. Selv følelser har en utløpsdato. Uansett er det lett å forestille seg hvor tøft det er for den som lider av nerver."

"Takk, Himani. Jeg vet at det er din måte å oppmuntre meg på." De leste på skjermen hvilke retningslinjer og hjelpemidler hun måtte bruke under prøveforelesningen.

To ganger inviterte Mars henne til universitetskantinen for å høre om forberedelsene hennes. En annen gang stakk han bare innom da hun leste på biblioteket med litt snacks. Det var så snilt av ham, og Flora ble veldig rørt. Under en slik invitasjon snakket de om alt de fryktet, stresset, skuffelsene og lykken til slutt.

"For ikke å glemme å takke alle som har bidratt til vår suksess på disputasdagen, har jeg lyst til å takke deg nå. Tenk at du er leder av komiteen og audiens. Og jeg henvender meg til alle sammen i salen." Etter en liten pause, og et halvt glass vann, fortsatte Flora.

"Jeg, Flora, vil gjerne takke alle dere som er til stede i dag. Og alle sammen som har bidratt til mitt arbeid og prosjektet. Aller viktigst vil jeg takke alle musene som fikk behandlingen, og som ofret livet i vitenskapens navn. I de tilfellene der vev overlevde, kan de brukes i stamcellebehandlinger til å bygge opp frisk vev som er igjen. Og så vil jeg først og fremst takke Mars, kollegaen min, uten han ville avhandlingen og suksess med kuren ikke vært mulig. Sammen med ham brainstormet jeg i to år. Og kom til den konklusjonen at en god mentor er nødvendig, og det samme er den gode kritikeren." Flora fortsatte med å rose Mars og andre, slik at Mars satte en stopper for mer ros gjennom smilet sitt, og ved å spørre henne om kald latte smakte godt.

"Fortell meg hva du har tenkt å gjøre rett etter forsvaret?" spurte Mars og satte seg til rette i stolen. Kantinestolene var egentlig ikke ment for å brukes som kontorstoler. Flora snakket mer og spiste mindre. Derfor tok hun pauser fra tallerkenen med pastasalat og stekte poteter. Og drakk cola for å fylle tiden.

"Jeg har søkt på mange forskjellige typer stillinger over hele Oslo og utover. Til og med postdoktorstillinger i alle de store byene og universitetene. Det var få å velge mellom innenfor mitt felt. Nå avhenger alt av utfallet av disputasen. Ellers er plan b er å si ja til en hvilken som helst jobb for å finansiere oppholdet i Oslo." Og etter å ha tygget ferdig maten, kom hun på en ting til. "Jeg har søkt på biolaboratoriet der de jobber med genmodifisering. Hvis jeg får denne jobben, er planen min å finne en måte å dyrke bananer i Norge. I drivhus, selvfølgelig." Flora lo av sin egen spøk.

"Jeg vet at du vil klare det en dag. Og så kan du forvandle landet til en tropisk jungel. Med alle eksotiske frukter fra hele verden. Jeg håper at det blir lønnsomt når du gjør det. Nordmenn er ikke så tilbøyelige til å endre matvanene sine. Vennligst legg til mango på listen din. Jeg elsker det," sa Mars med et smil.

346

"Selvfølgelig står det på listen. Jeg elsker mangosmoothies. Kommer du og besøker meg for å se hvordan jeg har det?"

"Selvfølgelig vil jeg se mirakelet utfolde seg. Men for å være alvorlig, vil jeg gjerne fortelle deg noe. Jeg vet at du ikke liker Sonia. Men jeg har bedt om å få gå videre med kliniske forsøk med behandlingsmetodene dine. Vi kan ikke teste metodene uten å prøve på mennesker. Uten suksess kan vi ikke søke om patent på behandlingen. Verden vil få vite hva dere gjorde etter den fjerde publikasjonen, men hvordan vi gjorde det, vil forbli en hemmelighet. Jeg har bedt henne om å opprette en ny postdoktorstilling for å få plass til deg i gruppen. Hun sa at hun ville tenke på det og spørre dekanen og andre. Så det er håp her. Og jeg håper at Sonia, som ikke lenger er veilederen din, vil være et bedre menneske." Han så henne inn i øynene for å se reaksjonen hennes. Blikket hennes gikk tilbake til brettet, som om hun bare lekte med maten. Uten noe ønske om å spise. Det var tydelig at hun var fordypet i tankene sine.

"Det setter jeg stor pris på. Og tusen takk for det. Men hvor lenge vil det vare?" spurte Flora etter to minutters pause.

"Jeg har ingen anelse. Jeg antar at det er som vanlige postdoktorstillinger, fra ett til noen år.

Kanskje en mulighet for en fast forskerstilling. Uansett hva som skjer, vil det åpne mange dører for fremtiden din."

"Det er svært liten mulighet for at hun vil være enig, og legge skylden på andre og et stramt budsjett. Hva med følelsene mine? Jeg føler meg ukomfortabel og ikke verdsatt her i gruppen bare på grunn av henne og Vega."

"Jeg forstår det, Flora. Men du er pragmatisk. Hva om du prøver en stund hvis du får stillingen? Du er høyt verdsatt av alle, selv om de sjelden viser det i ord og handling. Hvis du fortsetter å føle deg mistilpasset her, kan du begynne å se deg om etter andre stillinger, og så har du i det minste lønn mens du prøver."

"Du prøver å overbevise meg som om du er så sikker på at jeg skal få en stilling her." Flora hadde ingen anelse om hva som foregikk bak hennes rygg.

"Hva tenker du på? Har jeg klart å overtale deg?" spurte Mars med det søteste smilet Flora noen gang hadde sett i en manns ansikt.

"Ja, det har du. Jeg tenkte allerede langt frem i tid. Vi burde ha brukt en annen metode i stedet for CRISPR i vår første metode for å kurere autoimmune sykdommer. Alt vi trenger er uendelig mye tid og penger. Som bridgemetoden for genredigering. Jeg har lest om den, og den viser en bedre tilnærming.

Men jeg aner ikke hvordan jeg skal bruke den i praksis. Eller å finne en ny måte selv. I kampen mellom virus, bakterier og sopp kan vi lære mye. Jeg leste en gang at en sopp som heter Dead Man's Fingers har noen medisinske egenskaper som kan kurere kreft. Det kan finnes millioner av naturlige stoffer i naturen som kan helbrede sykdommene våre. Så du ser at det ikke er noen ende på mulighetene. Unnskyld, jeg prater som bare det."

"Jeg hører på deg at du er mentalt tilbake i bransjen. Jeg liker den gamle versjonen av Flora, den du er nå. Vil du legge til alt dette på listen over ting du bør gjøre?" spurte Mars.

"Nei, jeg har ikke engang en bøtte," svarte Flora. Plutselig lo hun av ordspillet sitt. "Det jeg mente, var at jeg ikke lenger har noen sjekkliste, for jeg vil gripe det som kommer i min vei. Som barn hadde jeg en liste, men da kunne jeg ikke følge den. Mitt livsmotto er bare å tenke utenfor boksen. Var det du som en gang sa til meg at jeg skulle tenke utenfor boksen?"

"Jeg husker det ikke. Jeg tenker også sånn."

Det ble stille, og de bestemte seg for å spise opp maten. Og Flora måtte tenke på hvem som hadde bedt henne om å tenke slik, og når det hadde blitt hennes livsmotto. Det var ikke Himani eller moren hennes. Hvis det ikke var Mars, måtte det være hennes egen fantasi. Mens hun forsøkte å løse gåten, glemte hun tiden, og at Mars sa noe til henne.

"Er det noe du angrer på i løpet av disse tre årene du har vært doktorgradsstudent?" spurte Mars. Han drakk colaen sin. Som om han prøvde å finne noe å snakke om for å forlenge tiden i kantinen. Han hadde ingenting å gjøre senere den dagen. Annet enn å se på TV eller lese noe.

"La meg tenke meg om. Jeg burde ha prøvd å finne nye veier fra dag én, i stedet for å kaste bort tiden på å lytte til andre. Og kanskje jeg skulle ha hatt mot til å si nei til Sonia da hun gikk over til prosjekt B. Å finne en kur mot leddgikt var jo drømmen min. Jeg lurer på om vår metode kan brukes til det også."

"Det ville ikke ha vært bra for oss da. Da ville vi i gruppen vår aldri ha blitt bedre kjent med deg. Og uten meg, hvem ville du ha delt dine fantastiske ideer og eksperimenter med?"

"Ja, du har rett." Men smilet manglet.

Dette gjorde Flora ettertenksom, siden han sjelden snakket om sin egen fremtid og følelsene sine. Han ville fortelle henne at det var gruppeskiftet som førte dem sammen, men brukte ordet gruppe i stedet. Som om han var redd for å innrømme følelsene sine for henne. At han ville ha savnet henne. Men hun bekjente ikke sine egne følelser selv. Som om hun var redd for å bli avvist. Eller kanskje han ikke var sikker på seg selv, eller kanskje han bare så henne som en venn. Tiden løp fra slike bekjennelser. Kanskje ville han savne henne neste år, når hun var borte, og så komme tilbake for å oppsøke henne. Men bare hvis hun ikke fikk Mars' foreslåtte postdoktorstilling. Hun kjeftet på seg selv for alle disse tilfeldige tankene, og til slutt smilte hun til ham. "Jeg må fortsatt pugge prøveforelesningen min utenat. I nervøsitet glemmer jeg av og til ting." Det var et tegn til Mars om å bli med henne ut av kantinen.

"Du kommer til å klare det, for du har fortalt oss alt om det de siste to årene. Ja, de første fem-ti minuttene kan bli tøffe, men så vil du se på dem som gorillaer. Og du, læreren, som prøver å forklare hva biologi for mennesker egentlig er, favorittfaget ditt."

Flora lo av dette bildet. "Så morsomt. Jeg skal finne en måte å gjøre gorillaene til det tjueførste århundrets Einstein."

"Ja, det kommer du til å gjøre." Da de reiste seg, kom Mars nærmere og ga Flora en stor klem.

Om kvelden den dagen husket hun plutselig professor Ford, som fikk henne til å uttrykke seg, uten selv å komme med saklige forslag innen cellebiologi eller genteknologi. Han fikk henne til å reflektere over mange ting på egen hånd. Det var han som fikk henne til å tenke utenfor boksen. Hun lurte på om han ville være til stede under forsvaret. Han lovte det i hvert fall halvveis. Det ville riktignok være et mirakel. Da ville hun få se ham for første gang. Det var mange fra Instituttet som ga uttrykk for å ønske å være til stede.

.....

Endelig kom dagen, den siste uken i august. Dagen da hennes forsvars- og rettsforelesning skulle finne sted. Som vanlig var rettsforelesningen også tilgjengelig via Zoom for venner, familie og kolleger. Og lenken hun fikk, ble sendt til alle hun ønsket å invitere. Sammen med veilederne hennes.

Sonia følte seg syk den dagen, og utpekte dr. Sandberg til å ta hennes plass. Heldigvis kunne han. Han tok fri fra skiftet sitt på sykehuset. Men Sonia sendte beskjed om at hun ville forsøke å komme på slutten av disputasen.

Da Flora fikk beskjeden av Dr. Sandberg, var klokken ni om morgenen, bare en time før prøveforelesningen. Uten noen grunn begynte tårene å strømme i øynene hennes. Hun følte at Sonia gjorde det med vilje. Hvor mye hun enn mislikte Sonia, håpet hun likevel at hun skulle være til stede den dagen. Som hennes veileder. Himani sto der med papirservietter og vann klar til henne. Hun tørket øynene og prøvde å overbevise seg selv om at

352

ingenting kunne påvirke motet og humøret hennes den dagen. Da Himani var hjelpsom, forlot doktor Sandberg dem etter å ha forsikret henne om at det ville gå bra. Han måtte rett og slett ha blitt forvirret, siden han var klar over feiden mellom Flora og Sonia. Han visste ikke hvordan han skulle reagere, og ga henne en klem med positive ord.

"Hun må være veldig syk i dag, ellers ville hun aldri ha gått glipp av muligheten til å se deg i løvearenaen. Avhandlingen din er god, og det betyr at veilederen din skal ha den største delen av æren. Dette var dagen da hun skulle føle seg stolt som veileder. Hvis ikke din. Og for det andre trenger du ikke mer negativitet i dag, da er den allerede til stede." Hun pekte mot Vega, som skulle være til stede under disputasen. Flora fikk vite at Vega sto på god fot med lederen for komiteen som valgte opponenter sammen med fakultetslederne og veilederen hennes. Dette gjorde henne ekstra redd for hva som ventet henne denne dagen.

"Ja, det har du rett i. Og alt ville være over i løpet av en time for prøveforelesningen min. Nervene mine er under kontroll nå. Men hjertet mitt er tungt."

Da prøveforelesningen startet i et lite auditorium i Domus Medica-bygningen, tok det litt tid før hun fikk orden på stemmen. Stemmen var litt skjelven til å begynne med. Hun presenterte dem for multiproteinkompleksene, også kalt antigenreseptorene, som finnes på immuncellenes overflate. Hvordan de tiltrekker seg andre immunceller for å få hjelp når det trengs, ved å skille ut ulike kjemikalier for å tiltrekke seg dem. Hun skulle bevise at en avansert algoritme kan diagnostisere sykdommer basert på avvik ved å analysere celleoverflatene og eventuelle endringer i oppførselen deres, og hvordan. Det Flora ikke var sikker på, var om forelesningen skulle teste kunnskapen hennes om kunstig intelligens og hvordan den kunne brukes i diagnostikk, eller om den skulle bedømme kunnskapen hennes i immunologi. Datamaskiner kunne enkelt finne CD-markører fra vevs- og blodprøver til diagnostiske formål. Dette temaet var mer relevant for biomedisinere og patologer. Uansett var det ikke tid til å stille spørsmål ved hvorfor hun hadde fått dette emnet. Sonia var ekspert på immunologi, men for denne forelesningen var hun ikke tilgjengelig for hjelp. Alle hadde sine egne forslag til hvordan hun skulle presentere. Hun endte med å ta til seg forslagene som samsvarte med hennes egne. For AI spurte hun Mars og Leo, men var ikke fornøyd med resultatet. Dermed var hun ikke særlig selvsikker til slutt. Utkastet hennes ble så langt at det ikke var lett å redusere det til 45 minutter.

Da hun var ferdig med foredraget sitt, etter noen små pauser med hm-er og noen andre usammenhengende ord, hørte hun de korte klappene fra sitt digitale publikum. Lederen for bedømmelseskomiteen inviterte publikum til å stille spørsmål, men ingen gjorde det. Hjertet hennes var lettet over at en etappe var over, og brydde seg ikke om resultatet. Utenfor kunne hun kjenne den friske luften. Dr. Sandberg, som var til stede som tilhører, kom først ut og gratulerte meg med en god presentasjon. Andre var ikke fysisk til stede under foredraget. Hun håpet at Mars hørte henne. Derfor sendte hun meldingen til ham og spurte hvordan det gikk. Mens hun ventet på svaret hans, kunne hun se at komitémedlemmene ble igjen for å avgjøre hennes skjebne.

Hun bestemte seg for at hvis hun strøk den dagen, ville hun ikke levere avhandlingen sin til bedømmelse igjen. Slik ville hun unngå å forsvare den igjen. Men igjen, livet var en enda tøffere eksamen enn dette.

Tjueni

Disputas i Store Auditorium, Domus Medica, Universitetet i Oslo

Senere samme dag, under hennes offentlige forsvar, begynte det å gå galt. Bare små detaljer i en kvinnes liv. Først fikk den lyseblå kjolen hun hadde på seg en kaffeflekk. Mens hun ventet i kaffebaren på universitetet. Heldigvis hadde Himani, som trodde på onde varsler, et par ekstra kjoler tilgjengelig for dagen. Hun bar dem bokstavelig talt i ryggsekken. Hun som hadde lært av sine erfaringer. Men Himani brukte large-størrelsen, og Flora brukte medium. Hun skiftet til den nye mørkeblå kjolen av Himani, som var løs, og vasket sin egen kjole med håndvask på toalettet. Heldigvis bleknet kaffeflekken litt, men var fortsatt synlig på nært hold. Det var ikke mye tid til å kjøpe en ny eller hente en ny hjemmefra. Selv om det gjensto nok tid, så de andre sommerkjolene ikke profesjonelle ut.

Deretter brukte hun nesten en halvtime på å tørke kjolen med håndtørkeren. Utmattet av denne øvelsen hadde hun bare lyst på en kaffe eller annen koffeinholdig drikke til. Kjolen var krøllete der hun hadde vasket den, og dermed var den ikke brukbar.

Hun gjemte den i vesken og kom ut for å finne ut at hun trengte litt sminke. Himani var ikke til stede i ventehallen. Dermed gikk Flora tilbake til toalettet igjen. Hun svettet. Nå hadde hun bare én time igjen før avhandlingen. Gjestene kunne komme når som helst. Plutselig husket hun at søsteren og faren bodde på hotellet. Hun ringte søsteren for å få en ekstra kjole til henne. Men Fauna var allerede ute og hadde ikke tid til å gå tilbake til hotellet. Men hun var villig til å bytte det hun hadde på seg med henne. De var på vei til universitetet.

En halvtime senere viftet hun med brosjyren. Omgitt av familien og Himani. Hun hadde byttet kjolen med Fauna. En gul kjole med hvite blomster. En veldig sommerlig kjole, men likevel bedre enn hennes forrige versjon. Så kom dr. Sandberg og dekanen ved fakultetet for å ønske henne velkommen. Hun ble revet bort fra den kjente folkemengden og ført til prøvesalen. Et stort auditorium. Den siste tanken som slo henne før hun gikk inn i auditoriet, var hvor er Mars? Han var ikke til stede blant de som hadde kommet tidlig. Og det var ingen tegn til professor Ford heller. Selv om han var der, hadde hun glemt ansiktet hans nå. Det var fortsatt en halvtime igjen, og folk kunne komme for sent også. Mens hun ventet sammen med medlemmene av bedømmelseskomiteen, snakket de til henne for å få henne til å føle seg avslappet, akkurat som leger i operasjonssalen.

Inne på auditoriets venterom sto dekanen, som var deres disputasleder, den siste som fikk vite hvordan det gikk med henne. Komitélederen, som hun kjente som en venn av Vega, fortalte henne hvor stresset et menneske kan føle seg under slike omstendigheter. Hun spurte om hun trengte vann. Hun hadde bestilt sommerblomster som skulle matche hennes antrekk. Og i ti minutter fortsatte hun å beskrive hvor mye anstrengelse hun ofret for å gjøre denne dagen minneverdig for henne. At det var synd at Sonia ikke kom. Hvordan Sonia investerte nesten all sin energi i akkurat denne dagen. Mens Flora forsøkte å huske hva hun skulle si til sitt forsvar. Alle disse ordene var som støyforurensning for henne. Og de stadige samtalene fra henne gjorde Flora ute av stand til å tenke på noe som helst. Flora hadde øvd noen dager i forveien på hvordan hun skulle gå, og hvor hun skulle stå under og etter prosesjonen.

Det mest stressende og nervepirrende øyeblikket var da prosesjonen startet, og de gikk inn i aulaen. Likevel føltes det som om hun var en slags kjendis. Å gå bak forsvarslederen og foran komiteen.

Men synet av Vega som satt sammen med dr. Sandberg på andre rad, var en pine og brakte henne tilbake til virkeligheten. På tredje rad satt teamet hennes. Da de så prosesjonen komme, reiste alle seg for å ønske dem velkommen. Det var ingen smil og bare en formell atmosfære, som om en rettssak skulle begynne for å avgjøre om hun var skyldig eller ikke. Hun kunne se Tara og Himani sammen med Leo mens hun lettet etter de kjente fjesene i de nærmeste radene. De andre måtte befinne seg et stykke opp i rommet. En rask lesing av halve rommet fortalte henne at det var rundt tretti personer eller mer, siden hun ikke kunne observere alle, og ikke de bakerste radene. Hun så på dommerne sine. Søsteren Fauna var der sammen med faren. Moren kunne ikke reise som vanlig.

Etter at innledningen var over, presenterte Flora sammendraget av avhandlingen sin. Avhandlingen handlet om DBATC-kodede gener (deteksjon av bystander-aktiverte T-celler) versus nanopartikkel-T-cellesensorer som biomarkører som mål for drepende immunceller – for å kurere Thyroiditt – en type auto immun sykdom. Navnet DBATC-kodet gen ble gitt av henne. Hun var selvsikker da hun presenterte det, men da den første opponenten begynte å stille henne spørsmål, ble hun nervøs igjen. Som en modig dronning svarte hun professoren fra Ungarn. Men det føltes som om hun ikke klarte å tilfredsstille motstanderen. Det føltes som om denne øvelsen pågikk i timevis. Egentlig bare halvannen time. Og innimellom fuktet både deltakeren og motstanderen de uttørkede strupene sine med vann.

"Kan du fortelle meg litt om hva du tror om hvordan denne behandlingen i verste fall kan være dødelig for pasienter i kliniske studier?" spurte opponenten fra Ungarn. Hun var en middelaldrende kvinne med en kraftig stemme. Svært kunnskapsrik på sitt felt. Spørsmålet var det stikk motsatte av hva behandlingen handlet om. Dette forvirret Flora. Hun tenkte på toksisitet ved gullnanopartikler, og at det kunne starte en kjede av ukontrollerte reaksjoner hos mennesker, ettersom man ikke kunne ta hensyn til alle tusen faktorer som cytokiner og hormoner hele tiden.

"Jeg har også tenkt på det. Men så langt har dataene våre ikke vist noen negativ effekt av behandlingen i mus. La oss si at menneskekroppen oppfører seg på samme måte som mus, da kan den avvise sensorene eller de genmodifiserte T-cellene. For så å akseptere dem, og en fatal kjedereaksjon kan skje. Det vil ikke skje noen endring i pasientens tilstand. Men jeg kan ikke være hundre prosent sikker, siden det aldri har blitt brukt på mennesker. Dette er en utfordring for oss."

Deretter forklarte hun hvordan ideen om behandlingen kom i utgangspunktet. Kunnskapen om at T-celler aktiveres uten visse proteiner i nærvær av en infeksjon og andre observasjoner. Hennes første reaksjon var å rette behandlingen mot de autoreaktive cellene.

Deretter argumenterte opponenten for at hun ikke var i stand til å forstå dataene riktig. Det ble brukt to forskjellige metoder, og noen tilfeller var ikke veldig konsistente gjennom avhandlingen. Så ble det vist henne hvor i avhandlingen dataene ikke var særlig sammenhengende. Flora kunne se at det var et avvik i tallene i diagrammene og tabellene hennes. Så måtte hun innrømme at ettersom dataene var tatt med forskjellige parametere på forskjellige tidspunkter, gikk hun glipp av det store bildet. Det var også noen mus som forsvant på grunn av andre sykdommer og ukjente årsaker. Nye mus ble introdusert. Det var kaos til tider. Prøver og kohorter endret antall i løpet av prosessene de siste tre årene.

Varmen steg i salen. Publikum bet negler i påvente av at noe sjokkerende skulle skje. Noen av tilskuerne fikk en voldsom opplevelse. Hjerteslagene i salen var hørbare og ga ekko i salen. Til slutt falt teppet, og det var over med den første motstanderen. Og lettelsens sukk hørtes fra alle hjørner av auditoriet. Hun var ærlig om svakheter i den tekniske analysen. Variasjoner skjer hele tiden. Motstanderen stoppet i det minste der. Til slutt var opponenten full

361

av lovord om diagrammer og tabeller, men var samtidig kresen på små detaljer.

"Takk skal dere ha. Jeg håper at arbeidet ditt kan føre til en klinisk utprøving og til slutt den behandlingen vi alle har ventet på i alle disse årene." Med disse ordene avsluttet den første opponenten forsøket sitt.

…..

I pausen forlot mange auditoriet for å vente utenfor eller for å begynne med forfriskningene som var satt frem. Selvtilliten var erstattet av tvil. Hun var ikke sikker på om hun ville få graden nå. Hvorfor var det ingen som sammenlignet dataene i tabellene med presisjon? Eller var det opponentens metode for å fortelle omverdenen at avhandlingen ikke var perfekt? Hun var blind for sine egne feil, det var hun sikker på.

Hun var redd for å bli stilt spørsmål som hun ikke hadde svar på, og ble derfor værende i auditoriet. Hun sjekket ikke om Mars var til stede. Hvis han var fraværende, ville det gitt henne et nytt tilbakeslag. Så langt hadde hun ikke sett ham. Det var bedre å forbli i et mysterium enn å bli skuffet. Hun var sikker på at han ville komme for å hente henne.

Å gjemme seg for andre varte ikke lenge. Da var det Vega som kom gående mot henne. Dr. Sandberg sto på podiet og snakket med et av komitémedlemmene. Så alle kunne høre hva de sa.

"Du har gjort det bra så langt, Flora. Det er så rart at Sonia har fått migrene. Hun har aldri hatt det før. Trist at hun gikk glipp av avhandlingen din. Kanskje hun er i overgangsalderen," sa Vega sympatifylt i stemmen. Det føltes falskt for Flora, og hun var sikker på at andre kunne høre det.

"Jeg håper at hun blir frisk i dag. Jeg håper i hvert fall at hun blir raskere frisk. Men hvordan vet du at hun hadde migrene?" Dr. Sandberg hadde ikke nevnt dette tidligere.

"Hun sendte meg en melding, og jeg ba henne ta smertestillende og komme, selv om det bare var for en time. Ikke vær redd, prøveforelesningen din ble godkjent. Selv om du ikke kan komme nå, får du mer tid til å forberede deg til neste gang. Det er en positiv måte å tenke på. Denne gangen er du kanskje stresset fordi du har fått mindre tid til å forberede deg." Flora var sikker på at hvis Vega hadde fått mer tid, ville hun ha lagt til at hun snakket av erfaring. Og så ville hun ha fortsatt med sin historie fra da hun var doktorgradsstudent. Og hun ville ha klart det hele med glans. De ble avbrutt av opponentene og dr. Sandberg, som ville stille Flora noen spørsmål.

Opponenten fra Polen, en gammel mann, ville vite hvorfor hun skiftet fra ett prosjekt til et annet, ettersom utviklingen av en banebrytende behandling for leddgikt ville ha gjort henne berømt. Til dette kunne hun ikke si at det var på grunn av veilederen hennes. Men svarte at det var mer spennende og relevant for det hun jobbet med. Og så kom Vega, med sitt tillegg."

"Det prosjektet var for vanskelig for deg. Selv om jeg var der en stund og følte at det ikke var noe for alle," sa Vega med et smil om munnen.

Før Flora rakk å svare henne og kontrollere sinnet sitt. avbrøt doktor Sander dem. Den tiden var over, og de burde gå tilbake til sine plasser.

Den andre motstanderen var den polske professoren som var i ferd med å gå inn i pensjonisttilværelsen. Han var snillere enn den første. Men han fant også feil her og der og ting han ikke ville forstå. Når ting ble forklart for ham med tålmodighet, sa han takk hver gang. Så lurte han på hva som skjedde med den fjerde artikkelen hennes, det ble nevnt i avhandlingen hennes at den var upublisert. Men da han sjekket, var den tilgjengelig på nettet. Til dette måtte Flora presisere at den ble publisert sent, og da avhandlingen først var publisert, kunne det ikke gjøres endringer i teksten. Til tross for at PubMed hadde sagt ja til å publisere artikkelen hennes for lenge siden, brukte de veldig lang tid på å gjennomføre den og ville at hun skulle gjøre noen endringer.

"Var det din innovative idé å finne en behandling for hypertyreose og hypotyreose, eller var det en felles idé?" spurte den andre opponenten.

"De oppsto først i min hjerne, men senere ble de til et teamarbeid. Sensorpartikkelbehandlingsmetoden hadde ikke vært mulig uten hjelp fra min kollega Mars Gullfjell. Og så skal selvfølgelig veilederne ha honnør, som har sanksjonert prosjektene og gitt økonomisk støtte og veiledning."

Deretter ønsket han henne og teamet hennes lykke til. Hennes offentlige forsvar var endelig ferdig.

Hele komiteen gikk sammen med Flora i samme prosesjon til bakrommet. De lot henne være med da de tok avgjørelsen. Mens professorene fra Polen og Ungarn snakket med Flora for å roe henne ned. Hennes hjerte hadde banket fort i nesten tre timer. Komitémedlemmene fortalte henne om sine erfaringer med at slike ting skjer under disputasen. De hadde interessante historier å fortelle, og det hjalp henne. Til og med komitélederen, som Flora i stress og utmattelse glemte navnet på igjen, smilte til henne. Etter mye diskusjon ble de enige om å gi henne graden. Tilhørerne ble bedt om å komme tilbake til auditoriet, slik at de kunne slippe unna varmen inne og få litt frisk luft. Deretter ble siste del av seremonien gjenopptatt.

Da de kom tilbake til auditoriet, holdt komitelederen en liten tale. Hun kunngjorde at hennes nye tittel heretter ville være Dr. Flora Berg, PhD i biomedisin. Applausene hørtes i auditoriet. Og tårene rant fra øynene hennes. Hun klarte ikke å stoppe det. Da tiden var inne for å holde takketale, gråt hun mer og snakket mindre.

De gikk ut for å nyte fruktene av dagens arbeid. Det var kaker, drikke og mat, finansiert av Flora. Hun så seg rundt, mens hun hele tiden tok imot gratulasjonene. Det var ingen tegn til professor Ford. Hvorfor hun tenkte på ham, kom ikke som en overraskelse på Flora. Men hun brydde seg ikke så mye lenger. Hennes forelskelse i ham hadde avtatt med tiden. Hun ville bare takke ham, men det kunne hun gjøre til e-posten til arbeidsplassen hans. Den eneste grunnen til at han var i tankene hennes, var at han sa en gang at han ville overraske henne den dagen. Ja, folk glemte med tiden. Det var som forventet.

Så søkte øynene hennes etter Mars. Himani spurte hvorfor PowerPoint-presentasjonen hennes var litt annerledes enn den hun hadde sett forrige gang. Til det smilte Flora og sa at hun hadde endret den mange ganger, og at det førte til noen feil her og der. Akkurat som mutasjoner i cellene.

"Velkommen, dr. Flora Berg," sa Even og teamet hennes da hun beveget seg mot dem.

"Se, noen har sendt deg den største buketten jeg har sett," sa Tara til Flora. Hun smilte mystisk til henne.

Tretti

Noen minutter senere gikk doktorgradskomiteen ut i lobbyen, der det skulle serveres forfriskninger. Flora så seg fortsatt rundt blant de fremmøtte. Bare halvparten ble igjen, for klokken var nesten fire på ettermiddagen. Hun ble overveldet av klemmer og lykkeønskninger.

På bordet foran henne var det pent pyntet med glass med hvitvin, flasker med kalde drikker og kaffedispensere. Te var heller ikke glemt. Det var mange blomsterbuketter til henne. En fra komiteen og en fra veilederne. Men på bordet sto det også en stor, mystisk bukett som måtte ha kommet nylig. Det lå et kort ved den.

"Gratulerer, Venus94. Måtte du stige som en stjerne i ditt nye foretak. Hilsen fra din beundrer av dine intelligente øyne. Det finnes en planet bortenfor jorden, og noen ganger møtes Venus og Mars."

Et smil krøp over ansiktet hennes, og hjertet hennes hoppet. Hun følte at lemmene hennes var blitt til gelé. Det sto noen foran henne, og hun visste godt at hun ikke kunne heve blikket med en gang. Hun ble plutselig så sjenert at hun ville lukke øynene med hendene, men klarte det ikke. Det ville være veldig uprofesjonelt i lobbyen når mange kunne se på henne.

"Gratulerer, Flora," sa Mars, som nå sto tett inntil henne. Han var usikker på om han skulle gi henne en klem eller bare et håndtrykk. Uten å vite det hang hånden hans i luften. Flora var like lamslått som ham, og visste ikke hva hun skulle gjøre. "Er du min professor Ford?" Hun åpnet munnen på vidt gap av overraskelse, og det samme gjorde øynene hennes.

"Ja, jeg er din digitale venn, Flora. Du er overrasket og kanskje litt sjokkert."

"Hvorfor alt dette hemmeligholdet? Det du har gjort, krever konsekvenser og forklaringer. Men akkurat nå klarer jeg ikke engang å tenke ordentlig." Hun smilte tilbake, med brennende øyne, og slet med å gråte og å stoppe dem samtidig.

"Jeg er lei for det, Flora. Hvorfor jeg aldri avslørte min digitale identitet er en lang historie, og jeg har et sterkt ønske om å fortelle deg det en dag."

"Hvorfor ikke i dag? Dagen er fortsatt ung og lang, og vi trenger ikke å bli her hele kvelden. Var du der hele tiden under forsvaret mitt?"

"Ja, jeg var der hele tiden, gjemt bak i siste raden og holdt øye med deg. Du må da ha noen planer med familien din etter dette?" spurte Mars med et strålende smil og så i retning av familien hennes.

Flora fulgte blikket hans og visste at han hadde rett. Det var lett å kjenne igjen søsteren i folkemengden. De så i deres retning og ventet på at Flora skulle bli ledig. Det var da Flora la merke til at Mars hadde på seg en formell dress i mørkeblå sateng. Han så virkelig kjekk ut i dag. De røde krøllene hans var bakoverkjemmet med gel. Veldig annerledes enn de andre dagene. Det var derfor hun ikke kunne gjenkjenne ham.

"Hva om vi møtes hjemme hos deg i kveld? Familien min har ikke noe imot at jeg lar dem være alene i to timer når min mentale helse avhenger av at vi møtes."

"Ingenting ville glede meg mer, Flora. Jeg skal ordne takeaway før du kommer. Det ville være en glede fra min side."

"Jeg spiser sammen med faren og søsteren min. Vi ses rundt åtte i dag," sa Flora. Da de ga hverandre en klem, så de bølgen av teammedlemmer på vei mot dem.

Snart ble Flora oversvømmet av teammedlemmene sine, som også ventet på at Mars skulle la henne være i fred. De hadde skjønt at de ikke burde bli forstyrret tidligere.

Mens alt dette pågikk, kom Sonia for å gratulere henne med sin lange forklaring og unnskyldning.

Deretter fortalte komitémedlemmene og de andre tilstedeværende henne at det hun hadde gjort i forskningen sin var fantastisk, og ga henne mye mer ros. Hun så latterlig ut i sin måte å svare dem på. Hun klarte for det meste ikke å uttrykke seg. Det var for mye på en gang for sinnet hennes.

Så fikk hun plutselig øye på sin gamle professor fra Universitet i Agder. Det var der hun fullførte mastergraden sin. Og det var denne professoren som oppmuntret henne til å ta utfordringen ved å si at hun aldri ville klare å fullføre doktorgraden. Han var fortsatt den samme middelaldrende mannen med tynt, brunt hår. Og ikke noe smil som prydet personligheten hans. Det var virkelig det største sjokket og den største overraskelsen den dagen.

"Gratulerer, Flora. Jeg ble gjort oppmerksom på at du disputerte i dag. Siden jeg skal flytte til Oslo, og allerede var i nærheten, tenkte jeg at du ville bli glad for å se meg. Jeg håper du husker meg, din tidligere professor," sa den kjedelige professoren med de lange beina.

"Jeg husker deg. Og jeg er beæret over å se deg her. Hva synes du om avhandlingen og presentasjonen min i dag?" spurte Flora. Som om hans mening kunne ha en betydning. Men han hadde ikke forandret seg i det hele tatt, verken fysisk eller personlig.

"Det gikk veldig bra, og over mine og sikkert også dine forventninger. Jeg er glad for at mine bidrag til din personlig utvikling ikke endte i søpla. Jeg går ut fra at du vil fortsette med akademia og forskning?"

"Jeg håper det. Jeg har ikke bestemt meg ennå," svarte Flora.

Så tok han avskjed etter å ha håndhilst på henne. Det var en stor lettelse å få være i fred. Men alle minnene fra Kristiansand ble levende.

....

Den kvelden, i leiligheten til Mars, falt hun nesten sammen i sofaen av lettelse. Kroppen hennes føltes veldig lett og tung på samme tid. Tårene rant som et fall. Siden hun ikke hadde noe lommetørkle med seg, ga Mars henne hele esken med silkepapir.

Mars satt ved siden av henne og holdt rundt henne. Hun kunne ikke stoppe, hvor mye hun enn prøvde. Det var tårer av hardt arbeid, stress, håp, kjærlighet og endeløs venting på et tegn på suksess. Hun stanset da hun kjente at Mars kysset håret hennes, den eneste delen som var tilgjengelig for ham å kysse.

Hun slapp ham og så inn i de smilende øynene hans. De våte øynene hennes søkte fortsatt etter svar.

De satt tett sammen med ansiktene rettet mot hverandre. Knærne berørte hverandre. "Jeg ante ikke hvem du var da du tagget meg. Det var jeg som startet nettstedet Forskeronline.no. Nettstedet ble ingen suksess, men i starten hadde den god trafikk. Etter et år var det sjelden at folk brukte det. Men jeg fant ikke tid til å legge det ned. Jeg forstod at du forvekslet meg med en professor Ford i Tromsø. Jeg sjekket ham på nettet, og fant en professor Seaford. Som administrator av nettstedet fant jeg ut at han brukte nettstedet i begynnelsen. Men brukernavnet hans var Professor_ford. Mitt var ProfessorFord, uten noe tegn imellom. Det var bare en tilfeldighet. Før du tagget meg, hadde jeg aldri sett på brukernavnene til andre. Du avslørte identiteten din selv. Siden da har det vært veldig interessant. For du ville aldri snakke om følelsene eller tankene dine ansikt til ansikt. Men bak skjermen var det annerledes.

Det var tider da jeg ville fortelle deg alt. Men jeg var redd for å miste tilliten din. Det var morsomt også. Jeg mistet meg selv, og så håpet jeg at hvis jeg sluttet å kommunisere med deg på nettet, så ville du forstå. At jeg ville slutte med dette. Samtidig ville jeg tilbringe tid sammen med deg. Jeg ville at du skulle flytte følelsene dine fra min digitale versjon til meg i det virkelige liv. Men du var motvillig. Jeg var forvirret. Jeg følte at du var så opptatt med prosjektet ditt at du ikke hadde tid til å date eller være venn med meg. Eller så liker du meg mer som en venn. Si at du ikke liker meg, så skal jeg ikke bry meg mer." Han tok hendene hennes i hendene og så på ansiktet hennes. Hun kunne føle at han var anspent. Men hennes øyene var nesten full av tårer igjen.

"Oh … Du aner virkelig ikke hvor mye jeg led i uvisshet. Det var dumt av meg å ønske meg kjærlighet fra en fremmed på nettet. Jeg burde ikke ha fortsatt kommunikasjonen, og det er jeg som har skylden her. Jeg unngikk deg i starten fordi du likte Vega bedre, og så satset jeg mer på din digitale versjon. Hvis du hadde fortalt meg at det var deg, ville vi ha vært gift nå." Og så lo hun så høyt at Mars også lo.

"Virkelig?" spurte Mars. Hans presset hånden hennes mellom hans igjen.

"La oss snakke om forsvaret ditt. På en skala opptil 10, hvor nervøs var du i dag?"

"Jeg var supernervøs hele tiden. På et tidspunkt hadde jeg lyst til å gi opp og bryte sammen i gråt. Men da jeg så Vega, ga det meg styrke til å fortsette. De grillet meg så mye at jeg var redd for å forlate rommet uskadd. Plutselig fikk jeg lyst til å fortelle dem hva jeg hadde oppnådd. Da jeg slapp bomben, forsvant all nervøsiteten."

"Jeg er så glad på dine vegne, Flora." Så fortsatte han.

"Vet du at funnene dine vil bane vei for en kur mot andre autoimmune sykdommer? Da vil du bli berømt. Vil du fortsatt verdsette meg, som bare er en gjennomsnittlig forsker?"

"Selvsagt, snakker du tull nå? Vi er et team, Mars! Si meg, hvis jeg skulle miste den ene skoen min i trappen, ville du lete etter meg?" Hun ville lukke munnen hans før han rakk å svare, men samtidig ville hun høre mer. Han snakket fra hjertet, fra følelsene sine.

"Ja, selvfølgelig, jeg skal lete etter deg til jordens ende," sa Mars, mens han fortsatt holdt hendene hennes. Han kunne se dråpene av tårer på kinnene hennes, og tørke dem uanstrengt bort. Smilet hans utvidet seg fra den ene enden til den andre.

"Hvordan er det mulig for Mars å komme i nærheten av Venus når jorden befinner seg mellom dem?" spurte Flora. Ansiktsuttrykket hennes hadde alle svarene som Mars trengte å vite.

"Slik," sa Mars mens han slapp hendene hennes og førte dem til ansiktet hennes. Øynene hans druknet i hennes.

Da hun foldet hendene bak han, kjente hun bare gleden av leppene hans mot sine.

"Er det din måte å foreslå at vi skal erklære for verden at vi er i et forhold?" spurte Flora, da de kunne puste fritt.

"Det er min teori. Deretter vil du gjøre teorien til en lov ved hjelp av dine eksperimenter."

"Hele tiden sto jeg ved elven og klaget over tørsten," sa Flora før de gikk over til å snakke om mer praktiske ting.

Mars fortalte at Sonia var positiv til å ansette Flora som postdoktor. Men hun trengte tid til å fullføre formalitetene. Mars bestemte seg for å fortelle henne at det var hans trusler om å si opp som til slutt overtalte Sonia. For prosjektet var fortsatt ikke ferdig. Og Sonia skulle bli berømt hvis det kliniske forsøket skulle lykkes.

Flora fikk vite en del hemmeligheter den dagen. Hun fikk sjokk når Mars fortalte henne om hvordan han påvirket Sonia. Han fortalte Sonia at uten Flora ville det kliniske forsøket ikke være mulig. Han ville ha sagt opp den delen av stillingen sin som var knyttet til prosjektet. For han ville ikke jobbe med kliniske studier selv om de gikk videre med prosjektet, uten Flora i teamet. Han var også i kontakt med noen firmaer som var på utkikk etter folk med hans kompetanse og erfaring. Så han var ikke redd for konsekvensene av å beskytte Flora på dette stadiet.

Flora visste at det var Mars' måte å holde seg nær henne på. Fremtiden så lys ut.

Litteratur og definisjoner

AITD — Autoimmun skjoldbruskkjertelsykdom (AITD) er enhver tilstand i skjoldbruskkjertelen der visse antistoffer angriper skjoldbruskkjertelen. Skjoldbruskkjertelsykdommer kalles samlet for tyreoiditt. Vanlige eksempler på slike sykdommer er Hashimotos, Graves sykdom, hypertyreose, hypotyreose og mange flere.
https://www.medichecks.com/blogs/thyroid/what-is-autoimmune-thyroid-disease-aitd#what_is_autoimmune_thyroid_disease

Immunologi — en gren av biologi og medisin. Studier av immunsystemet.
https://en.wikipedia.org/wiki/Immunology

Typer autoimmune sykdommer
«Autoimmune sykdommer oppstår som følge av at kroppen feilaktig starter å produsere antistoff som angriper kroppens egne friske celler og vev - om igjen og om igjen. Det finnes mer enn 100 sykdommer som er av autoimmun karakter, mange av dem med overlappende symptomer.»
https://nhi.no/sykdommer/allergi/diverse/autoimmune-sykdommer

https://en.wikipedia.org/wiki/Autoimmune_disease

378

Leddgikt — Kronisk sykdom som rammer eldre mennesker, men den kan også ramme individer i alle aldre. Sykdommen gjør det vanskelig å bevege seg, og berørte lider av smerter i leddene hele tiden.
https://en.wikipedia.org/wiki/Autoimmune_disease #Rheumatoid_arthritis

CRISPR — metode for genredigering
https://en.wikipedia.org/wiki/CRISPR
https://www.ufrgs.br/imunovet/molecular_imm unology/openforumi.html

Tyreoiditt er en betennelse i skjoldkjertelen

Prosjekt A — Genterapiens rolle i behandling av autoimmune sykdommer - revmatoid artritt

Prosjekt B — Nanopartikler og genetisk modifisering av T-celler for å kurere tyreoiditt

Tidligere bøker:

Finding Her
Av Pia Sirohi
Historical fantasy and mystery novel

https://www.amazon.com/Finding-Her-Pia-Sirohi-ebook/dp/B0C5MSPM6Z/ref=sr_1_2?crid=XJFWHOO2R EQB&dib=eyJ2IjoiMSJ9.VuNSL4pZPqOo8eaT8AYah9I0TCL 6Z_SSqbAIDPyNR1dE1G-Jk3hbAy0PTH4wWup-2Vt0xbCUVnTO0sEFWNUCkw.fLhqI49Z4W8OWYdm5IQh 7et0JnPqImf1ljJx9iWrCU4&dib_tag=se&keywords=pia+si rohi&qid=1734282926&sprefix=pia+sirohi%2Caps%2C17 7&sr=8-2

Et hav av ønsker –
Av Priyanka Sirohi
https://www.norli.no/boker/skjonnlitteratur/lyrikk-og-drama/lyrikk/et-hav-av-onsker

Homepage:
https://piasirohi.wordpress.com/2021/09/23/en-forfatters-drom/

380